遺忘之森林

晴菜(Helena)◎著

聽說，這是一座遺忘的森林，所有被遺忘的人事物都會來到這裡。
當我望進他清澄的黑色眼睛，看見他眼神中的懵懂和抱歉，
我就知道，那個說過喜歡我的拓也，
已經到很深很深的森林裡去了

作·者·序

總該用心體會的一切

一開始，是想寫個和遺忘有關的故事。

後來不知打哪來的信念，就是認爲這樣的故事應該要以日本爲背景來著筆，才會對味。

我要寫一個很「日劇」的故事。對白很「日劇」，場景很「日劇」，劇情很「日劇」，Feeling也要很「日劇」。

面對這樣嶄新的嘗試，我總是抱著好玩而愉快的心情寫故事，沒遇上太麻煩的瓶頸，大概因爲我本身也是日劇迷的關係吧！有時邊寫，還會用簡單的日文在心裡唸起「遺忘之森」的文字，然後自己洋洋得意地想，如果是日劇對白，應該會這麼說吧！眞的很著迷日劇中所要傳達的美好理念，誠實、感恩、勇氣、夢想、成長等等，那一堆跟幸福脫不了關係的元素，我也想試著在《遺忘之森》裡告訴你們。

儘管如此，但畢竟本身不是日本人，寫作之前還是努力地作了許多功課。比如，我很喜歡《現在，很想見你》那部電影中的森林，就把它所有的場景圖片（森林、湖泊、開著白花的小徑）都找來，邊寫邊看，感覺上那麼美麗的地方也就伸手可及了。查資料的過程中，讓我了解不少日本演藝圈的生態，例如日本藝人並不是在電視上露過臉就算出道，不管你之前的資歷多豐富，經紀公司會選擇在最適當的時機舉辦出道記者會，那時才能算是正式出道，不同於台灣的嚴謹制度

可見一斑呢！

原本只是單純地構思關於失去記憶的情節，寫著寫著就像滾起雪球，發現了「存在」的意義，還有「時間」、「回憶」、「現在」之間的牽連關係。人生都還過不到一半的我實在不能爲它們下總結，這歲月的課題，我們還有漫長的時間一起用心體會。

《遺忘之森》能夠完成，我要特別感謝一直很用心地幫我挑字句錯誤的媽媽、一路支持我的讀者、幫忙將篇章頁的文字譯成日文的韋瑩，還有提供不少日本資訊的同事，有你們在，讓我覺得自己實在是一位幸福的作者。

最後，我想對這本書的讀者提出一個任性的要求：當你們閱讀這篇故事的時候，能否用日語來叫叫角色們的名字呢？我相信故事中的許多感覺一定會因此鮮活許多，我就是這麼把十五萬字的《遺忘之森》寫完的啊！

剛剛愛上《交響情人夢》的 晴菜

二〇〇七年八月七日

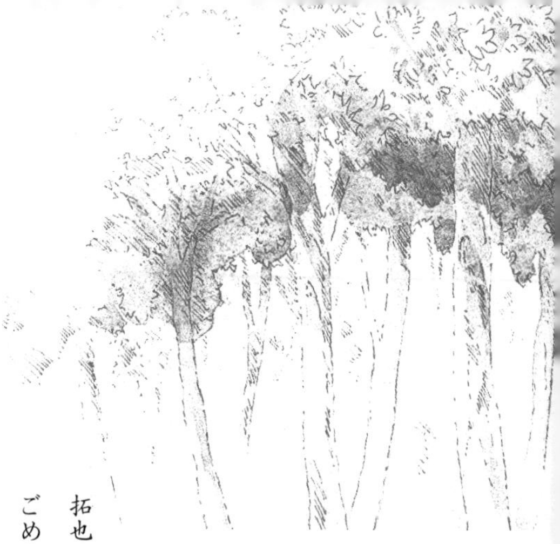

拓也は私の事を忘れた後、彼の奥深い眞黒な目にまごついて、少し照れて、ごめんの氣持ちを持って、また本氣を包まれていい距離も含めている。

見ると分かった。私が知り合った拓也は、もう深い森の中にに放浪しにいった。

私はそう思うしかできない。私の事を好きだという彼の話を今でもちゃんと覚えている私は、そう思うしかできない。

第一話 秋本拓也

在拓也把我的事情都忘記之後，我望進他深邃的黑色眼睛，那麼懵懂，帶一點點困窘的抱歉，還有飽含眞摯的合宜距離，我就知道，那個還認識我的拓也，已經到很深很深的森林裡流浪去了。

我只能這麼想，依然清楚記得說著喜歡我的拓也的我，現在只能這麼想了。

那是一座美麗的森林，像是會有龍貓出沒的那樣的森林，有巨大的樹根像異形一般在地面盤繞。拓也就是在那座森林忘記我的。不過，我也是在那裡遇見拓也的啊！

直到現在，只要閉上眼睛，我的腦海馬上就能浮現一年前的那天，前去見拓也的光景。坐著秋本先生開的車，正從東京朝山梨縣直奔而去。出發時天剛亮，兩個小時的車程中，天空的顏色由暗灰轉爲明亮，聳立的高樓漸漸消失，周圍趕上班時間的車輛變少了，愈往西行，街容就愈寂寞，不過也開始出現綿延不盡的綠色田野和潺潺的清澈溪流。偶爾見到幾位穿著工作服的婦人在阡陌愉快交談，這時才意識到自己已經成功地從我原來所待的世界脫逃出來，並且正要去一個不知道接下來會發生什麼事的地方，而有些恍惚的飄飄然。

前座的原小姐一路上不停說明休養期間事務所方面的規畫，我身邊的皮椅還散落各大報紙刊登的新聞，斗大標題寫著一堆事態嚴重的推論，「雨宮未緒失聯三天」、「演藝事業的危機」、「傳聞醫生已經證實再也不能走路」……

我的額頭抵靠微涼的窗，有點熟悉但仍舊非常陌生的風景倒映在玻璃上，也映在我出神的臉上。蓊鬱的樹木一棵棵撞進我努力睜大的眼底，它們交錯的速度太過眩目，看著看著差點就想舒服睡去，彷彿只要睡了一覺起來，那些討厭的事都會變成一場夢。明知道這個節骨眼我不該如此漫不經心，原小姐和事務所都對我摔落舞台的意外非常頭痛，還有它引爆的後續效應也不知會紛紛擾擾地被媒體炒到幾時。明明是很糟糕的情況，我卻只在乎今天就要見到拓也了。

重重疊疊的山巒很壯闊，初秋的天空很藍很藍，心情，很微妙。我不認識這個人，卻因爲早就聽過他的名字，而有點期待和他見面的日子，即使那未必是一件好事。心臟一整天都緊張得撲通撲通跳著，再怎麼深呼吸都平靜不下來，這條路的另一端是他所在的地方，我就要見到他了，就快了。

我知道我會在今天來到山梨縣，我知道我會到那座森林去，我知道會在那座森林遇見一個將來要忘記我人，我還知道那個人，名叫秋本拓也。

第一話
秋本拓也

剛開始，看到沿路那些純樸房舍時，以爲我們的落腳處會在那之中，不過秋本先生說還要更裡面一點，聽起來似乎是一個隱祕的地方，對現在的我而言正好。

「怎麼了？妳好像有點緊張？」

起初我沒注意到前面的原小姐是在跟我說話。

我不是很認眞地看她一眼，「一點點。」

原小姐原本幹練的音調忽然轉爲幾分慵懶，轉頭又面向前方。「總之，妳就當作現在事務所讓妳放一段長假，好好休息，只要記住這一點就好了。」

我現在要說的話，妳一定要聽好，聽了，然後將它牢牢記在心裡。

車子經過一座清明如鏡的湖泊，又轉進一條勉強能雙向會車的小路，路的兩旁種滿樹，有的樹上開著許多雪白小花，秋本先生的家就在一個紅色郵筒旁。

秋本先生幫忙將我的行李拿進兩層樓高的舊房子，總覺得房子的天花板好低，似乎只要我用力往上一跳就會撞到頭，還有一股淡淡的、但並不討厭的霉味。原小姐帶著我向秋本先生的家人打招呼。除了社長、原小姐和秋本先生之外，只有這一家人知道我在這裡，不是因爲他們口風緊，原小姐信任的是秋本先生。

我將頭髮燙直，還染回黑色，彩繪指甲也通通忍痛剪短了，摘掉那副沒有度數的眼鏡之後就是一張未經妝點的素顏，土里土氣的模樣。秋本家還在念國中的小兒子徹，始終對我充滿懷疑，圓滾滾的眼睛潛藏著那年紀的叛逆與青澀，警戒地站在母親後方。

「你們好，我是雨宮未緒。」

一直到聽見我這麼說，徹才終於驚喜地張大嘴巴，興奮地轉向秋本太太。秋本太太一方面覺得好笑地拍拍他的肩，然後對我藹然微笑，「歡迎妳，腳受傷一定很辛苦吧？需要什麼儘管告訴我。」

她招呼我們先喝杯茶休息，不過原小姐趕著回東京，跟大家寒暄了幾句客套話之後就和秋本先生準備離開，我拄著枴杖到外面送他們。

「學校那邊已經安排好了，妳除了自己注意言行以外，就好好休養吧，什麼都不用擔心。這是妳的新手機，知道號碼的人不多，一有事情就跟我聯絡，來。」原小姐將那支手機交到我手裡之前，都酷酷地沒看我的臉，只有在最後道別時，才用經紀人的口吻期許道：「那，妳一個人在這邊好好努力了。」

我很茫然，要努力什麼？失去舞台的我可以努力什麼？如果我留在東京，起碼還可以跟窮追不捨的媒體奮戰，但，現在呢？

目送原小姐就要上車的背影，我忽然不安了起來，而且這不安的感覺還急速擴大，超過我所能想像，我的雙腳甚至因此有點顫抖。

這陣子，每次踏上舞台之前我都會這樣，面對華麗閃亮的前方，卻不知道自己爲了誰、爲了什麼要站在這個地方。

「原小姐！」

她停住打開車門的手，側過頭看我。

「給妳和大家添了很多麻煩，對不起……」

她怔了怔，一抹優雅的笑容，勾勒出每每令我望塵莫及的成熟弧線。

「放心吧！這種程度的麻煩還應付得來。」

然後，車子慢慢駛離，直到消失在我徬徨的視線後，我低下頭，緊緊閉上雙眼。

踏入這一行之後，常常感到自己在跌倒時沒有一雙可以牽住的手。隨時都會撲空的恐懼，每每……都讓我不禁想要痛哭一番。

九月二十六日那天妳會到山梨縣去，然後在那裡的森林遇見一個叫秋本拓也的人。有一天他會把妳忘記，再也不記得所有關於妳的事情，而妳因此很難過，常常難過得好像自己就快要死掉。

「喔？妳是今天要來的那位小姐嗎？」

徐緩而中氣十足的聲音。

我迅速回頭，一位年約七十的老先生從屋後走出來，有一大半頭髮花白了，但雙眼炯炯有神，也不彎腰駝背。他將手上的鋸子扔在一旁，拍掉手掌上的泥土，從頭到腳打量我和我的枴杖。

「是，您好，我是雨宮未緒。」

「對對對，我聽說了，哎呀！當藝人也眞辛苦啊！」

他極爲感嘆，拖長尾音，還連連搖頭。我不知道該如何回應，只好微笑，就像平時面對記者所丟來的爲難問題那樣。

老伯是秋本先生的父親，年輕時是建築工人，聽說家裡大多家具都是他親手做的。

秋本太太和阿徹正在幫我整理房間和行李，老秋本先生問我要不要到森林呼吸新鮮空氣。

「不過，不要走太遠，就算是本地人有時也會找不到路出來。」

我抬頭望望眼前那座遮住了半邊天的森林，遮住所有的陽光，近看之下有幾分難言的陰森。

「先前工作的時候我來過一次，趁著休息的空檔溜進去，差點在裡面迷路。」

老秋本先生聽了哈哈大笑，接著愼重其事地告訴我，「對，就是這樣，我常說，小看森林的人是會受到神明懲罰的。」

「神明？」

「是啊！不要小看那些樹，它們都有幾千幾百年的歷史了，可以活到這麼久的樹，是有神明住在裡面的，我們這種壽命才幾十年的渺小人類一定要心存敬意才可以。」

老一輩的人常把這種說法掛在嘴邊，我姑且聽之地點點頭，再看了森林一眼，忽然想起那個女人。

「啊！那個時候村裡正好在辦祭典，我溜進森林，遇到一位戴狐狸面具的女人，她跟我說了一些奇怪的事。」

「奇怪的事？」老秋本先生好奇地瞪開他原本就如銅鈴般大的雙眼。

「有點像是預言之類的。」才剛說完，我便自問，這是不是有點離譜啊？

「那，那個預言成眞了嗎？」老秋本先生倒是十分當眞。

「呃，算是一半吧……」

「那妳一定是遇見森林裡的神明或妖怪了。」他一面說，一面雙手合十地敬拜一下。

我心裡不那麼想，只是猜測那個戴狐狸面具的女人八成是祭典中的占卜師之類的人。不過，

第一話
秋本拓也

當初一聽見她的聲音，便直覺我們不在同個世界，我們身處的時空被不協調地切割過一樣，宛如拼錯的拼圖被短暫地併合在一起。那不寒而慄的詭異感受，至今都還清晰如昨。

我一跛一跛地走進森林，濕冷的風從身後飄來，樹梢交頭接耳地搖擺，霎時間彷彿有很多人窸窸窣窣說著我聽不懂的語言。天空被交錯的枝葉覆蓋得只剩零星碎片，每一棵筆直的杉木都是迫人的高度，空氣清冽而安靜，不經修飾的深赭色泥土路蜿蜒到看不見盡頭的深處去。只有我一個人，樹木們都安靜下來後，讓人有不小心隨時會就在這裡消失不見的錯覺。

回頭瞧瞧來時的路，已經和出口有一段距離，不由得想起老秋本先生嘴裡說的「神明」、「妖怪」。我是不信邪的人，可是也不禁擔心起自己眞的會迷路。我好想掉頭回去，但如果眞的這麼做，就見不到拓也了……

那一份執著到現在我也還說不明白，不那麼做的話，一定會後悔一輩子似的。

再往前走沒多遠，視野忽然變得寬闊起來，這一處空地完全沒有一株草木，頭上有一道鑲著明亮邊線的陽光灑進森林，在沉晦的空間切割出亮晶晶的裂縫，懸浮的微塵粒子和亂竄的飛虻在光的裂縫裡一清二楚，當然拓也也是。

他就坐在空地邊緣的一棵樹下，修剪平短的頭髮，掛著MP3耳機，身穿白色的素面T恤，舊舊的牛仔褲，和腳上一雙異常乾淨的布鞋。

最初我看不到他的臉，他正在玩一台看起來挺昂貴的DV，專注拍攝森林的每一個角落，慢慢移動鏡頭，直到它終於正面對上我！

剎那間他嚇了一跳，立刻抬頭，對於我的存在感到意外。他有一張黝黑而良善的臉。

而我仍然目不轉睛、困惑地凝視他，要把他每一個輪廓都仔細端詳。沒有人告訴我，但我相信，相信他就是我今天會遇到的那個人。當他用黑澄澄的眼眸望住我的那一刻，他的手好像也伸進胸口，把我的心臟緊緊地握了一下。

「秋本……拓也？」

所以，不要喜歡他。既然他會忘了一切，妳一定不能喜歡上這個人。

很普通嘛！

第一次見到秋本拓也，坦白說有些失望。我一直擅自認爲那個老早以前就聽過，還被一位神祕女人莫名其妙提起，又讓我期待了一整天的人，應該會有某些特別的地方，可能是第一眼就有讓人眼睛爲之一亮的過人之處。不過此刻出現在我面前的男生眞是再普通不過了，別說他將來會忘記我，我想等我回東京之後一定也不會再記得這個人。

「啊！」拓也突然大叫一聲，非常懊惱地檢查他的DV，「搞什麼啊！拍到多餘的人了！」

我狐疑地張望四周，三秒鐘後才意識到他說的「多餘的人」竟是我！

眞是晴天霹靂，向來大家都是搶著拍我的，從來沒有人對我這麼說。

「對第一次見面的人說這種話，太失禮了吧！」

他拍拍褲子起身，照樣沒禮貌地上下打量我一遍，順手關掉DV，拿掉耳機，「我倒是沒看過妳這張臉，妳是外地來的？」

「……我是雨宮未緒。」

我承認這句話有些驕傲的宣告意味，我可是那個雨宮未緒喔！

有點驚訝的拓也總算更認眞地打量我一回，然後一臉不可思議地說：「跟電視上差眞多。」

「那是什麼意思？」

就算沒化妝，還戴了副蠢眼鏡，我自認長得也不差啊！

「沒什麼意思。」他不改先前淡漠的語調，瞟瞟我打上石膏的腳，「聽說有個藝人今天開始要住我們家，就是妳吧？啊！我叫秋本拓也。」

我心情複雜地沉默著，我知道你是誰，可是到底該不該把那個神準的預言講出來？

「你……不是我的歌迷嗎？」

他頓一頓，這次是看住我的臉，「難道每個人都非得是妳的歌迷嗎？」

「原來我沒有自己想像中那麼受歡迎。」

「當藝人都在乎這個嗎？」

「當然不是。」

「那妳幹嘛想知道？」

「會想知道也是很正常的啊！到目前爲止自己下的工夫到底有多少成績、代表了什麼樣的意義、我是爲了什麼而拚命到現在，如果連這些事都不知道，那我……」我愈說愈激動，直到察覺自己一連串的不知所云才住口。

拓也還在疑惑地等待，我則惱羞成怒地別開頭，「你懂什麼？你根本不了解我！」

「眞的跟電視上差好多……」他因我剛才的凶悍而驚嘆一聲，接下來卻流暢且鉅細靡遺地講出我的經歷，「不過，我知道啊！雨宮未緒，生日二月十五日，出生地是福岡，最喜歡的事是洗澡，發過十三支單曲、兩張專輯，拍過飲料、洗面乳、牛仔褲和口紅廣告等等，還有，演過三齣電視劇，去年年底因爲〈I Wanna Cry〉這首單曲突然竄紅，三團嘛……是多少來著？」

「等一下！」我迅速制止他，紅著臉反問：「你爲什麼這麼清楚？不是說不是我的歌迷嗎？」

「有點期待對不對？」他壞壞地咧起嘴角，「在阿徹買的雜誌裡有更多關於妳的資料喔。」

「……」

「喂！我要回去了，妳呢？」

我悶悶低下頭，視線落在受傷的腳上，「我還要再待一下子。」

「是嗎？」

他只拋下這麼一句，就眞的信步離開了。我微微抬起下巴目送他一派輕鬆的背影半晌，忍不住長嘆一口氣，那是什麼白癡預言，就算拜託我，我也不會去喜歡這種一點都不體貼的傢伙。

「好痛……」

用一隻腳走到這裡，又跟那傢伙白耗那麼久，支撐的那隻腳已經又痠又痛，眼看四下也只有拓也剛剛坐過的地方可以休息，我勉強移動到那裡，靠著樹幹小心坐下來，將枴杖擺在旁邊，心想等體力恢復一點再回去好了。

然而，只要落得無事可做，思緒便不由自主陷入一種沮喪的出神狀態，就這樣持續好幾分鐘，不期然仰頭，竟訝異得不能自己。

「好漂亮……」

我正置身在那道光束中，猶如穿透深海的亮光，光源的最頂端只看得見白花花一片，隱約能見到雲朵正悠悠飄過，偶有一片枯葉落下，在空中旋了幾圈，才輕輕滑降在我伸直的腳前。雖然

第一話
秋本拓也

耳朵還聽得見吱吱喳喳的鳥叫聲、樹葉互相拍打著、森林外什麼人在揚聲吆喝，卻都感覺離我很遠很遠了。暖洋洋的太陽一曬，整個人好像要融進身後的大樹似的。

稍後，在意外來臨的安靜中，我受驚般睜開眼，拓也的臉就這樣大剌剌地佔據了我的視野！

我嚇得後退，他也是，還一屁股跌坐在地上，我們兩人驚魂未定地互看對方。

「幹嘛啦？」

「我是回來看妳走丟沒有。」

「你不會出聲啊？」

「我看妳好像很享受。」他笑嘻嘻地，「很舒服吧，這裡。」

是很舒服沒錯，可是我不想附和他。

我還在掙扎起身，他又開口了：「我揹妳吧！」

「啊？」

「一個人走不回去吧？我揹妳。」

他為什麼會發現這一點？明明看起來不是那麼細心的人。

「我以為偶像歌手都是不經世事又任性的人，不過，妳倒是挺有骨氣的嘛！」

他定睛在我臉上的表情轉為幾分敬佩，我則鬼靈精怪一笑。

「我是很任性啊！有時候還很擔心會不會因為自己不顧一切往前衝，沒時間考慮到周遭，而傷害到別人或是帶給別人麻煩，甚至錯過更重要的事。我這一年就是過著只專注在一件事上、不停努力的生活。不過，人生當中有這麼一段時期好像也不錯。」

「嗯……」

見他沒搭腔，我不死心又問：「到底怎麼樣嘛？」

「我怎麼會知道，妳以為我幾歲啊？跟我談人生？妳自己覺得不錯就好啦！」

「我想確定這樣到底是不是真的不錯啊！」

這時拓也已經背對我蹲好，回頭催促，「快點上來啦！我揹妳回去跟我爺爺談人生。」

我彆扭地猶豫著。骨折後也曾讓秋本先生揹到醫院，而拓也雖然是秋本先生的兒子，但就是有種說不出來的不自在。

「妳該不會是害羞吧？」他沒事又多這一句。

「這裡有誰會讓我害羞嗎？」

我回敬他，佯裝不客氣地爬上他的背。哇，他的背比秋本先生還結實，硬邦邦的，隨著他的步伐，感覺得到骨頭和肌肉契合的律動，還有男孩子特有的味道，不是小孩，也不是老人，是像我這個年紀的男孩子的味道，從他白色T恤、蓄著俐落短髮的頸子後邊，像芬多精那樣溫柔地散發出來。

「白天的森林雖然很棒，不過天一暗還是別待在裡面比較好。」

拓也說話的時候，背部隆隆作響，我搭在上頭的手指不自覺移開了一些。

是活生生的人，有溫度，在呼吸著、說話著，「秋本拓也」不再只是存在我腦海中的名字而已，我已經觸碰到真真實實的拓也了。

「因為有妖怪嗎？」

「妖怪？哈哈！是爺爺跟妳說的嗎？」

「有、有什麼好笑的？」

「妖怪我是沒見過，不過這裡不好的傳聞倒是有一些，有通緝犯逃進來啦，有人失蹤啦，還有人被熊咬死啦……什麼傳聞都有。」

「我比較喜歡妖怪的傳聞。」

「老實說，這裡還有另一個比較特別的傳聞，也是爺爺說的。」

「什麼？」

「聽說，這是一座遺忘的森林，所有被遺忘的人和東西都會到這裡來。平常看不到，不過往往在你沒刻意去找的時候，自己曾經遺忘的事物就會出現了。」

「眞的？」

因爲好奇，我的身子不禁微微前傾，拓也回頭看了看我，就在我以爲又要被嘲諷時，他卻淺淺地笑了。

「希望是眞的囉！我喜歡這一個。不過，應該是村裡有人在森林裡找到丟掉的東西，所以才會有這個傳說吧！」

那是一個很溫和、又意味深長的笑容，好好看。

啊！不對啦！對他有任何好感都太危險了。

後來，拓也沒再說話，我也是。他果眞揹我回到家，一路上我都暗暗想著，拓也曉得我許多事，但是我對秋本拓也這個人卻一無所知，他的個性如何？他的興趣是什麼？身高幾公分？功課好不好？有沒有喜歡的東西？

眞是不甘心。

秋本家很早就熄燈休息，我在榻榻米上躺了兩個鐘頭，還是一點睡意也沒有，從前最忙碌的那陣子，我平均一天只睡三小時，現在平白多出那麼多睡眠時間反而不習慣。

我和秋本太太的房間都在一樓，穿過室外走廊就可以通往客廳。我就坐在走廊上，眺望黑壓壓的森林，想起白天在裡面發生過的許多片段，直到因為一陣涼意而打起哆嗦，這才收回發呆的視線，不意，撞見了二樓的秋本拓也。

他和阿徹的房間在二樓，房間並沒有透出燈光，拓也就靠在窗口，雙肘抵在窗檻上，凝視更高更遠的方向。今晚的月亮光線充足，映亮的那張側臉寫著我沒見過的神情，他在舒適的愜意中半陷入一種沉鬱的思緒，不是我這個才認識不到一天的人所能觸及的。稍後，拓也發現樓下的我，又回到下午那玩世不恭的姿態，不說話，只是微微一笑。

「我還沒跟你說，」我先開口打破沉寂，「謝謝你揹我回來。」

「不客氣。」

「還有，打擾了你的拍攝工作，對不起。」

起先他想不起我在說什麼事，後來會意了，再度面向森林，一副沒什麼大不了的樣子，「無所謂，那種東西隨時都可以消掉。」

那種東西？

「你消掉了？」

他往下瞄我一眼，又移開，「消掉啦！留著幹嘛？」

拜託，這時候好歹也該說一些客套話吧！比如，沒有關係，請不用擔心之類的。

我故意不再找他講話，他在窗口逗留一會兒，然後說了句「晚安」。

「晚安。」我沒看他。

等到聽見樓上窗戶關上的聲響，我才拉拉披在身上的針織外套，起身走進客廳。原本想找找看有沒有什麼雜誌可以打發時間，卻發現一只被隨意丟在客廳桌上的MP3，看起來像是拓也在森林裡用的那一個。

我走過去，將耳機戴上，按下「Play」的按鍵，以吉他獨奏爲前奏的旋律悠揚地傳送出來，而我愣了一下。

那是我的歌，是那首單曲，〈I Wanna Cry〉。

我輕輕壓住掛有耳機的耳朵，在透進皎潔月光的黑暗中聆聽熟悉的歌曲，感到手心下的臉頰燙燙的。

現在，對於秋本拓也一無所知也不要緊，只要遇見了，每天一點，每天一點，總有一天，我對他的了解一定會遠遠超過此時他所知道的我。

因爲，我已經遇見拓也了。

✧ 原來，我去見你，是為了喜歡你，也是為了有一天讓你把我忘記，很好笑吧，拓也？

第二話

溫柔的笨蛋

優しいバカ

我在森林的重重包圍中，度過了離開東京、離開演藝圈的第一天。

空氣中隨時飄散著清新的植物香味，黎明時分忽遠忽近的鳥叫聲格外吵鬧，大概是因爲這樣，我夢見自己拍完一支汽水廣告的外景，正等候原小姐來叫我上車準備到武道館排演。那個草原也充滿相同的氣味和聲音，等著等著，在一張海灘椅上不小心睡著了，那時候就連身上那件吊帶洋裝的裙襬擦拂過小腿的觸感都覺得好舒服。

「未緒，未緒，該起床了囉！未緒。」

意識到自己正在賴床後，我幾乎是在一秒之內就從床上跳起來，本能地彎腰行禮，「非常抱歉！我馬上準備移動！」

才抬頭，秋本太太正失措地歪著頭看我，「啊？移動？」

我也一頭霧水地望著她，再看看身處的房間，還有窗簾來來回回飄動的敞開窗口，花了一段時間才想起自己已經在秋本家，並且正要開始嶄新的生活。

站在穿衣鏡前打著制服領巾，一度停下手，喃喃自語起來：「好久沒穿制服了。」說是嶄新的生活其實不太對，許多事物是我曾經擁有過，卻已經很久沒再接觸的，所以懷念的成份比較多。

早餐時，我跟秋本太太說好久沒吃到配醬菜的早飯，她很高興地要我多吃一點。秋本太太個子嬌小，和人高馬大又木訥寡言的秋本先生站在一起，視覺上非常不協調，不過他們感情一定很好，我喜歡從旁觀量他們夫妻不言而喻的貼心互動。

老秋本先生比較晚到，聽說他習慣一大早就外出散步。他一進門就先到牌位前敲缽，閉目合掌冥想了一會兒才到餐桌來。牌位上的相片是一位笑得很開朗的老太太，那應該就是老秋本先生的妻子吧。

秋本家的人都叫我未緒，阿徹跟我相處還有些脫不去的緊張，他喊我「未緒姊」時，臉頰會輕微泛紅，不過幾次下來也就習慣了，只有拓也直接喚我雨宮，所以我也用秋本來稱呼他，好像這個家裡只有我們兩個人在刻意保持距離。

雖然阿徹和我們搭不同的公車，不過都在同一個站牌等車。到站牌的路上，阿徹終於忍不住跑到前頭去，回頭望著我興奮地說：「如果跟我同學說，我和雨宮未緒一起上學，那些傢伙一定會羨慕死！」

「笨蛋，你不要太得意忘形，真的讓人家知道就完了。」出口提醒阿徹的拓也，瞬間多出幾分兄長的架勢。

被拓也潑了冷水，阿徹才洩氣地嘟噥：「我知道啦，所以我說『如果』啊！」見到阿徹有點不愉快，我試著輕聲打圓場：「害你們要幫我保密，是我給大家添麻煩了。」這時，拓也回頭瞧我一眼，還以爲他要說什麼，誰知他又把頭轉回去了。什麼嘛！怪里怪氣的。

上公車之後，我發現自己忘記戴眼鏡，才匆匆把眼鏡找出來。

坐在隔壁排座位的拓也托起下巴，頗不以爲然，「我說妳啊，雖然我們都知道妳是誰，可是既然都住在同一個屋簷下了，妳也沒必要這麼小心維護形象了吧！」

他剛看我的那一眼，是對我的客氣話有所不滿嗎？

我承認自己的確想扮演乖孩子，想在別人眼中維持禮貌得體的形象，這樣的習慣，或許是我想擺脫也擺脫不了的職業病吧！

「我的形象就是金錢。」

「啊？」

「你大概沒看報紙吧！出事的隔天，事務所的股票下跌了快一百日圓喔！我雖然很任性，可是也有不能任性的時候，請你了解。」

我的義正辭嚴說得拓也有些錯愕，前座的乘客也因爲我們怪異的對話而紛紛側目，我這才不好意思地安靜下來，轉而看向窗外。公車正經過我第一天來時見到那座碧綠湖泊，它還是一樣寧靜美麗，我注視自己倒映在車窗上的臉，有著落寞。

我們……好像很容易吵架，這使得我對於即將到來的團體生活一點自信也沒有，同時也爲說出「形象就是金錢」那句話的自己，感到一絲莫名悲哀。

下了公車，校門口很多學生結伴成群一起上學，其中有不少人跟拓也打招呼。他的人緣眞好，帶著陽光般的笑容，和同學交換昨天發生的趣事，然後粗魯地一起哈哈大笑。我在後方被那張清朗的面容吸引了一兩秒，忽然，拓也怔住了，他的視線隨著前方走來的人影，的的確確是怔了那麼一下。那是一位模樣乖巧的女孩，娟秀的臉龐，像極沿路綻放的白色小花，她和另一位女同學走在一起，將柔軟的髮絲順到耳後之際也發現拓也，女孩睜大雙眼的表情十分動人，不過她很快就羞澀地低下頭，拓也同樣別開臉，繼續和朋友打鬧，彷彿剛才的四目交接並沒有任何特別含意。我目送女孩和同伴快步從他背後走進校門。她一定認識拓也，而且還有一點、一點……

我還在努力思索該怎麼形容那種氣氛，站在前方的拓也恰好側身看我。

「什麼？」我這次可是什麼話都沒說喔！

「沒什麼，我先帶妳去辦一些手續。」他搔搔後腦勺，繼續往前走。

拓也對我的態度向來不冷不熱，不會主動提起自己的事，也不是屬於一眼就能夠看穿的那種人。如果他自己不說，我根本沒辦法解讀現在他的眼神，還有他的一舉一動代表著什麼。要了解秋本拓也這個人似乎不是一天兩天就能辦到的事。

「這位是秋本未緒同學，是拓也的堂妹喔！以後大家要好好相處。」

和藹的年輕女老師這麼介紹著。我本來都已經做好被認出來的心理準備了，但不知道是我現在的裝扮眞的和電視上差太多，還是這裡的人太單純，總之，他們自然而然就相信我是秋本未緒。

「我的課本借妳。」

坐我隔壁梳著馬尾的女生叫夏美，相當男孩子氣。當她主動把桌椅拉近，將課本攤在我們中間，並且和我相視一笑時，我才對自己的未來有一點把握。

然而，事情當然不會都這麼順心如意。

「啊！完全看不懂嘛！」數學課下課，我死盯著課本，只覺得一籌莫展，幾近絕望，「這是什麼啊？一般高中都教這麼難嗎？」

從前我上的藝人學校，只要出席率夠、分數不要低得太離譜就可以了，而且班上同學大部份都不在，拍戲的、趕通告的，根本很難全部到齊，還有些人以經常缺課為傲呢！

「嗨！未緒，妳要去嗎？」

夏美突然丟了一個問題過來，我趕緊從數學的挫折感中回神，「抱歉，剛剛說了什麼？」

「我們放學後要去唱KTV，一起去吧？」

「咦？我、我不行耶！」

「為什麼？」

「因為……啊！因為我五音不全，所以有麥克風恐懼症。」

夏美一臉納悶。而旁邊正有人興致勃勃地發下豪語：「我一定要唱遍雨宮未緒的歌，她的歌都超好聽的！」

「不過，有人說她要被事務所冷凍，以後恐怕不會再發片了。」

我整個人僵坐在座位上，聽著那一群男同學、女同學對「雨宮未緒」做出的諸多評論。我向來都是從報紙或是電視得知大家對我的看法，現在大家卻那麼直接地在我面前高談闊論，我……

「我不希望她就這樣不見啦！我很喜歡她耶！」

「可是上次演唱會取消，雖然把門票費退給我們，還是有一種被欺騙的感覺。」

「那也沒辦法啊！人家排演的時候把腿都摔斷了嘛！」

「說起來還眞倒楣耶，聽說事務所已經打算在那場演唱會後，就要召開雨宮未緒出道的記者會了。」

「耶？眞的假的？那她一定完了嘛！」

啪！

捲起來的海報敲在黑板上，發出好大的聲響，引得大家不約而同往前看。

拓也操起班長的口吻命令，「喂！現在來討論下星期的學園祭比較重要吧！」

不知不覺中又上課了，那些評論的聲音……巨大得讓我連鐘聲也聽不見。

拓也在講台上提起場布和服裝的事，同學們也熱烈討論。他幫了我一個忙。

我低聲問夏美，「秋本是班長？」

夏美也跟著我壓低聲音，「是啊，他功課很好喔，看不出來吧。」

完全看不出來。

「嘿！未緒。」夏美這次將手遮在嘴邊，湊過來，「妳一定知道吧？秋本的『一決勝負』，到底有沒有結果啦？」

「什麼一決勝負？」打架嗎？

「騙人！妳不知道？他跟五班的小林薰啊！」

我搖搖頭，夏美扯出一道「沒關係」的笑容，重新坐好。我撐著下巴專心聆聽大家討論，直到手上轉的原子筆掉在筆記本上，才霍然想起早上在校門口看見的那個清秀女孩，她討人喜歡的舉手投足，以及拓也不尋常的片刻反應……她就是小林薰嗎？

放學後，夏美在鞋櫃那裡跟我解釋所謂的「一決勝負」。後來有幾個班上女生也加入我們，直到拓也揹著書包出現在門口，才害她們尷尬地住口。

「放心吧！我的勝算可是超大的。」他笑著。

「笨蛋，這種勝算又沒什麼好得意的。」夏美不客氣地損他，「小林薰根本不值得你這麼做。」

「夏美，」拓也掛在臉上的笑容飛快褪去，「全世界只有我自己知道值不值得。」

夏美啞口無言地閉上嘴，轉身繼續換穿她的鞋子。

後來拓也跟我一起搭公車回家，打從離開學校就沒再開口說話，始終用懶洋洋的姿勢觀望窗外的景色。他投映在玻璃上的側臉，跟昨天晚上我在窗口見到的十分相似。

「那個小林薰和秋本是從小一起長大的青梅竹馬，大家都看得出來秋本很喜歡她，不過上高中之後，小林薰就和同班的男生交往，那傢伙是公認的花心大少爺。總之，小林薰只要一傷心，就會去找秋本訴苦，秋本也幫了她很多次，我們大家都看不下去了，已經有男朋友的人怎麼可以老是找秋本收爛攤子呢？不是很過分嗎？如果沒有打算要跟人家在一起，就不要老是做那些會讓人誤會的事嘛！秋本他啊，也是傻得叫人生氣，明知道自己做的不會有回報，他還是那副不能丟下小林薰不管的樣子。上個星期，聽說秋本終於向她告白，要她在自己和那個混蛋男友之間做出選擇，期限是學園祭那一天。」

夏美是這麼說的。

下了公車，拓也還是顧著走自己的路。他的腿長，腳程好快，沒多久，才拐個彎就已經見不到蹤影了。

大概在生氣吧！

我一面拄著枴杖慢慢走，一面試著回憶回去的路。早上走過一遍，應該沒問題的。才這麼想著，拓也又出現在我的眼前。他先露出鬆了一口氣的表情，然後跑到我面前。

「抱歉，抱歉，一直在想自己的事，差點忘記妳了。」

他最後那句話，讓我心頭一緊，也有人說過他一定會忘記我的。

「那你怎麼想起我的？」

「啊？回頭看不見妳就回來找妳啦！」

我恍然大悟，拓也走路時不時回頭看我，原來是在注意我不便的腳步嗎？

「今天……謝謝你在教室幫我解圍。」

他不理會我的道謝，只是同情般地搭腔，「看來『雨宮未緒』真的不好當。」

「不會啊，因爲你好像也沒比我輕鬆。」

他收起嘻皮笑臉，不語地望住我，接著噗嗤一笑，「說得也是。」

好無奈啊。

「那個『一決勝負』……」

「嗯？」

「那個『一決勝負』，我賭你會贏。」

他愣愣地停下腳步，和我堅定的眼神面對面，我突然很想爲這個人加油，要加油啊！

「你一定會贏，不然，小林薰一定是一個比你更傻的大笨蛋。」

夕陽的光線從森林縫隙射在他的肩膀上，他的身體變得若隱若現，只剩一圈光的輪廓。我忽然有一種想伸手拉住他的衝動。

對於我毫無根據的大話，拓也溫柔地偏起頭、彎了嘴角，「奇怪，怎麼我老是有輸的預感呢？」

他雖然是笑著，雖然只離我五十公分，卻感覺好遠好遠。

開朗的拓也、悲傷的拓也、口是心非的拓也、體貼的拓也，我今天都看到了，就算都看到了，還是無法了解得更多。

人類非得這麼複雜地生活在複雜的世界裡嗎？

如果只是單純地待在複雜的世界，有一天一定會因爲遍體鱗傷而無法生存下去吧？

住在秋本家的第五天，終於接到原小姐的電話。

原小姐爲人嚴謹，甚至說嚴厲也不爲過，她以事務所的利益至上的作風，並不爲眾人所接受，有不少人在私底下表示並不欣賞。至於我，有時很明白，她對我的關心不過是爲了工作著想而希望我隨時保持最佳狀態，儘管是這麼冷酷的理由，我還是非常依賴原小姐，而且，也很喜歡她的聲音。

原小姐的聲音乾淨清亮，彷彿爲了不浪費時間而維持稍快的說話速度，聽來聰明能幹，任何事都能迎刃而解。我暗地裡希望，如果有一天不能唱歌，也要學會原小姐那樣的語氣講話。

「事務所還沒決定下一步該怎麼做，坦白說，以妳目前的狀況也不能接任何工作，所以就照我上次跟妳說過的，先好好休養吧！還有，如果妳還有重回舞台的野心，就算是休養，任何可以做到的訓練也不要中斷了，懂我的意思吧？」

原小姐的聲音從電話那一頭清晰地傳過來，一想到她所在的地方是東京，再面向前方幽靜的森林，才體會到這通電話兩端甚遠的距離。這裡，我腳下所踩的地方，我眼睛所能觸及的景物，跟東京已經是完全不同世界的地帶了。

在這裡待得愈久，就漸漸有遭人遺棄、遭到流放的感覺。

隔天早上步行到公車站的途中，發現路邊有一隻被棄置在紙箱裡的小狗，牠眨著無辜的雙眼看著我們，要是就這麼不理牠，會像做了什麼壞事一樣不安心。

「好可愛！」我放慢腳步，興味十足地打量著那隻棕毛小狗，牠立刻友善地猛搖尾巴。

阿徹走近小狗，頗有正義感地抱怨：「眞缺德，把小狗隨便丟在這裡。」

「啊！今天的便當好像有香腸。」

我正準備找出書包裡的便當，沒想到走在前頭的拓也冷冷地開口制止：「不要多管閒事，趕快走啦！」

我錯愕地停住手，阿徹馬上抗議：「有什麼關係！」

「公車快趕不上了，不要理牠。」他還是很冷淡，而且看也不看那隻小狗一眼。

我忍不住揚聲反問：「難道就這樣不管牠嗎？」

「妳給牠香腸，然後呢？妳有辦法養牠嗎？如果不能收養牠，就不要隨便濫用同情。」

「這樣不是太無情嗎？」

「那麼，」他不耐煩地正視我的臉，「妳對牠好，牠就會想跟妳走，可是妳又因爲不能收養牠，最後還是得把牠推開，到底是誰比較殘忍？」

「……」

「一時的同情只會帶來傷害。」

我沒辦法反駁，拓也說得沒錯，雖然沒錯……

「秋本他是不是非常理性的那種人？」我悄悄問夏美。

夏美咬著餅乾想了五秒鐘，「啪」地把它咬成兩半，「應該是吧！就像是班長的工作啊，雖然嘴上會嫌麻煩，可是認真做的話，就可以做得有條有理喔！對女生啊，雖然不至於不理不睬，可是也不會特別浪漫。」

「對小林薰也是？」

「是啊！他對她很好，但不是要浪漫或甜言蜜語那種，應該說是很照顧她囉！」

我大概能懂夏美說的「照顧」，我偶爾也會不小心受到他的照顧。

上次他從森林揹我回秋本家，還有，他會盡量不露痕跡地配合我的腳步，受到這些照顧的我，理所當然認爲他也應該會同等對待那隻小夠。會是我的想法太天眞了嗎？

下午，數學小考時我都還在思索這個問題，考卷發回來之後，面對上頭的分數，久久不敢相信自己的眼睛。

零、零分？

「沒關係，我也是。」鄰座的夏美將她的考卷掀給我看，頑皮地吐吐舌頭。

我知道她想安慰我，可是一起拿零分這種事實在沒什麼鼓舞作用。

數學老師宣布，不及格的要留下來補考，因此放學後我吞吞吐吐告訴拓也補考的事。

「妳不及格？」

「呃，嗯。」

我的雙手壓在課本上，我的課本又欲蓋彌彰地把考卷遮住，拓也瞄了我的考卷一眼，我才發現那個「零」只遮到一半。

「妳考五十分？」

「不是……」

「那是四十囉？」

「也不是……」

「三十啊？」

「……」

「二十？十？」

「……」

我難為情低下頭，拓也突然誇張地大叫：「不會吧！眞的只有一個零？」

我的臉瞬間漲紅，這時夏美還拿起她的考卷到拓也面前炫耀，她說這可是要有相當的勇氣才能拿到的分數喔！

「所以，請你先回去，晚一點我可以自己回去，眞的。」我很堅持，眞討厭，我才不要和這傢伙一起走呢！

「再說吧。今天學園祭的委員要開會，如果早結束我就會先回去。」他笑笑地拎起書包走出教室。

心情眞差。到底什麼時候我才能趾高氣昂、一副很了不起地對他說教呢？

不久，老師進來發補考的考卷，這次的題目雖然比較簡單，還是讓我傷透腦筋。平常事務所也幫我安排不少課程，英文課、對話課、舞蹈課等等，可是我幾乎都快忘記數學這東西的存在。不過，當我咬著筆桿，爲眼前的算術題蹙眉苦思的空檔，對於現在的我已經不用擔心趕不上通告、擔心唱片的銷售數字，而有一些無措和驚訝。

最後檢查的那幾分鐘，我爲了透氣朝窗外看去，晃見了小林薰和另一個男生在樹下說話。那男生我不認識，才不過十七歲年紀，就已經流里流氣得要命。

男生俊俏的臉上不時露出既痛苦又嚴肅的神情，一開始小林薰像是有意迴避般站在離他一公尺外的位置，專注盯著草地。後來，就如同電視劇的劇情，男生用力摟住小林薰，怎麼也不放開，還激動地說了些什麼，使得原本在掙扎的小林薰緩緩舉手掩住哭泣的臉，飽受委屈地埋進男生懷裡。

我望了一會兒，起身將考卷交給老師，等收好書包走出教室，看見站在走廊的拓也同樣凝視著樹下的那兩人。

嘿嘿！你這傢伙輸定了吧？爲了報復，我原本是要對拓也幸災樂禍一下的。只是似乎不用我多嘴，拓也沉靜的臉龐便透露著，他也早已經知道了，或許比我預料得還要更早知道。而我什麼話也說不出口。

昨天我爲什麼要對他說「你一定會贏」這種落井下石的大話呢？

白天還帶著暖氣的微風一陣陣從窗口吹進來，拂過拓也寬鬆的袖口，穿越這條空曠的走廊，直撲我的臉。

「啊！」拓也發現我，那些憂傷的情緒頓時無影無蹤，他舉舉手上的資料袋說：「正巧，委員會也開完了，一起回去吧！」

就算委員會很早就結束，他也一定會找藉口等我的吧！我沒來由就是有這個直覺，因爲拓也的溫柔跟那陣風一樣，雖然看不見，可是暖和的溫度感覺得到，感覺得到。

回家的路上，原本放置小狗的紙箱不見了，當然也找不到小狗，被誰撿走了嗎？還是出了什麼意外？我四處張望，仍然找不到牠的蹤影。

「隔壁班的堂本抱走了。」拓也走了幾步，回過頭，「我是說小狗。」

「咦？」

「我問了同學，堂本說他親戚想養狗，放學後就打手機告訴我，他已經把小狗抱走了。」

「是這樣啊……」

拓也瞧瞧我放心的表情，覺得好笑，「是不是女孩子都喜歡小狗呢？」

「什麼意思？」

「薰也喜歡小狗。」他以若無其事的口吻第一次主動提起小林薰，「小時候只要一看見被丟棄的小狗，薰一定抱回家養，我負責買牛奶給小狗喝，可是隔天一定會被父母命令再丟回原來的地方。」

「小孩子好像都常做這種事嘛！」

「有一次薰又把一隻小黑狗撿回家，剛好遇到颱風天，小狗就在她家多留三天，後來不得不把小狗丟掉的時候，薰抱著小狗一面走一面哭。那時候，我滿腦子只覺得她好可愛，所以我自告奮勇把小狗帶回家，打算幫牠在外面蓋一個窩。」

「啊？真的啊？」

「真的啊！」他帶我走進森林，不是很深處的地方有一塊高起的小土丘，土丘下有一個內凹的窟窿，裡頭是一座用木頭搭建得歪七扭八的狗屋，「就是這個。」

我走近打量，看起來只要颳個大風就可以把它吹垮。

「如果下雨，一定會漏水吧！」我說。

拓也在它前方蹲下，哈哈笑了幾聲，「廢話，根本就不能住啊！不過，我那個時候可是很認真地請爺爺教我怎麼蓋狗屋，然後拚命蓋好它的喔！」

「嗯。」我點點頭，感到敬佩，「小孩子可以做到這樣不就已經很厲害了嗎？」

「很辛苦呢！」他攤開他的雙手，在我面前展示，「我兩隻手都破皮了，不是被槌子打到，就是被木頭割傷。」

「哈哈……」

「不過，一想到薰可以不用再哭哭啼啼的，就覺得自己很了不起。」

「那當然啊！後來小林薰怎麼說？她一定很高興吧？」

拓也停頓了一下，那座髒兮兮的狗屋彷彿帶給他不少感觸似的，「不知道，我跑到她家要跟她說這件事，她卻先告訴我，她爸爸已經幫小狗找到飼主了，我根本沒機會提起這座狗屋，只是傻傻地看著薰一面說，一面笑，一面哭。女孩子啊，傷心也哭，開心也哭，好奇怪。」

我默默看著狗屋，想像小時候的拓也和小林薰，甚至連那隻小黑狗被小林薰摟抱在懷裡的模樣也都能在腦海裡描繪出來，大概是因爲純眞的畫面總是簡單的緣故吧！

「薰她……在和那混蛋交往之後，明知道我對她的心意，還是不肯對我說出任何一句拒絕的話；而我，也利用了薰對我的同情，每一次她來找我，我從沒想過要把她趕走。我和她，就一直這樣在『同情』的惡性循環裡，不停打轉。」

「所以你不要在小狗身上重蹈覆轍嗎？」

「有時候無情一點是必要的，正確地判斷才不會變成做出許多傻事的笨蛋。」

他又講起頭頭是道的言論了！那些我都明白，然而，情緒複雜地面對那座狗屋好一會兒，卻喃喃說起背道而馳的道理：「我認爲，比起做出正確判斷的聰明人，會同情一個人或是一隻狗的笨蛋倒是可愛多了。」

拓也微抬起頭，我賭氣般地說下去，「就算會做出傻里傻氣的事，我還是比較喜歡溫柔的笨蛋，超喜歡！」

他依舊一臉呆掉的樣子，我也在下一秒意識到自己口沒遮攔的話語，嚇得搖手，「我、我可不是在說你，千萬不要誤會喔！」

太慌張了，慌張到完全忘記自己還拄著楞杖，下一秒整個人往前摔。拓也騰出手，我撲進他的胸膛，接觸到他比想像中還要鮮活的溫度和脈動，我的驚嚇指數還在持續飆高當中，而且鼻子撞得好痛。

因爲沒讓我受傷，我聽見拓也鬆了一口氣。「我知道啦！妳才不要隨便說出這種會讓人誤會的話，嚇我一跳。」

啊，完了！好想衝進那個狗屋去。

我摀著鼻子，努力掙扎著離開他，「我的意思是，你比較適合當笨蛋啦！」

「啊？妳剛才話裡的意思明明不是這樣！」

「我只有這個意思。」

「妳還敢說，不知道今天是誰考零分？」

我們開始莫名其妙地吵架，一面吵，一面笑，這樣的吵架也挺奇怪的。

後來，拓也又想起我剛剛的冒失，他用拿我沒輒的口吻說：「拜託妳自己小心一點，萬一妳有什麼閃失，挨罵的人可是我耶！」

我留在原地，目送他踏上森林小徑的背影，有點受傷，又有些私自期待那個人並不是那麼冷漠。「你是因爲受父母之命，所以才照顧我的嗎？」

他停下來，回頭看我一眼：「笨蛋！」

沒說是，也沒說不是，拓也只罵了我一句笨蛋。

或許我們兩個都是笨蛋吧！和拓也一前一後從森林回去的路上，我輕輕笑了起來。

一顆柔軟的心並不懦弱，反而有更大的力量承受外來的傷害，我想拓也應該是那樣的人，因爲希望他所受的傷能夠減到最輕，我想他是那樣沒錯。

✧受傷也不要緊，一個人只要可以溫柔，一定也能夠堅強，是吧，拓也？

第三話

膽小鬼

臆病者おくびょう者

雖然我很想念原小姐的聲音，不過，當我見到她本人，卻有一種恍若隔世、說不出怪異的感覺。

秋本先生也來了，他是來接我的，我必須定期回醫院做檢查。秋本先生難得回家一趟，大家本來希望他至少可以住一晚再走，可是原小姐是大忙人，她滿滿的日程表裡面安插不下這樣的人情安排，這一點，讓我對秋本家深深感到抱歉。

拓也和阿徹趕著上學，來不及跟我們道再見就離開了。稍晚，我坐上秋本先生的車啓程回到東京，原小姐事前交代，要稍微上點妝，不要戴那副學生眼鏡，要戴墨鏡，萬一不小心被跟蹤的記者拍到，上鏡頭會比較好看。

我慢吞吞地摘下土氣的書呆子眼鏡，將有大大茶色鏡片的墨鏡掛在臉上。上了顏色的視野使得所見事物顯露出幾分陌生，鏡中我的倒影也是一樣。

熱鬧的街頭，一班接著一班行駛的電車，綠燈一亮就湧現人潮的馬路，二十五層的高樓外懸掛一面電視牆，正在播放我拍的那支汽水廣告，有幾名路過的上班族佇足觀看了一分鐘。

透過貼有暗色隔熱紙的車窗，我困惑地打量那個笑得甜美的雨宮未緒，還有畫面後方那一片跟這城市形成強烈對比的碧綠草原，直到更換下一支廣告。

醫生說我復原的情況不錯，再過兩個星期就可以拆掉石膏了。

「是個好消息呢，未緒。」原小姐對我露出篤定的微笑。

我只是淡淡「嗯」了一聲，好消息……嗎？

既然不想回東京，爲什麼不對原小姐說？如果還捨不得放手，又爲什麼心情卻日漸徬徨？

回到秋本家已經是傍晚，餐桌上並沒有見到拓也。

「拓也跟班上同學出去了，說是會晚一點回來。」隔著一桌晚餐，秋本太太柔聲對我說。

我微笑地點點頭，匆匆夾起一葉青菜送入嘴裡。奇怪，她怎麼會知道我正疑惑著拓也爲什麼不在？

晚上，發現房裡的開水喝光了，於是摸黑來到廚房，還在費力摸索電燈開關的時候，四周突然亮起光明，我受驚回頭，發現拓也正下樓來，一隻腳還留在階梯上，一臉意外著我會在這裡。

「開關在外面喔，好好記起來吧！」

「謝謝。」

我將水壺和杯子注滿水，拓也繞到右後方，從桌上拿起秋本太太幫他留的飯糰，咬了好大一口。

我笨拙地喝著水，整張臉幾乎要埋進透明的玻璃杯中。只有我們兩個人在，是不是該說點什麼？

「那個，醫生怎麼說？」

「咦？」因為沒料到他會先開口，我的心臟一下子怦怦跳得好用力，「嗯，下下星期就可以把石膏拆掉了。」

「是嗎？」

「嗯。」然後我們之間一度陷入短暫的沉默，我才不自然地發問：「你剛剛才回來？」

「不是，快八點的時候就回來了。」

又是無可避免的沉默，怎麼辦？再來該說什麼？

拓也很快解決掉一個飯糰，他也顯得不知所措，搔搔臉，帶著第二個飯糰準備離開。

「歡迎回來。」經過我身後之際，他用幾乎會被人忽略的音量說了那麼一句話。

我眨了眨眼，感受到他帶起的微風掀起我的髮絲，又輕輕落下，耳畔響起他上樓的腳步聲。

「那是什麼意思啊……」我將杯子靠近嘴邊，情不自禁地又將那句話在腦子裡複習一遍，直到察覺自己莫名其妙臉紅了，才趕緊咕嚕咕嚕地把那杯水一口氣喝掉。

學園祭那天，我們班要開角色扮演的咖啡店，活動前一天大家都還對臉上化的妝束手無策，我於是自告奮勇說可以幫忙，因為事務所也讓我上過化妝課呢！

當天一大早就很忙碌，同學們一個接著一個坐在我面前，讓我完成各式各樣的彩妝，有點累，可是好有成就感。

「看妳很乖的樣子，沒想到化妝這方面這麼厲害啊！」

夏美交叉雙手，很訝異地站在旁邊看我工作，我什麼也沒說，只是對她笑笑，才發覺自己除了唱歌以外，還有派得上用場的時候。

學園祭正式開始之後，就沒我的事了，只需要偶爾幫同學補補妝。不過就算只是坐在一旁看熱鬧也很開心，畢竟國中畢業後，就沒參加過任何學校活動了啊！沒跟同學一起去蛋糕店吃到飽，沒有和要好的朋友去拍大頭貼，沒辦法跟其他人一樣討論班上誰喜歡誰……

一直望著校園裡來來去去的學生們，一直這麼望著，在出神的片刻聽見自己的聲音說，就這樣漸漸回到平凡的生活應該也很好吧……

「秋本！秋本在這裡嗎？」副班長氣急敗壞地衝了過來。

夏美走上前告訴他：

「他從剛剛就不在了喔！」

「什麼？正忙的時候他跑去哪裡了？」

目送副班長又跑走，我們一夥人心知肚明地互望一眼，什麼都不說又各自去忙自己的事。今天，是拓也「一決勝負」的日子啊！

拓也消失了兩個鐘頭，若無其事回到咖啡店時，沒有人問起「一決勝負」的事，他加入拉客的隊伍，和同學大聲吆喝客人進來，看起來挺有精神的。

學園祭結束後，收拾工作快要完畢，拓也突然舉起掃帚，高聲提議：「喂！等一下去KTV慶祝吧！」

「慶祝什麼？」夏美問他。

第三話
膽小鬼

他開朗地哈哈笑，「慶祝我們的咖啡店大成功，還有，我的『一決勝負』大、慘、敗！」

其他人一聽，紛紛面面相覷，儘管早可以預見結果，我還是不敢相信，更何況拓也竟然還一副搞笑的模樣。

我們當中最豪邁的夏美掄起袖子，轉身號召大家，「好！等一下全體到KTV去慶祝！秋本要請客！」

「喂！我可沒那麼說……」

「當然是提議的人請客啊！你們說對不對？」

一群人又開開心心鬧起來了，一路鬧到KTV，他們的情緒太high，我連推辭的餘地都沒有，拓也只顧著和死黨說笑，也沒能顧及到我這邊。

坦白說，他一整個下午的快樂讓我很不舒服。雖然是和平常沒有兩樣的拓也，但他活潑的笑聲、什麼都無所謂的隨性，還有既瘋狂又難聽的歌聲，都讓我的心痛痛的。

和我一起在森林回憶小林薰和小黑狗的拓也反倒真實多了。

「那傢伙在打腫臉充胖子啦！」八成是發現我對拓也的不滿，夏美拿著麥克風坐到我身邊，包廂裡吵得要命，她根本不用擔心會被其他人聽見。「五班那裡有消息傳出來喔，說秋本去找小林薰以後，沒等她回答，他自己先開口要和她撇清關係。」

「咦？」

「雖然不知道原因，不過秋本大概是想通了，很乾脆地和小林薰一刀兩斷，所以啊……」夏美聰慧地對我眨眨眼，「這個時候就好好陪他發洩一下吧！」

夏美真是個好朋友呢！那一刻，我羨慕起大家的友誼，羨慕得也想要成爲其中的一份子。

夏美雙手往後撐住沙發，挺了解似地嘆息，「不管怎麼說，發洩總比悶在心裡好吧！」

我看著拓也抓著麥克風胡亂嘶吼完，坐下來猛灌水，把制服上衣都弄濕了，「眞是笨蛋。」

其他人在沙發上又唱又跳，坐在電腦前休息的拓也安靜地盯著螢幕上的MV，這首播完又換下一首，他的眼眶逐漸濕潤起來，我愣了一下。

「喂！拓也，輪到你了，快點！」

聽見別人叫他，他回過神，支吾應一聲，重新拿起麥克風，歌的前奏已經奏完，他跟不上第一小節，低頭迅速用手背抹了一下眼睛。

「拓也！怎麼了？這首歌是你的主題曲耶！快唱快唱！」

他想扯出笑容回頭應和死黨，卻在再次觸及螢幕的畫面之際，怎麼也控制不了的眼淚就這麼沉甸甸地掉下來。

「啊！我喜歡這首歌，我要唱！」

我搶走來不及會意的夏美的麥克風，準確插入輕快的節奏，高聲唱起我很熟悉的同門師兄的單曲，這首歌在訴說一對兩小無猜的故事，是一個可愛又幸福的故事，歌曲的旋律很動聽，歌詞也格外催淚啊……

拓也默默別開頭，轉向貼有俗氣壁紙的牆，而我唱得如此投入，沒有注意到喧嘩的周遭何時安靜下來了，沒能及時發現我有過一陣顫慄的靈魂是那麼眷戀歌唱。

當時的我只想知道，這首歌唱完以後，拓也的眼淚是不是就能停止了？

要是讓原小姐知道我昨天的舉動，我想我一定會受到一頓嚴厲責罵的。
事實上，當我的嘴一離開麥克風，立刻就後悔莫及了。
「天哪！未緒！好厲害喔！」
「唱得簡直不輸給那些歌手嘛！」
「妳應該去參加比賽！啊！再唱一首吧！我幫妳點。」
就在我快招架不住時，夏美更是出乎意料的犀利，她搓起下巴，拿著偵探般的眼神瞅住我的臉，「妳的歌聲好像在哪裡聽過呢……不對，應該說跟誰的聲音非常相像。」
直到入睡前，我都還在深深自我反省，想了不少關於唱歌的事，還有爲什麼甘願冒著被認出來的風險幫拓也解圍。隔天早上天還沒亮，我已經醒了，梳洗後走到外頭，剛巧遇見坐在庭院抽菸斗的老秋本先生。
「早安。」
「喔！」他朝我舉一下手，元氣飽滿地衝著我笑，「早安，妳今天這麼早起呀？」
「是，有點睡不著。」
「是嗎？可以見到美麗的景色也不是壞事啊！」他深吸一口菸，再悠哉地吐出雲霧。
我順著他的視線望去，整個山梨縣正籠罩在一片縹緲白霧下，許多景物都呈現朦朧、不完全的面貌：遠處湖泊的弧形邊緣沒有銜接點，蜿蜒而下的小路沒有盡頭，座落在山林間的房舍沒辦法一一數算清楚，也看不見沒入雲層的森林頂端，但是感覺得到這個地方就連一草一木都在努力呼吸著，空氣中滿滿的都是充滿生命活力的味道。

「爺爺，這個時候森林裡會有很多人嗎？」

「不會。」老秋本先生不明白我為什麼突然這麼問，「村子裡的人平常沒事是不會進去的。怎麼了？」

「沒有，我想進去走走。」

我只是想找個地方試試發聲而已。昨晚在KTV的表現固然風評不錯，可是我自己清楚得很，的確是退步許多了。喉嚨根本放不開，共鳴的力道小，我的高音一點都不飽滿，才鬆懈不到一個月就會這樣嗎？

來到森林裡的那塊空地，從最基本的發聲練習開始，反覆了幾次，以前明明是最討厭的事，卻愈來愈覺得好玩。

一口氣練習二十分鐘之後，我停下來稍作休息，才轉頭，就發現森林小徑上一個進退不得的人影，害我也僵在原地好一會兒。

「你在做什麼？」我困窘地叫他。

拓也正在看走來的路，聽見我的聲音趕緊回身，一臉和我不相上下的尷尬。

「話先說在前面，我可不是故意偷看喔！我出來跑步，可是看到妳在、在忙，所以才……」

「到底有什麼事？」

他走近，正視我的眼睛忽然轉為真摯乾淨，「在KTV的時候幫我一個大忙，多謝了。」

「你也幫了我不少忙啊！」

「啊？」他不解地歪起頭，「有嗎？」

「比方說，你會陪我上下學，還有很多事。」我猶豫一下，繼續說：「還有，我從東京回來的那個晚上，你對我說『歡迎回來』。」

「什麼啊？那算是什麼幫忙？」

「我住在事務所的宿舍，沒有工作的時候都是自己一個人，所以，你對我說『歡迎回來』的時候，好像我也是家裡的一份子，我好高興，眞的好高興。」

「其實，當初老爸向我們提起妳要過來住的那一天，他對我們說，那孩子需要的不是一個避難所，是一個家。」

「秋本先生他……這麼說？」

糟糕，我有點想哭……

「嗯。雖然我不太了解原因，不過妳就不用客氣了。」拓也沒追問我家裡的事，讓我暗暗鬆了口氣。然後他轉回到剛才的話題，「話說回來，妳昨天在大家面前唱得那麼棒，不要緊嗎？」

「應該不要緊吧。」我心虛地故作鎮定，反問他的情況，「倒是你，已經沒事了嗎？」

他原本擔心的表情怔了一下，然後嘿嘿笑起來，「什麼有事沒事，就跟平常一樣就好啦！」

我不語，凝望他許久，輕聲問：「難道一定非笑不可嗎？」

「嗯？」他似乎不懂我的話。

「這明明不是開心得起來的事，你就算大哭一場也不奇怪啊！更何況，你昨天在學園祭做的事很不了起啊！」

拓也聽了，噗嗤地笑出來，好像我說了什麼笑話一樣，等笑夠了，輪到他看住我不說話，好一陣子。

「妳在胡說什麼？那怎能算是了不起？真正的了不起應該是，站在薰的面前，好好聽她對我說，對不起，拓也，我不能跟你在一起。」

「……」

「因爲害怕聽見她那麼對我說，所以我先放棄了，這麼一來永遠不會知道她的答案，自己也永遠不會被拒絕，妳懂嗎？這完全是膽小鬼的行爲。」他眉宇緊蹙，語調冷漠，我感受得到無以名狀的憤怒，是拓也在對自己生氣。「我啊，我不要大家同情我這個懦弱的傢伙，所以才跟傻瓜一樣拚命地笑，妳說得沒錯，可是像妳這種不敢承認自己是誰的人，沒有資格說我。」

原來，拓也也在對我生氣。

我不曉得當時自己的表情怎麼樣，不過那當下，我一句話也說不出來，好像有人重重甩了我一巴掌，只是痛的地方不在臉上。

直到拓也發覺自己太過衝動而閉上嘴，掉頭走開，我都還留在原地，對著我腳上沉重的石膏發呆，反覆回想有史以來所聽見最傷人的責備。

拓也讓我知道，發現自己是膽小鬼，原來是這麼難受的事。

已經不是第一次在冷戰的氣氛下和拓也一起上學，只不過這一次多了點孤單的感覺。

「我從以前就很想問，」體育課時，汗水淋漓的夏美特地到樹下陪我，並且沒頭沒腦地發問，「爲什麼妳不用『拓也』來稱呼秋本呢？」

「什麼？」

「你們是堂兄妹呀！照理說可以不用那麼見外的，為什麼妳老是叫他秋本？」

「呃？有、有嗎？」

不妙了。

「當然有啊！雖然沒聽過他是怎麼叫妳的，但是妳的確都喊他秋本！」

在KTV開口唱歌果然是不智之舉，更沒料到夏美的神經會如此敏感，後來雖然被我敷衍過去，但對於隱瞞雨宮未緒的身分愈來愈沒信心。

放學回家後，老秋本先生和秋本太太都不在，客廳桌上留有一張字條，說是在大阪的親戚生病了，他們過去探望，今天晚上不回來。

我和拓也正一起看字條時，衝進廚房的阿徹又興高采烈地跑回來，「幸好！晚餐已經先做好了。」

晚上只有我們三個人看家，拓也將熱好的飯菜端上桌後，阿徹餓壞了般地猛扒飯，一會兒，他放慢速度，輪流打量我和拓也。

我和拓也面對面而坐，我很安靜，拓也只是專心吃著晚餐。有一隻闖進屋子的飛蛾繞著日光燈管飛舞，不時發出「啪啪」的拍翅聲，偶爾牠會飛走，但不多久又飛回來，啪啪啪的，牠離不開迷人的燈光。

「你們怎麼了嗎？」阿徹問。

拓也出手推了他的頭一把，「沒事，吃你的飯。」

好孤單哪！

於是，這一夜我又失眠了，看見東方出現魚肚白時，曾經興起去森林練習發聲的念頭，可是一想到或許會遇見晨跑的拓也，只好作罷。

這天下課，我和夏美一起去買飲料，經過二樓的露天走廊，從上往下望見拓也和小林薰就要擦身而過，他們兩人一度四目交接，卻在不知道該怎麼面對彼此的窘境下，拓也先移開視線，快步掠過小林薰。小林薰咬了下唇，似乎想說些什麼，稍後也同樣放棄。她還沒走遠，拓也停下腳步，回頭看看她的背影，若有所思，才邁步離開他們交會的地方。

以爲才剛了結一件事，沒想到新的痛苦接踵而來。以爲閉上雙眼就可以逃避，但事情在閉上眼睛的期間只會愈變愈糟。我很想在心底說「活該」，然而我了解那種睜開眼睛後不知道該怎麼辦的感受。

才一回到家，拓也的手機響了，是阿徹打來的，正巧家中電話也在這時鈴鈴作響，我瞧了瞧講手機講得有點激動的拓也，便主動過去接電話，原來是秋本太太。

掛下話筒後，我告訴拓也，「伯母說那位親戚的病情不樂觀，所以他們會多留一天。」

「啊？什麼？」拓也的驚慌程度出乎意料之外，我很疑惑等他百般爲難地說下去。「阿徹那傢伙今晚要留在朋友家打電動。」

我睜一下眼，迅速理出頭緒，那表示，今晚只有我們兩個人在家？偏偏我們還鬧僵了？

拓也搔著頭淨盯住半掩的門口，而我瞅著自己的書包，小心地把它放在玄關。

「那，我們去買材料吧！我記得附近有一間小超市。」

拓也聽得一頭霧水：「什麼材料？」

「做晚餐的材料啊！今天吃蛋包飯和味噌湯好嗎？」

「妳要做飯？」

「嗯！」

超市並不遠，賣的東西不多，但該有的都不缺，我指點需要的食材，拓也負責將它們一一放進提籃裡。

這個時間有不少家庭主婦也來採買，在排隊等結帳的時候，我注意到我們兩個正被人指指點點，還間雜著曖昧的竊笑。

「我們好像很引人注意？」我偷偷問拓也。

「妳不會現在才發現吧？為什麼一定要出來買材料？吃泡麵就好啦！」

「我討厭吃泡麵。」

由於我的任性，拓也只好硬著頭皮應付結帳大嬸的調侃，回家路上不停地抱怨。不過回家之後，當他幫我將熱騰騰的蛋包飯和味噌湯端上桌，對於我先前的堅持便有些折服了。

「妳眞的會做飯啊。」

「以前工作的時候都吃便當和泡麵，所以一回家就很想吃家常菜，吃吃看。」

我在拓也對面坐下，看著他說完「我開動了」，便挖起一口蛋包飯送進嘴裡。

「怎麼樣？」

「好吃！」

他還置身在我會做飯這個意外當中，我笑一笑，「那就好。」

拓也一面吃得津津有味，一面開起玩笑，「妳不覺得我們這樣很像電視劇的情節？」

「什麼意思？」

「就是，孤男寡女相處一室，然後就發生一些故意要把兩個人湊在一起的意外。」

「你放心，我們不會那樣。」

「妳爲什麼這麼確定？」我太斬釘截鐵了，他反倒百思不解。

我顧著喝起自己的湯，「因爲喜歡你這個人應該會很辛苦，還是不要的好。」

原以爲拓也會再吐槽回來，等我再抬起頭，卻見到他托著下巴，輕鬆地笑著。

「有這種預知能力，好像也不錯。」

那抹帶著傷感的微笑害我不小心愣了幾秒，那是我第二次猶豫著要不要把那個神祕女人的預言告訴他，話又說回來，只要我不喜歡這傢伙就好了。

「妳去旁邊休息啦！我來洗碗。」

我被趕進客廳，才打開電視就看見自己的MV，便隨手關掉電視和客廳的燈，無事可做地晃到外頭廊道，坐下來吹了幾分鐘晚風，再回頭瞧瞧屋內的拓也。

他在亮亮的廚房穿上秋本太太的圍裙，掄起衣袖在水槽前賣力洗碗，一副駕輕就熟的模樣。

我因而納悶地打量許久，是不是男人洗碗的背影都特別好看呢？

「給妳。」碗盤都洗乾淨了，拓也端來兩杯熱茶，將其中一杯放在我的手邊。

「謝謝。」

深秋的山梨縣已是滿山五彩繽紛的顏色，楓紅佔了大多數，上下學經過森林的路上，不時能見到火紅的落葉宛若春天的櫻雪飄落。只是一入夜就什麼也看不到了，剩下一座座漆黑的山形，眼前的森林正以這種龐然懾人的姿態聳立在我們視線裡。

「喂！我晚一點會到同學家住。」

拓也啜著茶，漫不經心地向我提起，我則用雙手捧住熱呼呼的陶杯，一邊耐心吹涼，一邊回答他，「我不介意喔！就算只有我們兩個人。」

「笨蛋，妳不怕我對妳下手啊？」

「你敢下手，我就跟小林薰說。」

哈，踩到他的死穴了吧！

「啊，對了，上次在森林的事，我要向妳道歉。」認錯的時候倒很乾脆，應該是他這個人的優點之一吧。「應該要向妳道謝的，怎麼後來會搞成那樣呢？我這個人啊，因爲被妳說中實情，就惱羞成怒了，眞對不起啊！我說妳不敢承認自己是誰，說得太過分了，那本來就是沒辦法的事嘛，萬一大家知道眞的雨宮未緒就在這裡，一定會天下大亂的！」

我轉回頭，將杯口貼近臉部，上竄的蒸氣暖洋洋的，薰得人好舒服。記得一個晚上我也手拿一罐剛從販賣機買來的熱咖啡，站在東京的天橋，俯看底下車流連接成綿延的銀河，閃閃爍爍地從腳下通過。

「那個時候，我心裡想，如果有一天我消失了，一定很快就會被那些人遺忘吧！當初要讓大家記住我，我像個冷血的人拋下所有過去，還爲此付出許多心血。不過大家要忘記我這個人，應該是輕而易舉的事，他們會再去喜歡別的歌手啊！那一天起，我開始問自己，既然如此，又是爲了什麼而努力？値不値得？到頭來會不會是一場空呢？我愈想愈害怕，好像腳下的天橋隨時都會不見，沒人會接住我。」我環抱雙臂，望向前方少了霓虹燈點綴的森林，彷彿聽得到紅色楓葉輕輕落在泥土小徑上的聲響，好似正在回答我的困惑一般。「明明應該要勇往直前才對，爲什麼眞正的夢想總是讓人怯步呢？」

「妳想太多了，等妳的腳好了，又可以跟以前一樣的。」

「但是，我不確定自己還想不想要以前的生活啊！」我的頭支靠在屈起的膝蓋上，似笑非笑地告訴發怔的拓也，「國中的時候，我曾經跟一個同校的男生交往喔！那個男生是一個很體貼的人，個性有點好強，是做什麼事都可以得心應手的那種天才型人物。我開始忙工作之後，和他見面的機會就愈來愈少，直到他的存在對我來說再也無關緊要，我甚至還爲我們的疏遠而暗暗慶幸，這麼一來就可以心無旁鶩地衝刺下去嘛！後來有一天，就在我們失聯不知道第幾個月的某一天，我在電視台準備上通告，原小姐進來說他帶著禮物來找我。我第一個念頭是，他該不是因爲我成名了，所以想來騷擾我吧？畢竟這種事在圈內很常見呀！所以我對原小姐說，我不認識那個人。嘿！你會認爲我很無情嗎？」

「這個，站在妳的立場，會那麼做也無可厚非吧。」

「是吧？但是，原小姐幫我拒絕了之後，卻帶了一個草莓蛋糕回來。那天是我的生日，我竟然連自己的生日都忘了，不過他還記得我最喜歡的就是草莓蛋糕喔。我覺得自己好差勁，馬上衝到休息室的窗口想找他，只看見他的背影，穿著運動夾克和藍色牛仔褲。那一次只看到他的背影，愈走愈遠，因爲我不能丟下通告，也沒有追上去的勇氣，所以我坐下來，邊吃蛋糕邊哭，滿臉都是眼淚和奶油，害化妝師急壞了，也被原小姐罵了一頓。又過不久，在秋本先生的車子裡看見他在街上，他和一群我認識的朋友在一起，笑得很開心的樣子，我突然覺得自己似乎失去很多東西，而那些東西是一旦過去就再也找不回來的。以爲一直努力就可以得到想要的，卻害怕一回頭會發現原來什麼都沒有。那些演唱會、那些通告、那些銷售數字都不是最初懷抱著興奮的心情和事務所簽約的我想要的。」

「那，妳想要什麼呢？」

拓也定睛注視我，我因爲那雙毫無虛假的瞳孔過於燦亮而有些顫抖。

「不知道，我想只要能夠暫停一下腳步，應該就能找到答案，所以排演那一天……」

「嗯？」

「排演那一天，」我將臉深深埋入膝蓋，就像摔落舞台後的那幾秒，要將身體撕裂般的劇痛也令我蜷曲在地，「我是故意踩空的。只要讓自己受一點傷就好，休息個幾天就可以重新找到方向，當初是這麼想的，我沒想到事情會變得這麼嚴重。」

這回拓也倏地坐直身子，十分驚訝，「喂，眞的假的？」

「是眞的，我不知道爲什麼要做那種傻事，也不知道爲什麼要告訴你。」我再稍稍轉向他，淺淺扯出一道淘氣的笑意，「怎麼樣？我是不是更像膽小鬼呢？」

「妳在說什麼？」

「跟我比起來，你的膽小根本不算什麼。」

拓也先是愣一愣，然後覺得好笑，「傻瓜，妳還想安慰我嗎？明明自己都快哭出來了。」

我不再看他，仰頭望向沒有光害的滿天繁星，散布在黑色森林的上空，像是掛在耶誕樹上的金色星星，發出淡淡的、會帶來奇蹟的光芒。「我眞的很喜歡站在舞台上唱歌喔！看著底下的觀眾跟著我哼唱、跟著擺動身體、跟著微笑和流淚，就知道他們被我的歌聲感動了，那樣的我是很幸福的。我想，除非再重新喜歡上唱歌的自己，才能再站上舞台唱給更多人聽。自己不先感到幸福的話，是沒辦法爲別人帶來幸福的啊。」

「……」

「你也是喔！」我又接著說。

我瞄向拓也，他瞧了我一眼，不自然地「嗯」一聲，提起那天的事，「雨宮，那天在KTV的時候我雖然心情很壞，可是聽見妳唱的歌真的起雞皮疙瘩喔！妳看起來一點都不強壯，沒想到唱歌卻很有爆發力，有那種歌聲的人，不會是軟弱的傢伙。」

什麼啊？他這是在幫我打氣嗎？

「跟你說……」

「嗯？什麼？」

我們兩個又對看一眼，都是欲言又止的表情，我想我要說的話並沒有那麼重要。

「算了，沒什麼。」

這個只有我們兩個人的夜晚，並沒有像電視劇的劇情一樣迸出什麼浪漫的火花，只有滿天繁華而蒼涼的星斗，還有我們並肩坐在屋簷下仰望天空的身影。兩只擱在地板上的茶杯已經不再冒出蒸汽，我不太確定地皺皺眉，是那杯熱茶的關係嗎？似乎，有某種小得幾乎察覺不到的溫暖感動，好像冬天藏在衣服裡的暖暖包，正開始在胸口慢慢熨燙。

✧跟你說，兩個膽小鬼加在一起，應該多少會有一點勇氣了吧，拓也。

第四話

森林裡的熊先生

森のくまさん

就在秋本太太晾衣服的時候，她望向晴朗的天空說，再過不久應該就要下雪了。那一天，拓也、阿徹和我在庭院燒著落葉烤地瓜。

我腳上的石膏在第二次回東京時就已經如期拆下，行動輕便不少，如果距離不是太遠，有時還會偷懶不用枴杖，直接跳啊跳著走。

「夏美問過我爲什麼不叫你名字，她說得沒錯。」我向拓也提起夏美的質疑，「所以，以後我就叫你拓也好了，你也直接叫我未緒沒關係。」

「喔！」拓也專心攪動被火烤得劈里啪啦作響的枯枝、枯葉，根本沒看我。

「那是什麼意思？」

「意思是我知道啦！」

「我已經叫你拓也了，禮貌上你好歹也要叫人家一下吧！」

「我沒事幹嘛叫妳？」

「什麼嘛！那你把我剛剛叫的『拓也』還來！」

「妳不要計較這種低層次的事好不好？」他簡直不敢置信。

「既然不計較，那你就叫我『未緒』啊！」

「不要。」

他再次低下頭，佯裝忙著應付已經開始冒出甜甜香味的地瓜。阿徹手上雖然也拿著一根插有地瓜的樹枝，不過他對我們的一來一往顯得更有興趣。

「在吵架？」他笑笑地低頭搜尋拓也的表情，卻被拓也一把推回去。

「沒有，啃你的地瓜啦！」

我不太明白，常常就在我剛認爲拓也是一個體貼的人的時候，他又會變得淡漠起來。

我不是眞的那麼想要聽見他叫我的名字，只是當我認爲我們之間的友好程度已經有所進展，卻發現對方並沒有懷抱相同的想法，這令我感覺像活生生被澆了冷水一樣。

因此，先喊他「拓也」的我，感覺上好像是輸了。

拓也說過要將清晨的森林讓給我，他會更改晨跑路線，所以我每天在早餐前就先到森林練習發聲。那期間隱約聽得見規律的跑步聲從遠遠的地方傳來，不徐不緩，十分沉穩，與我專心練唱時的心跳是那麼好聽地契合著，周遭沒有觀眾，也不覺得孤單。

明年春天便進入考季，班上讀書的氣氛緊繃不少，拓也平日吊兒郎當的態度不自覺收斂許多，念書時總算有幾分班長的樣子。

「秋本？他啊，」換教室的路上，夏美告訴我，「聽說是要考東京的大學，好像要念建築系之類的。」

「建築系？」

奇怪，第一次遇到拓也時他正在拍DV，之後也見過幾次，我還以為他對攝影有興趣。

「沒聽他提過呢！」夏美嘟嘴想了一會兒，又興奮地拍手，「對啦！那傢伙倒是挺適合做導演喔！以前有戲劇表演的時候，都是秋本負責排戲，大概是因為這樣，大家就覺得他比較像是當班長的料。」

我們正在聊上大學以後的出路，無意中發現拓也站在網球場外隔著網子和小林薰說話。小林薰穿著合身的粉色網球裝，裙襬短得引人遐想，雙手背在背後，拿住一支拍子和一片CD，偶爾用小指撥開落到眉梢的劉海，嬌澀地笑著，我想誰也捨不得將硬式網球朝她的方向打吧！

聽拓也說小林薰向他借披頭四的CD，他們漸漸又可以自然地相處，只不過現在單純是青梅竹馬或是多年好友的關係。

「未緒，未緒！小心！」

意識到夏美在叫我，我已經撞上原本擱在牆壁旁的鐵梯子，只感覺夏美伸出的手錯過我的衣袖，而我重重撲跌在地上，看著倒下的鐵梯子應聲壓住我的枴杖。

「未緒！妳沒事吧？」

夏美丟開課本，蹲下來扶我，我起身坐好後感到不太對勁，好像少了什麼似的……

「啊！」往臉上一摸，眼鏡不見了！

四下尋找，趕緊抓起掉在腳邊的眼鏡，誰知正要戴上去，卻被夏美攔住。

「等一下！我認得這張臉！」

「眼鏡還我，夏美。」

我想伸手奪回眼鏡，夏美卻放開了它，她改爲指住我的臉，張大嘴，誇張的神情彷彿有了天大發現，又驚又懼的，我也一樣。

「雨、雨……」

夏美才出聲，突然有人闖進來擋在我們之間，是拓也，他攫住夏美的手，將她推離一些，然後回頭問我，「妳有沒有怎樣？」

「我沒事，可是……」

「妳們在搞什麼鬼？」

他正要詢問原因，那個原本應該要隱藏得很好的名字，已經攔不住地從夏美嘴裡脫口而出。

「雨宮未緒！」

糟了！

拓也嚇一跳，不過他反應快，拉著夏美衝到教室大樓後面去。等我一拐一拐趕到時，嘴巴被緊緊摀住的夏美好不容易才掙脫出來，對他發起脾氣。

「你幹嘛啦？」

「夏美……」我試著喚她。

她一見到我，二度用食指指住我的臉，「別以爲我不知道，這人明明就是那個失蹤的雨宮未緒！她根本不是你的堂妹嘛！」

拓也呼出一口大氣說：「既然這樣，那就沒辦法了。」

我偏起頭，「拓也？」

「只好殺人滅口了。」

「啊？」夏美當眞地後退一步。

「騙妳的啦！」拓也改口，轉爲一本正經，「不過，能不能請妳當作沒這回事？」

「那種事怎麼可能做得到？她可是雨宮未緒耶！」

「拜託妳！」

下一秒，拓也向夏美彎腰鞠躬，害夏美傻住了，我則因爲拓也竟然這麼做而深深感動。

「說謊的確不對，不過，萬一事情被揭穿，後果一定不堪設想，妳一定也想像得到吧？」

夏美爲難地閉上嘴，我跟著走到拓也旁邊，和他做同樣的動作，向夏美低頭請求，「拜託妳，夏美，請妳不要說出去。」

「我、我知道了啦！你們不要這樣！」

我和拓也緩緩抬頭，夏美對我們沒轍地笑了。

我們一起蹺了這堂課，在頂樓上，我向夏美簡單說明來龍去脈，夏美則大呼幸運地探聽幾則她喜愛的藝人的消息，甚至秉持一種偵探的驕傲，一一說明這些日子以來她的合理懷疑。

「妳也眞不簡單，竟然能夠發現她的眞實身分。」拓也打從心底佩服她。

夏美更是得意洋洋，還神祕兮兮的，「哼！我告訴你，如果再照這樣下去，其他人一定也會發現的。」

「爲什麼？」難道我僞裝的工夫這麼差勁嗎？

「這個啊！」夏美舉起她的左手，手腕上有一道明顯的紅色勒痕，是拓也剛剛的傑作，「我沒見過有人這樣護著堂妹的，你不會太熱情嗎？秋本。」

我一怔，誰知拓也搶在我前頭反駁，「混、混蛋！妳不要亂講，這傢伙要是洩了底，我老爸肯定會丟飯碗啦！」

他依然不肯叫我末緒。

不過呢，我從後方望著對夏美哇哇叫的拓也，他的耳朵紅紅的，不知怎的，誰輸誰贏也不是那麼重要了。

「喂！妳也幫忙否認一下吧！」他忽然掉頭催促。

我微微一笑，「謝謝你，拓也。」

他愣住，然後，哎呀，耳朵的紅顏色好像更深了。

昨天夜裡下過一場大雨，被雨聲吵醒後，就躺在床上一直傾聽大得令人不能置信的雨，像要一次把世界都徹底沖洗乾淨那樣，嘩啦嘩啦地下了一整夜。

翌日天空竟呈現抽空似的蔚藍，連一絲雲絮也沒有，森林比往常還要翠綠，明亮得會發出一層淡淡光芒。

今天是星期天，我和秋本太太在廚房準備午餐。我喜歡幫秋本太太做家事，應該說，我喜歡接近她，她讓我懷念老家生活的心情稍稍得到了一些安慰。

第四話
森林裡的熊先生

只是午餐時間到了，都還不見拓也的人影。

「我去找他。」我對秋本太太說。

秋本太太攔不住我，在後頭揚聲喊著：「那孩子大概又跑去森林囉！」

我也是這麼想，所以想去森林看看。而它果然如我想像中美麗，每一片葉梢、每一株枝幹都懸掛著燦亮的水滴，雨後的森林散發出湛綠的顏色。

爲什麼這會是一座遺忘的森林呢？明明是美麗得跟水晶世界一樣，爲什麼要有帶著悲傷意味的傳說，和預言？

我不費吹灰之力就找到拓也，他正拿著DV，細心拍攝頭頂一閃一閃的光景。

「吃午飯了。」

我出聲，他的視線自DV轉移到我身上，然後關掉它。

「這是你的興趣嗎？」我問。

「嗯。以前看過幾部老電影，覺得那些導演好厲害，就想要自己也試試看，啊！當然是自己拍著玩的。」他一邊把玩心愛的DV，一邊精神奕奕地說給我聽，包括這部DV是他辛苦打工半年才買下來的。

「夏美說你們以前演過的幾部話劇都是你寫的劇本？」

「那個啊，寫一寫也滿好玩的嘛！」

「你自己有拍片子嗎？」

「也不算片子，以前和幾個比較要好的朋友一起拍過短片，就像是在演一齣很短的故事，薰每次都當女主角，不過後來大家忙著應付升學壓力，就沒再這樣做了。」

「那麼，你爲什麼不選攝影之類的科系呢？我是說上大學後。」

他看我那一眼，那眼神彷彿我說了什麼天眞的話，接著拓也笑了。

「夢想畢竟是夢想，又不能當飯吃。況且我是家裡長子，將來大學畢業後不可能找那麼不穩定的工作，做個建築師比較實在，這方面爺爺也可以教我。」

我一時之間接不上話，拓也比我想像的還要成熟，我們明明同年，他卻已經考慮到好久以後的事。而我當初只是一頭熱地朝著夢想往前衝，不顧一切的結果，如今卻找不到路的去向，所以我沒資格對他說什麼要堅持夢想之類的好聽話。

「妳就很幸運啊！我雖然大概能明白妳現在的煩惱，不過這麼快就實現夢想的人，世界上應該不多吧！」

「嗯。」這點我知道，聽見有人也這麼肯定的時候，心裡亂開心的。

「妳怎麼了？」他走在前頭，狐疑地瞧我。

「只是覺得有點可惜。」

「可惜什麼？」

「如果將來你眞的變成導演，或許我們就有機會合作了。怎麼樣？」我稍微舉高枴杖，單腳優雅地轉出一圈芭蕾舞步，「有雨宮未緒入鏡，應該會大賣喔！」

就在這時我的耳環順著旋轉飛出去，我摸住耳朵，拓也只看到空中一道亮亮的弧線，他循著方向過去尋找，從泥濘中撿起一小片白色東西，有些失望。

「我以爲是妳的耳環。」

我走近看，他的手掌中躺著一枚貝殼，沾染泥巴，卻是色澤非常清透的乳白色，爲什麼應該是海裡的東西，會出現在森林這種地方呢？

「好稀奇喔！」

「妳喜歡？」

「嗯！」

我以爲他接下來會說「送給妳」。

「那我先收起來。」拓也將貝殼收進外套口袋，快步走到左前方去，「那裡有東西在發亮，應該是妳的耳環了。」

我一看，原來耳環是掉在一個斜坡上。「算了，不是什麼貴重的東西。」

「反正撿得到，幫我拿一下。」

拓也將DV交給我，自己小心翼翼地走下那個陡坡，我相信他的身手應該不錯，可是他一定忘記下過雨的地面很滑的。

「拓也！」

他整個人往下溜，我嚇得趕到那個坡面上方，看著拓也已經一步步爬上來，才剛把耳環塞給我，他就倒向後面的樹，很痛的樣子。

「你受傷了？」

拓也坐在地上，按按腳踝確認，「好像扭到腳了。」

「那，」我看看他的腳，「我扶你回去好了。」

「啊？」他覺得我一點都沒搞清楚狀況，「妳自己也是摔斷一隻腳的人耶！」

「是腳快好的人。」我樂觀地說服他，「而且我的枴杖可以借一支給你用，像是運動會玩兩人三腳那樣。」

「可是……」

「來吧！爲了開演唱會，我的體力可是不輸男生的喔！」

不再給拓也推辭的餘地，我已經上前將右手繞過他的背，用力將他攙扶起來。我的頭半靠在他穿著鋪棉外套的肩膀，誰知拓也沒來由地抗拒打住，撞得我的額頭好痛。

「等一下，我全身都是泥巴……」

「我沒關係。」我低頭看看自己，已經有一大半的衣服也印上大概是洗不掉的污泥了。「因爲是拓也啊！所以沒關係。」

我們兩人各拿一支枴杖，笨拙地試著往前走兩步。我皺眉暗暗回想一遍，然後在尷尬的安靜中開口。「我剛剛，好像講了什麼奇怪的話。」

「啊？是有點奇怪。」拓也面向另一邊的森林深處，生硬接腔。

我想，我要說的是，因爲拓也是爲了幫我撿耳環才摔傷的，所以我弄髒衣服也不算什麼；因爲拓也總是在幫我的忙，所以我也想爲他做一點事，即使是微不足道的小事也好……我要說的話有好多，一時半刻是沒辦法整理清楚的啊！有時會有「拓也是我的什麼人」這種錯覺，若是說「騎士」，似乎臭屁了一點，「守護者」聽起來又太使命重大了，然而，他對我而言的意義到底是什麼？

「你如果覺得奇怪，就當我沒說過嘛！」

我想賴皮地把那句話從他腦子裡消掉，拓也掉頭看我，原本想對我說什麼，但是在愣過一兩秒後噗嗤一聲，竟然自己笑起來。

「什麼？」

「不，沒什麼……」

「那你就不要笑啊！」

「不要妳管，快走吧！這森林奇怪的動物還眞不少。」

他別過頭，還是輕輕笑個不停，我有些不耐煩，「幹嘛扯到動物？我剛說的話你到底有沒有聽到？」

「是，聽到了！」

他就這樣像傻瓜一樣地一路笑回家，家裡的人見到我們兩個狼狽的模樣都嚇一跳。拓也待在客廳，讓老秋本先生整治他扭傷的腳踝，我踏進洗手間沒多久就聽到他的慘叫。

「咦？」才剛照見鏡子，我立刻錯愕地貼近它，「這是什麼啊？」

我的鼻子有一塊好大的泥巴，不偏不倚，就在鼻頭上，而且形狀還非常接近圓形，看起來簡直就像……我萬念俱灰地撐住洗手台，像耶誕老公公的馴鹿！

難怪拓也莫名其妙地提到動物！

我用力洗掉身上的泥巴，鼻子也被我擦過好多遍，卻反而變得更紅，這下子更像馴鹿了。

「也不跟人家說一聲！」

我拿起濕毛巾摀住鼻子，低聲埋怨起拓也的壞心眼，一想到他在森林裡因為見到我的臉而笑得好愉快，我藏在毛巾裡的嘴角也揚起一點快樂了。

下午，老秋本先生邀我們陪他去釣魚，阿徹說他作業寫不完，不去了。於是我佯裝在跟拓也生氣，從頭到尾只肯跟老秋本先生講話，拓也在後頭幫忙拿釣魚用具，悶不吭聲地踱著。

老秋本先生坐在岸邊的矮凳，朝那座平靜的湖泊拋出釣線，遠遠的水平面「咚」的一聲，散開好幾圈同心圓來。世界只有那碧綠的水面是動的，除了這座湖和它附近冬天乾掉的草木，其他的一切都從現實生活中漸漸抽離褪去。我坐得很接近湖水，只要把腿伸直一點，就可以觸碰到靠過來的漣漪。

老秋本先生架好釣竿後，很悠閒地抽起菸斗，從湖中央吹上來的水氣格外冰冷，我忍不住將外套領子往上翻。這時拓也到我身邊坐下，遞出他的手，「給妳。」

他握拳，根本看不見裡面有什麼東西，我奇怪地伸出手，他將一條項鍊擺在我的手掌上。

「那個時候的……」

在森林撿到的那只貝殼已經清洗得潔白雪亮，它是一片扇形貝，頂端打穿一個小洞，有一條淺褐色的短繩穿過去。

「那繩子是用樹枝刷下來的絲搓出來的，本來想用一般的銀鍊子，不過既然貝殼是在森林裡發現的，用森林裡的東西把它做成項鍊應該比較合適喔？」

「好厲害。」我真的對他佩服得五體投地，不禁好奇地問道，「有什麼事是你做不到的嗎？」

拓也托起下巴，假裝認真思索，然後笑嘻嘻回答：「變得幸福。」

這傢伙！想起我上次在屋簷下跟他說那些關於幸福的話嗎？

「笨蛋。」

我白他一眼，兀自動手要將項鍊戴上去，不過弄了好久，就是沒辦法成功，拓也看不下去，來到我身後接手。

「頭低一點。」

老秋本生曾經掉頭看看我們，然後無動於衷地再面向他毫無動靜的釣竿。我低著頭，乖乖讓拓也幫我戴上項鍊，它眞的好別緻，我愛不釋手地撫摸幾下。我想，就算找遍全世界的店，一定也找不到相同的款式，它是獨一無二的。

「謝謝你，我會好好保存的。」我情不自禁地吐出肺腑之言。

拓也的動作一度放慢，我看不見他的表情，只聽見他漫不經心說：「又不是什麼好東西。」

「不過我很開心喔！能讓一個人開心就是很棒的東西了。」

「妳很會講話嘛！」

「心裡想到什麼就說什麼啊！下次我也送你東西吧。」

「不用啦，我們又不是在交換禮物。」

「還沒好嗎？」我的脖子有點痠了。

「再等一下，我把這扣環壓正一點。」

我靜靜等候一會兒，開始無聊地四處亂看，從我沾上一些草屑的長褲、套著深藍色帆布鞋的腳、清澈的湖水、水中拓也專注的側臉……

我怔了怔，正巧拓也的倒影也望過來，我們的視線在水面上一度交會，他深邃的黑眸如此清澄地投映在我眼底。這一次，就跟第一次見到拓也時那樣，我的心臟彷彿被迅速捏住那般地緊縮，因而窒息片刻。

「好了。」

他不自在地移開眼睛，放開項鍊，回到方才的位置坐好，摸著後腦勺，面向另一頭無人的岸邊小路。我則強迫自己望著另一端的老秋本先生，他正懶洋洋打起大呵欠。

爲什麼最近偶爾會有這種不敢直視對方的時候呢？

「啊！我知道該怎麼謝你了！」

因爲我忽然叫起來，拓也似乎一時回不過神，「什麼？」

我不管他，輕輕哼唱起一首小時候聽過的童謠，那首歌是〈森林裡的熊先生〉。

有一天在森林裡，
熊先生出現了。
在開滿花的森林小路上，
熊先生出現了。
小女孩快從熊先生那裡逃跑。
沙沙沙！
沙沙沙！
這時候熊先生從後面追上來。
咚咚咚！
咚咚咚！
小女孩，等一等，
妳的東西掉了，
是白色的貝殼小耳環。
哎呀！謝謝你！熊先生。

那我唱一首歌給你當禮物吧！

啦啦啦！

啦啦啦！

我唱到一半，拓也忍不住笑出來，原本快要打盹的老秋本先生又往我們這邊看，面帶微笑地聆聽。

「虧妳想得出來。」

「很像我們今天發生的事吧？那雨宮未緒要再唱一次。」我自己用手打拍子，悠悠揚揚唱出可愛的旋律，「有一天在森林裡，熊先生出現了，在開滿花的森林小路上，熊先生出現了……」

傍晚的夕陽從西方斜斜照射過來，在小徑上拖出三個拉長的影子，也將整片湖水染成不可思議的嫣紅。那天依舊沒有任何一條魚上鉤，從菸斗升起一道裊裊白煙，時間的腳步不知不覺從這個空間遠離了。拓也再次撐起下巴，舒服地聽我唱歌，他的眼睛既璀燦又溫柔，有一點點幸福的顏色，我想是夕陽的緣故。

既不是我的騎士，也不是什麼守護者，拓也應該比較像熊先生吧，只要待在他身邊就會覺得安心的熊先生。

拓也把他拍過的片子放出來給我看，怎麼說呢？以我這還算半個專業人士的人來看，他的手法還是太生澀造作了，不過幾個取景的手法倒是不錯。

我們待在沒開燈的客廳，看過一部又一部的短劇。

我趴在桌上，凝視畫面中的小林薰在外面那個紅色郵筒旁聽見有人叫她而狐疑回頭，飄蕩的牛仔裙襬，揚起的髮梢，就連頭上那支蝴蝶髮夾看起來都快振翅高飛。外行人也看得出拿攝影機的人對這女孩懷有一份特別的情感啊！

「怎、怎麼樣？」拓也故作滿不在乎。

「反正是夢想啊！」我掉頭笑笑地回答他。

他不高興起來：「這算什麼？妳就直接說我沒才能就好了。」

「我是說，既然是夢想，實現它的空間不是很大嗎？」

「聽起來一點都不像是安慰人的話。」

「夢想啊，」我站起身，舉高雙手伸懶腰，「是不能憑一時之言來斷定結果的嘛！」

拓也當下並沒有回話，等我走到電視機前將片子拿出來，他忽然開口：「那妳呢？」

「嗯？」

「現在說要放棄當歌手不會太早嗎？」

我因爲發現自己無法當機立斷地回答他而感到驚訝。拓也犀透的目光已經洞悉我的徬徨一般，害我覺得有些丟臉。

「啊！這裡還有一片還沒看。」我顧左右而言他地去翻找散在桌上的帶子。

誰知拓也一個箭步上來，搶走我手上什麼都沒標明的母帶。「那個不行，那個是……」

「A片？」

「不是啦！總之，這個是拍錯的，不用看。」

就算是拍錯的，也不用這麼緊張吧？

然而隔天上學，拓也把他給我看過的那堆影片通通送走了。

他在校門口遇到小林薰，很不巧的，她和她的混蛋男友一起上學。

「一直想要給妳，卻沒有機會，昨天跟她一起溫習過一遍了，就想今天一定要拿來給妳。」

拓也把我們昨天看過的那些帶子都裝在紙袋中，交給小林薰。這時混蛋男友揚了揚他濃密的大眉毛，一副「你這小子想搞什麼鬼」的態度，接著他注意到我，竟然趁機對我輕佻地撂下巴，果然是混蛋！小林薰望向站在拓也身旁的我，用心打量，彷彿想問我是拓也的什麼人，爲什麼他肯讓我看他拍的片子，不過她抿抿唇，然後收下紙袋。

「謝謝。」

不等拓也說話，混蛋男友急著把小林薰帶走，小林薰則不時邊走邊回頭，拓也雙手往褲袋一插，帶著幾分無奈的微笑目送她離開，像是說著要她不用擔心。

「你沒備份？」我問。

「幹嘛備份？將來等我拍出很棒的片子，就會有人來求我備份了。」

我瞥他一眼，「很有自信嘛！」

他低下頭看我，揚起嘴角，是一個十分清朗的笑容，「反正是夢想啊！」

「不過，這樣好嗎？那些可是有小林薰的影片喔。」

「那些是回憶，回憶保存在腦袋裡就可以了。」拓也又說起道理了，他揹正書包朝校門口走去，「將來，有未緒入鏡的影片才有可能大賣，不是嗎？」

我睜大著眼，不敢輕易動彈。

他叫我的名字了！拓也叫我未緒了！自然得好像我一直生活在他的歲月裡。

望向拓也走掉的方向，他寬大而可靠的背影，寫著甩開過去的輕鬆，同時也伴隨失去的落寞。而我，有一點點高興，也有一些些感傷。那是我生平第一次想為別人祈禱，祈禱那個人有一天眞的可以得到幸福。

✧

因為熊先生和小女孩那樣純真、良善的際遇的確存在著，我們的人生才值得去期待明天又會和誰相遇吧！拓也。

第五話 Touch

タッチ

那奇妙的、藏也藏不住的渴望，出現在一個雲層很低很低、隨時都會降下今年第一場瑞雪的日子，總不期然地深深觸動心房。

「是，我知道了。」

掛下電話，秋本太太已經等著問我了。原本是秋本太太先和秋本先生通話，最後才輪到我和原小姐。

「未緒，結果怎麼樣？」

「原小姐說，年底事務所很忙，秋本先生本身也有不少工作，所以這次我自己回東京。」

「那怎麼行。」秋本太太露出擔憂的神色，下意識往我復健中的傷腳不住打量，「妳行動不方便，怎麼可以自己一個人坐車回去呢？」

「我已經可以不用柺杖了，車程又不遠，而且大部份時間都在坐車，不用走路啊！」

她嘆了一口氣，轉頭看拓也，「我還是不放心，起碼讓拓也送妳去搭公車吧。拓也？」

我還想開口，看電視看得目不轉睛的拓也很乾脆地答應了，「好。」

我想，自己應該再加把勁推辭才對，如果我真不願意給人添麻煩。

緩緩走到門口，推開一點門縫，彷彿會在人的臉上撲上一層薄霜的北風直撲而來。我環抱雙臂，輕輕將額頭靠在門板上思索，心裡滿高興的，不是爲了有人接送的便利，不是啊！只要一想到多出了和拓也相處的時間，就會不由自主地暗自期待，期待多和他說些話、多聽一聽他的聲音。然而因爲這種莫名其妙的理由而開心，是不是應該小心一點了？

「喏！」

「好燙……」

我按住臉頰，拓也將肉包子遞過來，和善笑著，「趁熱才好吃。」

「謝謝……」

將熱呼呼的包子捧在手心，我悄悄瞄了一下他走回電視機前面的身影。我察覺得出來，在看似平凡的日常舉動中，拓也雖然樂於與我有所交集，可是他不會眞的觸碰到我，就像剛剛，在我伸手接過包子時，他的手指便很快抽離了。

他有他的顧慮，我也有我的。

想要靠近，卻又不能眞的觸碰到對方，太過炙熱的溫度會把人燙傷一樣。

我摸摸臉頰，被熱包子印上一記的地方就算再怎麼吹風，也沒有冷卻分毫。

不知什麼時候開始，我也變得在意起那個預言，不管要不要，總會想起它迫人的警告。有一天拓也眞的會把我忘掉嗎？如果是，那該怎麼辦？不對，我不應該爲這種事擔心，就算拓也不再記得我，也不要緊，不要緊的啊……

「喂！」我的頭毫不留情挨上一記，拓也拿開原子筆，奇怪地瞟我一眼，「專心一點啦！明天還想留下來補考嗎？」

「是，對不起。」

若是遇上隔天有考試的日子，拓也會在放學後幫我預習考試範圍，托他的福，不及格的次數變少了，和他單獨相處時我也愈來愈容易緊張。傍晚的教室氣溫驟降許多，窗外斜曬進來的夕照不敵冬季的寒意，充其量只能在地面拉出一張張桌椅的長影，詭異地交疊在地板上。我不禁動動裙子底下的雙腿，順便幫差點拿不住筆的手呵氣。

「很冷嗎？」拓也的手順勢朝我伸來，我愣一下，掉了那枝筆。他登時打住，猶豫地收回手，起身，扯出一道勉勉強強的微笑，「我去買熱咖啡。」

我默默望著自己凍僵的手一會兒，重新放到嘴巴前呵氣，能溫暖我的手的，就只能是熱咖啡吧。

獨自在教室寫完一題數學習題後，我離座去上廁所，回來的路上發現拓也和小林薰正在販賣機旁邊說話。小林薰揹著書包，甜甜問道：「怎麼了？幹嘛站在這裡發呆？」

「啊……沒什麼，妳還沒回去啊？」

「我有事找你，聽說你在教室。」

「什麼事？」

小林薰動手找了一下書包，接著拿出兩張電影票，無奈地笑起來，「耶誕夜那天我們本來說好要去看電影，不過他……他又爽約了。現在多出一張票，拓也，我們一起去好嗎？」

耶誕夜那天？我退回轉角，仔細推算，那天是我要回東京的日子。

「拓也？」小林薰注視他遲疑的面容，恍然大悟地掩上嘴，「啊！還是那天你已經有約了？」

拓也的回答，我聽也不想聽，便轉身離開那個走廊。好討厭的感覺，一開始他沒答應說要送我搭車就好了。

後來拓也回到教室，我依舊若無其事地寫習題，他倒是心不在焉了起來。

直到我們一起回家，拓也突然開口叫我名字，「未緒。」

終於來了吧！

「什麼？」我裝傻地等他。

「那個，有件事想跟妳商量。」

何必吞吞吐吐的呢？

「什麼事？」

我正視他的臉，他幾度欲言又止，就在拓也下定決心要問我，夏美卻不知道打哪冒出來，蹦蹦跳跳地跑進我們之中。

「嗨！你們還沒走啊，要不要一起去吃炒麵？大家都在前面。」

「呃，好啊。」措手不及的拓也最後只有暫時擱下他原本要對我說的話。

其實不用他開口，我也明白啊！陪伴落單的初戀情人當然比我還重要。

晚上，剛洗完澡的我不小心在室外走廊遇上正在聊天的阿徹和拓也，阿徹沒發現我，絮絮叨叨說著誰把他的手機弄壞之類的抱怨。拓也倒是看見我了，他稍稍朝我的方向望過來，一張想微笑又想說點什麼的內斂神情。我驀然想起他和小林薰站在販賣機前的光景，爲了不讓他發現我有點生氣的臉，於是匆匆從他們後方繞道逃回房間。

「咦？是未緒姊。」

後頭傳來阿徹的聲音，我不吭一句的閃躲，一定也令拓也覺得奇怪吧。走也不是，不走也不是，我頓時也不曉得該怎麼辦才好，其實並不是眞的對拓也生氣，只是覺得寂寞罷了。

沒有向拓也撒嬌的理由和權利，而感到一絲寂寞。

十二月二十三日那天，上學的路上拓也第二度向我提起他想跟我商量的事。

他等走在前頭的阿徹和我們拉開一些距離後，才來到我身旁，不很流利地起頭，「未緒，嗯，我……就是，一直想跟妳商量……是關於明天的事。」

「什麼事？」快點說啦！我已經準備好點頭了。

「就是，明天不是要先送妳去坐公車，之後妳再自己轉搭電車嗎？」

「嗯。然後？」

「我是想，」他看看前方的阿徹，確認他沒注意我們，「我直接送妳去搭電車好了。」

「好。咦？」我快速抬頭。

他喜出望外，「妳說好嗎？」

「什……等一下，你在說什麼啊？」

「就是，車站前有一家壽司店，它賣的壽司超好吃的，我明天不想回家吃午餐，難得可以藉機去吃它的壽司啊！」

我呆了半晌，緩慢地問：「你、你要跟我商量的事，就是這個？」

「嗯？不然妳以爲是什麼？」

我們兩個傻里傻氣地互望片刻。

「沒、沒有……」

「我媽平常很堅持要我們回家吃飯，她說比較營養，可是啊，」拓也「嘖」了一聲，交叉起雙臂，一副非常懷念的樣子，「我已經半年沒吃到那間店的壽司了，一想到就流口水。」

「就爲了這件事啊。」

「是啊。到底怎麼樣？妳不能跟我老媽說喔！」

「眞是蠢斃了。」我半虛脫地吐氣走開。

「喂！到底怎麼樣啦？說清楚啊，未緒！」

我被一種奇妙的感受耍得團團轉，最糟糕的是，在發現自己白忙一場之後，心情卻還是十分舒服的。

十二月二十四日，拓也沒有赴小林薰的約，他一早就起來準備送我去坐車。今天的氣溫更低，而我忘記戴圍巾出門。

在公車上，拓也好奇地問我：「妳這次不會當天就回來嗎？」

「嗯。原小姐說有事情要討論，需要一點時間。」
「那，什麼時候會回來？」
「大概兩三天後吧！啊！你放心，到時候秋本先生就可以送我回來了。」
「喔，三天啊……」他尾音拖得長長的，目光若有所思地轉向冷清的街景。
我們兩人坐在公車最後一排，他就在距離我非常近但還碰觸不到的位置，我大概猜得到他在想什麼，只是不敢過於厚臉皮地確定。
片刻，拓也又問：「她該不會是想叫妳回東京吧？」
「原小姐嗎？」我怎麼沒想到這個，「不知道呢。」
「是嗎？」
「……」
「……」
「我再摔斷腿一次好了。」
「啊？」
我嘿嘿地笑，「不如，我再假裝又把腿摔斷好了，這樣就可以一直打擾你家啦！」
聽起來像開玩笑，但是，想要留下來的念頭是認真的。
拓也用深沉的眼神注視了我一會兒，然後輕輕垂下他覆有一層長睫毛的眼瞼，彷彿蕩過一抹笑意，「傻瓜。」
我說不出半句俏皮話，他低沉的嗓音五味雜陳著心疼和無奈，不過簡簡單單「傻瓜」兩個字，就害我的心緊緊揪了一下。

那些毫無意義的對話，根本沒什麼好高興的，明明沒什麼好高興的……

我們在車站下車，那裡熱鬧許多，不時有成群的觀光客進出，七嘴八舌討論下一步的行程。計程車來來去去，越過一輛輛綠色車身朝遠方望去，十幾分鐘前我們身處的山林已經變成深淺不明的墨畫，在視線盡頭淡淡渲染著天空。

我買好往東京的單程車票，看向對面街道一間安上檜木招牌的小店面，「你說的壽司店就是那一間嗎？」

「對，就是那一間。」

我看看手錶時間，都快十二點了，「那你快去吃吧！我上月台等車。」

拓也再次瞧瞧他朝思暮想的壽司店，最後打定主意，轉頭對我說：「我陪妳等車，等妳上車之後我再走。」

「咦？」

沒等我會意，他已經幫自己投下銅板，拿起車票對我張揚一下。

我不想問他爲什麼這麼做，如同現在不想去追究自己爲什麼不阻止他。

我們坐在月台的座椅，前方掛有一只醒目的大時鐘，電車再過五分鐘就要來了。

就在我心急著想跟拓也說些話時，他忽然嘮叨了起來。

「上車之後，萬一有人騷擾妳，要去人多一點的地方。」

「好。」

「小心別睡過頭，妳好像很容易就睡得很死。」

「我才沒有。」

「還有萬一，我說萬一，我老爸還是沒辦法送妳回來，妳可以打電話給我。」

「嗯。」

「啊！要是妳到事務所了，也打電話回來報平安吧！」

「我會打。」

然後，他便盯著那個又圓又大的鐘面不再作聲，直到鈴聲大響，電車進站。

一些乘客走出車外，另一些乘客排隊上車，每一道門井然有序的交替都結束後，鈴聲又響，我的車班平順地開走了，我們當中沒有一個人站起來。

拓也掉過頭，一臉不敢相信，「妳在幹嘛啊？」

「我……」我乾笑一下，「我突然想吃那家店的壽司。」

原以為至少會聽見拓也責備我亂來，不過他什麼也沒說，只是沒輒嘆氣，丟下一句「我去買」，便起身離開。

對不起，我不是故意任性的，不對，也許我眞的很任性吧！

拓也拎著一盒壽司回來，他還沒走到我身邊，天上有什麼東西落下了，細細白白的，一片，兩片，愈來愈多。

「拓也，」我伸手往外指，「下雪了。」

他站住，同樣對這場遲來的初雪感到驚喜，「哇！看起來還不小的樣子。」

月台上的乘客也紛紛觀望起飄落的雪花，興奮感嘆，繽紛的、素白的結晶，在那個時候似乎特別美麗。因此就算拓也將我的一切都忘掉，好久之後，我也依然記得在月台上和拓也一起看見的那場雪，紛飛的雪片彷彿要讓我深深印在腦海一般，落下的速度又柔又緩，交織著，發亮著，消失著。

「拓也。」

「嗯?」

「不要忘了喔!」

「什麼?」

「不管多久以後,都不要忘記喔!」

「雪嗎?」

「嗯。」我仍被下雪的感動迷惑得移不開眼,「這場雪,還有跟你一起看這場雪的我,都不要忘了。」

「我爲什麼非得忘記妳不可呢?」雖然不明白,他還是理直氣壯的。

我牽動一絲沒意義的笑,「是啊,爲什麼呢?」

我第一次感到害怕,深怕自己的存在從拓也的記憶裡跟白紙一樣地消除了。一起吃著美味的壽司,卻什麼味道都感覺不到,好可惜啊!

「哈啾!」

我掩住嘴,吸了一下鼻子,拓也這才注意到我的單薄。

「把圍巾拿出來戴吧!」

「我沒帶。」

「什麼?這種天氣哪有人不戴圍巾就出門的?」

「反正上車就不冷了。」

「眞拿妳沒辦法。」

他一邊唸我，一邊將自己水藍色的圍巾解下，一圈一圈繞在我的頸子上。

我有點無措地呆在原位，口鼻都藏在圍巾裡的關係，吸進的空氣就不是那麼刺骨了。

「未緒。」

「是？」

「下一班車來，一定要搭上喔！」他認眞囑咐，「不然妳回到東京就太晚了。」

我用力抿住唇，想把整個人都藏進圍巾裡，不讓催人的時間抓住我。又因爲悶得太久，才將圍巾拉下透氣，用手指反覆撫拭它毛絨絨的觸感。

在我冷得發抖時，拓也只能借我圍巾，然而就算觸碰不到他，圍巾上也殘留著拓也溫暖的體溫，還有拓也的味道。

「那，拜拜。」

在下一班電車進站後，我抓起行李頭也不回地衝上車，等到踏上車廂階梯，才敢正視拓也的臉。這樣毫無防備地相望，讓我有點難爲情，還有一點心動。拓也站在下方月台，雙手插進外套口袋，什麼也不說地注視我。他的黑色瞳孔並不乾涸，而是飽含情感的深亮，看久了，好像會這麼掉進去似的。

拜託，請你趕快走吧！

再這樣下去，我怕我會不顧一切衝下車，或者，害怕自己下一秒會莫名其妙地掉眼淚，害怕被遺忘了……

鈴聲乍然響起，我被嚇著，自動向後退兩步，電車門在我低垂的視線中開始閉合，而拓也原本佇立在月台的腳迅速移動了！我愣愣，一切都來得相當突然，前方迸出輕微撞擊，吹向我的微弱風絮帶來拓也溫熱的氣息。

列車搖晃一下便開始行駛，我睜大眼，看著地上那雙潔淨球鞋，加快的心跳在半敞的鋪棉外套中撲通撲通的，而拓也蕭索的聲音就在我耳畔那麼靠近的距離，低聲說：「想一想，還是送妳去東京好了。」

我悄悄拉起圍巾，蒙住自己不知該作出什麼表情才好的半張臉。

好高興，怎麼辦？未緒，眞的好高興啊……

跳上電車並且陪我到東京的拓也讓我開心得要命，同時看得出來一路上他的心情也挺不錯的，那愉快的氣氛持續到我們踏進事務所爲止。

在我們下了計程車、進入事務所之後，兩名平日的隨扈圍上來作例行性的護送，這突如其來的舉動令拓也感到錯愕。當原小姐見到我們，她也小小地露出意外的神情。

「未緒，妳沒說秋本也跟妳一起來。」她從座位起身，繞過長桌，「唰」地將百葉窗拉上。

「我跟她一起來，會帶來困擾嗎？」拓也操著大人的口吻兀自發問。

原小姐冷調的目光在他臉上停留數秒，才彎了彎嘴角，「當然會，要是讓高明的記者拍到應該是休養中的未緒和陌生青年在一起，亂寫一通就傷腦筋了。」

「如果讓她一個人來，路上出事怎麼辦？」

「我這麼說好了，一個不小心損傷的商品，跟一個有不好風評纏身的商品，當然是後者引發的問題比較大。」

我感覺得到身邊的拓也頓時憤怒起來，他一度看向我，似乎對於原小姐當著我的面滿不在乎地說出商品這一類的話而覺得不可思議。

至於我，早就習慣原小姐毫不留情的直言不諱了，就因爲她不說體貼的謊言，才値得信賴。

「不過，」原小姐的態度巧妙地轉爲適度的親切，「還是謝謝你送我們未緒回來，我找人帶你去休息一下、吃點東西吧！」

「不用了。」他毅然回絕，向原小姐行完禮便開門往外走。

「拓也！拓也！等一下！」我追上去，使勁拉住他手臂。

拓也側頭望住我，沮喪的語調中摻著一絲冷漠。「抱歉，我沒有考慮那麼多。」

「你沒有錯，幹嘛道歉？」

「我該走了，妳也快回去吧。」

他掙脫我的手，連聲再見都沒有說。即便如此，我也隱隱猜到有某些事實出乎他的認知以外，使得他在挫折的領悟後不得不卻步不前。

我木然留在辦公室，原小姐的話我一句也聽不進去，最後她索性坐在我跟前，嚴肅瞪視我的雙眼，「妳這次回來如果是要浪費時間，那現在去追秋本還來得及。」

我的心痛了一下，不能去追拓也啊！我哪來的立場？

「事務所不是要把我冷凍起來嗎？」

「妳這次受傷失蹤，已經是一個很好的話題，比起冷凍雨宮未緒，將雨宮未緒推向更上一層樓不是更有利嗎？」

她問一句「介意我抽菸嗎」，我搖頭，看她熟練地點菸。日光只能勉強從百葉窗縫隙透入的暗房中裊裊升起一縷白絲，菸頭的火光隨著原小姐優雅的吸吐變亮變暗。

「這次事務所打算砸一筆可觀的經費在妳身上，敲定妳復出的日子後，就會變得很忙喔！出道記者會、一部跟幾位大卡司合作的電視劇、妳的第三張專輯。比起來，這當中已經確定接拍的五支廣告都是小事。總之，這些企畫要在短時間當中一起推出，一定要做到推波助瀾的效果。」

老實說，不感到受寵若驚是騙人的，我第一次遇到那麼大的企畫，而且還是好幾個一起來。

「那，我必須回來工作了嗎？」

原小姐拿開夾著香菸的那隻手，對我安撫性地笑一笑，「妳要回來也可以。不過剛剛說的那些工作，在出道記者會之前都盡量不曝光，要祕密進行，所以妳繼續住在秋本家是比較安全一點。」

「是。」

「先提醒妳，妳要往來東京和秋本家的次數會比以前頻繁喔！來，這是妳這幾天的工作，只是拍宣傳照，妳的腳負擔不會太大。還有，專輯裡的主打歌，由妳來試試看塡詞，這會是很好的話題，這一個月好好加油吧！」

原小姐交給我一疊企畫書，稍晚，我跟大家一起開會，討論電視劇開拍的事，再去攝影棚為明天要拍的宣傳照定裝，晚上趕去醫院回診，等我回到公寓都已經快十點了。

在完全沒有心理準備下，一下子又回到忙得沒時間考慮其他事的生活。我站在沒開燈的玄關好一會兒，有點適應不良的悵然。

這時，有五彩的燈光一閃一閃，我納悶走到落地窗往外看，東京街道兩旁的行道樹已經亮起一串串燈飾，一家關門的蛋糕店外擺放的那棵可愛耶誕樹正靜靜發著光，路上不乏並肩行走的情侶、朋友和家人們。

對了，今天是耶誕夜，我又差點忘記了。

照見自己倒映在玻璃窗上的孤單身形，我繼續發呆片刻，才從包包裡拿出手機，躊躇半天，撥打了拓也的號碼。

原本是忐忑不安的心緒，卻在聽見電話那一頭的語音信箱而碰壁。

拓也的手機接收不到訊號，他正在接收不到任何訊號的地方嗎？東京沒下雪，不過，依稀有飄零的雪花從我碰觸冰涼窗面的指尖擦過，新聞說山梨縣的雪從沒停過，明天森林一定會變成白皚皚的一片吧！

「喂，我是未緒，嗯，雖然不用報平安，不過今天謝謝你送我回東京，還有，還有……」

你生氣了嗎？是在氣我還是原小姐？我不明白。

我爲自己的膽小闔了一下眼，「耶誕快樂，拓也。」

返回秋本家的日子比預計還要晚了一天。

也許是空白了好一段時間的關係，拍攝宣傳照當天一直沒辦法進入狀況，怎麼做都不ＯＫ，那天熬到凌晨兩點才收工，翌日我昏睡到中午起床，然後又是接連三個會議。

跟著秋本先生去停車場的前一刻，原小姐忽然叫住我，她示意秋本先生先走，劈頭就對我語重心長：「如果沒有心要做下去，就不要勉強，妳應該知道事務所還有很多人可以取代妳。重點是，妳要不要把握自己的機會。」

「我知道。」

不愧是原小姐，什麼都瞞不過她。

「還有，關於秋本……」

拓也？「怎麼了？」

她遲疑了，原小姐很少會有遲疑的時候，她自己也覺得好笑地搖個頭，「沒什麼，大概是我多心了。」

就這樣，我坐上秋本先生的車，直奔回山梨縣。森林果然如我預期，覆蓋上厚厚的一層雪，地上也是，穿著長靴的腳走過，就會留下深深的白色鞋印。

拓也並不在。

我回來的那天是十二月三十日星期六的中午，聽說他一早就跟班上四五個同學到夏美家參加讀書會，為明年的大學考試來個集訓。夏美家很有錢，房子很大，我去住過兩三次。

秋本先生從今天起一直休假到過年結束，秋本太太顯得十分開心，這兩天都準備豐盛到根本吃不完的晚餐，我一面吃著碗裡的菜，一面偷聽他們夫妻平凡的恩愛對話。其實大多時候都是秋本太太在講，秋本先生只是偶爾「嗯、喔、是嗎」地接腔。工作的緣故，秋本先生經常穿著體面西裝，如果不說，根本看不出他是一名司機，反倒像是富具成熟魅力的男性，可惜木訥了點。

以後的拓也，應該可以從現在的秋本先生身上見到幾分影子吧！

視線一轉，觸見餐桌斜對面的空位，心房上的空洞又擴大一些。

除夕一早，夏美來了電話，說是大家約好晚上要去神社參拜，問我要不要一起去。

她在講話的時候，透過手機，可以聽見那邊拓也說話的聲音，有不少人都在，熱烈爭辯著一樁歷史事件。我幾乎沒專心聽夏美說了什麼，只在乎那個隱隱約約又不時被打斷的拓也的聲音。

「那就十點鐘見囉！」夏美原本要掛電話了，沒來由又多問一句：「啊！秋本在這邊喔！妳要跟他說話嗎？」

「咦？啊，」我慌亂了一陣子，「我、不用了，我沒什麼事。」

眞的沒什麼事要找他，我只是想念拓也，只是那樣而已。

獨自躺在榻榻米上，舉高手數起天數，一、二、三、四……啊！已經快一個星期沒見到他了，這似乎是我們認識以來第一次這麼久沒見面。

轉過頭，摺疊好的藍色圍巾安放在手邊，我緩緩移動手指，撫摸它柔軟的毛料。拓也曾經留在上面的溫度早就褪去了，可是，那天發生的美好感動只要一想起，便在心底暖暖地發燙喔！

秋本太太得知我要去參拜，堅持將她年輕時的和服借給我，她幫忙我穿上的時候，還感嘆個不停，「生了兩個兒子，眞的好無趣，還是有女孩子可以打扮比較好呢！」

花了好一番工夫，等我裝扮完畢，秋本太太歡喜地說，拓也如果看見一定也會嚇一跳。

差十分鐘就晚上十點，就算是這麼晚的時間，路上行人卻有增多的趨勢，結伴成群地朝神社方向走，等著和午夜的鐘聲一起倒數跨年，這是在鄉下地方難得見到的熱鬧光景。

不多久，夏美他們一一到了，女孩子大部份都穿和服來，並且開始研究起各自的服裝，她們七嘴八舌地談論著我的改變。

「哇！未緒，妳穿和服好可愛喔！這顏色很適合妳耶！」

「就是啊，感覺跟平常不一樣呢！」

「怎麼說？像是洋娃娃對吧，腮紅的顏色也配得眞好。」

後來，幾個班上男生也到了，其中一位同樣誇起我的和服裝扮，說特別有女人味。

本來沒什麼自信，不過，也許我穿和服眞的很好看喔。

「咦？秋本沒來啊？」夏美突然這麼問。

「聯絡不到他耶，那傢伙可能還在打電動吧！」一位跟拓也滿要好的男生回答。

「失望」恐怕還不足以形容我那一刻的心情吧！原本興奮滿溢的胸口，頓時空空的。

隨著人潮走，我安靜搜尋每個人臉上快樂的神情，懶洋洋地不太想講話。人家特地穿麻煩的和服來，不是要給他們看，不是要聽他們讚美的，都不是。

「秋本，秋本！」

我慢了半拍才意識到剛剛稱讚我的那位男生在叫我，他朝我伸出手來，「妳那邊的階梯結冰了，會滑倒喔！」

「謝謝。」我握住他的手，粗魯越過那層結凍的階梯努力往上爬。

別的男生可以自然地碰我，但拓也不同，太過在意一個人，反而會變得膽怯起來。望著自己在接近午夜低溫所呼出的白霧，覺得整個世界充滿了孤寂的空氣，稍一吸進胸腔都會輕微作痛。

我現在想見到拓也。

我想……碰觸拓也。

元旦，拓也依舊沒有回來，而我一整天都待在房間乖乖為新單曲塡詞。晚上熄燈前順利完成一半的進度，就在這時聽見拓也走進玄關的腳步。

僵著握筆的手，我登時不敢輕舉妄動，聽他關上門，脫掉鞋子，一步步走上二樓樓梯。

那傢伙的從容，顯得我這幾天的焦躁都是自己一頭熱的自作多情，好不甘心！

我倔強咬著唇，抓起圍巾跑出去，「咚咚咚」爬上二樓，一股作氣用力打開拓也房間的門。

他在換衣服，那件連帽上衣正脫掉一半，怔怔面向門口氣呼呼的我。

「謝謝你的圍巾！」我一把將圍巾扔到他床上，然後不服氣地宣告：「還有，我穿和服的樣子超可愛的喔！」

不等他反應，我又「咚咚咚」地奔下樓，一衝進房間就把門緊緊拉上。一面喘氣，一面倉皇回想剛剛一連串的光景，再怎麼回想，都是拓也半裸著上身傻掉的畫面。

我極度懊悔地閉上眼，滑坐在地，「未緒妳到底在做什麼啦……」

有時候，適度的距離，原來是一個不讓彼此受到傷害的安全空間。

我在元旦隔天領悟到這一點，在雪地上留下奮力奔跑過的凌亂足印以後，決定回到東京去。

在已經預料到的種種尷尬中，我和拓也又一起上學，只是誰都絕口不提這幾天的事。拓也變得寡言多了，心事重重的樣子，那時我還不了解那一趟東京之行對他造成什麼影響。

這次數學小考，因爲粗心而拿到不及格的分數。放學後我認命地和幾個同學留在教室等補考，誰知老師把我叫上前，說是有一題分數改錯了，應該要得六十五分才對。

我喜孜孜收好書包，走出教室，見到拓也和夏美正待在不遠的走廊上等我，才上前兩步就聽見拓也語帶猶豫地問起夏美，「喂！妳也曉得未緒算是知名歌手，跟我們一般人不一樣，所以，所以最近我在想，跟她有所來往是不是會很辛苦？」

夏美趴在扶欄上，歪著頭不是很清楚他的問題，「你有遇上什麼辛苦的事嗎？」

「就是上次陪她去事務所……」他暫停一下，困擾地搔起頭，「我不會說啦！是沒遇到什麼事，總之，就會有『應該會很累吧』這種想法。」

夏美還是不懂，她皺皺眉，眼角無意中瞥見我的身影，慌張站直，「未緒……」

「咦？」拓也嚇一跳，跟著回頭。

突然被他們撞見我的存在，我頓時感到很抱歉，早知道就當作什麼事都沒有，走掉就好了。

可是那一刻，我的雙腳動也不能動，聲音沒辦法從咽喉裡發出絲毫……

「啊，我不用補考了。」我才試著笑一下，就發現自己快要哭出來了。

「未緒！」

拓也和夏美不約而同呼叫我的名字，受傷的腳在發疼，我卻轉身逃跑，那當下只想邁力跑出那條看似沒有盡頭的長廊、跑出學校、跑出拓也的視線。

「等一下！未緒！等一下啦！」拓也在教室大樓的門口追上我，從後面抓住我的手，他的手掌溫度偏涼，帶著繭的粗糙，力氣很大，牢牢牽握我冰凍的手指。

我終於觸摸到拓也。

望向拓也著急的面容，我使勁掙脫他的手，頭也不回地往前跑，在學校寬廣的地面留下一道長長的……長長的雪的足跡。

終於觸摸到拓也，然而，我寧願這輩子從沒有過，他深印在我手上的觸感，是痛的，再怎麼用力感覺，都只有狠狠作痛的知覺。

✧因為思念是痛的，而我們通常不懂得適可而止，稍被觸動就輕易落淚，太愚笨了不是嗎，拓也？

第六話

幸福的緣故

幸せだから

記得上次傷心得大哭一場，是我還沒有什麼名氣、正在錄製一個現場直播的節目時。老早就聽說主持人是出名的刻薄，果然，他從我的歌曲到我過去的生活極盡冷嘲熱諷，接下來，我連對酒精過敏這件事都來不及說，就被硬逼著喝下五百C.C.的梅酒，全身立刻冒出明顯紅疹，現場的特別來賓和主持人都看傻了，在鏡頭下簡直只能用慘不忍睹來形容。不過，我還是拿起麥克風，對著攝影機唱完一共五分又二十三秒的新單曲。回到後台，始終冷眼旁觀的原小姐用輕淡而肯定的語氣對我說，「做得很好喔」，我的眼淚馬上不聽話地狂飆了出來。

那種哭得上氣不接下氣的難過感受，我還以爲這輩子不會再經歷了。

關起房門，笨拙地脫掉沾上幾片雪花的外套時，我的眼淚已經點點滴滴掉個不停。冒著滿身難看的紅疹站在舞台上唱歌，都不曾感到如此丟臉。因此我緊抓住外套，將自己的臉深深埋進去，痛哭了起來。

如果可以，多希望世界上有魔法，立刻將自己變不見，變去拓也永遠也找不到的地方。可惜我只是平凡人，躲不掉一堆該來的難堪。不幸中的大幸是，身爲訓練有素的「平凡人」，演過一兩部戲，情緒的收放總可以稱上專業程度了吧！更何況，身爲藝人本來就不應該任意釋放過多的自我，再難捱的時刻都必須強迫自己以最得體的姿態度過，所以，不要緊的。

我和大家一起愉快地共進晚餐，飯後幫忙秋本太太收拾。阿徹抱怨起某場演唱會一票難求，我說或許我可以想辦法；然後在秋本先生準備回房間之前，趕上去向他提出唐突的要求。

經過外頭走廊時，忽然想看看森林，於是就地坐下，仰頭面向已經停了五個鐘頭沒下雪的天空，過分乾淨的夜格外幽黑，星子比往常透亮，有一個躊躇的腳步聲在後方輕輕停佇。

「你找我？」我仍舊打量著天空，任何地方也找不到這麼蒼涼瑰麗的景色了吧！相較之下，拓也顯得不自在多了。「我可以打擾一下嗎？」

「請坐。」我等他在一旁坐下後，嫻靜地撐起下巴注視他，「話先說在前頭，如果是爲了放學後的事，不用跟我道歉什麼的喔！」

拓也聽完露出怔忡的表情，是因爲我過於單刀直入了吧！不過，一切都不要緊喔，眞的。

「不好的人是我，我大概太得意忘形了。」我再度掉頭望向森林，從深處吹到臉上的風好冷，但是舒服得令人想衝到外面去堆雪人，然後幫它披上拓也那條水藍色的圍巾。「以前啊，只要我一有緋聞或是不好的傳聞之類的，媒體馬上就會衝去找我身邊的人，拚命把麥克風遞出去，拚命問一大堆叫人家一時之間根本不知道要怎麼回答的問題。有的人因爲可以上電視，所以就無所謂，後來有一位跟我很要好的朋友，她叫五月，很柔弱很乖巧的女孩子喔！記者們把她圍住的時候，她簡直嚇壞了，而且還被推倒在地上。事後我從其他同學那邊知道，她的臉和膝蓋都擦傷了，女孩子的臉很重要呢！那一次媒體只想問她一個問題，你想得到是什麼嗎？雨宮未緒昨天請假是因爲和其他男生去澀谷玩嗎？哈哈！」

拓也並沒有笑，他只是凝重地看著我，我只好收起笑容，轉而環抱屈起的雙腿。

「成爲藝人之後，好像只會給身邊的人帶來麻煩。來到這裡，大家都很親切，對我很好，我才會忘記那一點，高興到忘記了。」

「妳不要誤會，我從來不認爲認識妳是一種麻煩。」他嚴肅地告訴我。

「但是也不會把我當作一般人吧？」

「……」

「拓也，你可以忘記我沒關係。藝人本來就像候鳥，不管在螢幕還是新的環境都是來來去去的，有時候消失的速度連自己也想像不到。所以，不用把我那天在月台上的話當眞，等我明天跟秋本先生回東京後，就把我的事情都忘掉吧！」

「等一下，妳要回東京？」

他忽然變得緊張。而我，懷抱著道別的心情，倒是坦然多了。

「不是因爲昨天你說的話才決定的，原小姐也認爲我現在回東京沒問題，所以……」

「妳不要自作主張！」他凶起來害我愣了一愣，拓也繼續對我發脾氣，「我說的話是太過分了，我自己也不曉得該怎麼表達嘛！可是妳不能因爲這樣就說要我忘記妳、要回東京那些莫名其妙的話！我們才相處不到半年的日子，以後會怎麼樣誰也不知道，說不定根本不會有妳說的那些困擾或是我的顧慮，妳不要……」

他的話沒有說完，不要什麼？我不語，審視他良久，才輕聲問：「你的意思是，要試著和我相處看看嗎？」

拓也看起來還在搜索更合適的文字，可惜徒勞無功，「差不多是這個意思。」

因此我又在他身上定睛一會兒，在起身離開之前淺淺地笑一下，「套句原小姐常說的話，你還太嫩了。」

啓程回東京的那天，是一個風和日麗的天氣。一到冬季就變小一些的太陽高掛晴空，地面上薄薄的積雪沿路被照得閃閃發亮，我站在屋外向秋本家的人說再見時，眼睛差點睜不開來。

「謝謝你們的照顧。」

我深深鞠躬，秋本先生幫我把簡單的行李搬上車，老秋本先生和秋本太太八成昨晚就從他那裡得知我要離開的消息，很平靜地交代我要多保重。秋本太太曾經上前摟了我一下，才那麼一下，就觸動我緊繃到瀕臨臨界點的心弦。我強忍住激動，向她說一些感謝的話，聽起來眞的就像一隻已經非常習慣道別的候鳥，如果是以前的拓也，一定又會不以爲然地嗆上我幾句吧！

阿徹從頭到尾都很錯愕，輪流看著每一個人，好可憐，他是唯一還沒能進入狀況的。拓也則站在稍遠的後方，憂鬱地保持沉默，彷彿是勉強自己出來送行的。他沒看我，我也盡量不看他，觸景傷情的畫面不要太多才好。

坐上車，秋本先生從後視鏡瞧了我一眼，我閃避般將髮絲掠到耳後，在一路緩慢的行駛中，始終低頭看著自己交疊在膝上的雙手，沒戴手套的手，看起來孤伶伶的，我於是無聊透頂地去翻找隨身包包，或許那麼剛巧，會有一雙手套放在裡頭。

突然之間，車子停下來了，沒有太強烈的震晃，但的確是毫無預警的煞車，我的注意力從包包轉移到前方，前面路上連一輛車都沒有，只有幾堆被鏟到路邊的雪。

「秋本先生，怎麼了？」

他仍盯住後視鏡，說句「我出去看看」便打開門，我跟著往後找，嚇了一跳。

拓也騎著單車追來，他在不遠處丟下單車，走向秋本先生。

「你有什麼事？」秋本先生面無表情地詢問。

拓也朝車子撂個頭，不是很客氣地回答：「我有事找那傢伙。」

我不安地暗忖他的來意，才慢吞吞走到車外。那時拓也已經不那麼氣喘吁吁了，眼神出乎意料穩靜，有那片湖水的清澄，以及森林的深不可測。

和那雙讓我心動的眼眸對視，其實還有一絲疼楚在胸口發作，就像見到楓樹最後一片紅葉子落下，會輕輕感傷起來一樣。

「愈想愈不服氣，怎麼樣也不能就這樣讓妳一走了之。」

我猜不出他到底想做什麼，一副正氣凜然又忿忿不平的模樣。

「那你想怎麼樣呢？」

「如果妳是那種不會捨不得這個地方的人就算了；如果妳是看見叫作五月的女孩受傷而不會跟著難過掉淚的未緒也罷了；甚至妳是一隻不懂得懷念棲息過的水地的候鳥，都無所謂。問題是妳並不是那種人，所以我說什麼也不能不管。」

「但是，那沒有改變什麼啊！」我偏起頭，提醒他，「我仍然是不小心就會讓身邊的人受到傷害的雨宮未緒喔。」

「那又怎麼樣？人跟人相處本來就會受傷，受傷、爭執，然後和好，或許過幾天又會再次受傷，人類的世界不就是因爲這樣，所以才不會死氣沉沉的嗎？」

秋本先生聽到這裡，似乎對兒子這番樂天知命的論調頗爲認同，他什麼也沒表示，逕自打開車門，坐回駕駛座去。

「就算是那樣，你說要試著和我相處看看也太奇怪了！勉強自己待在另一個人身邊是沒辦法堅持太久的，既然如此，又何必浪費無謂的精神和時間呢？你根本不用爲了怎麼跟我這種人打交道而煩惱！」

「會煩惱也是很正常的啊！」我那言不由衷的話激怒了他，他幾乎是用責罵的方式回答我：「跟妳進到那間事務所，眼睛所見到的海報和看板全都是那個我一點都不熟悉的未緒，妳所在的領域是我沒辦法搞懂規則的地方，到底應該怎麼面對妳才好，我當然會煩惱啊！」

「所以我不是說……」

「如果是其他人我才不管，因爲想要跟妳在一起，所以才會拚命煩惱，才會想盡辦法怎麼樣也要跟妳在一起啊！」

他一口氣吼完，我也整個怔住了，呆呆望著他的臉和耳朵都漸漸發紅。車裡的秋本先生一度詫異地側頭瞥向拓也。

那是什麼意思？在一起是什麼意思……

拓也爲自己不適應的緊張呼出一口氣，接著抬起頭，深情地凝視我。

「我啊，跟妳在一起的時候，不知道爲什麼，打從心底地……覺得很幸福，很快樂，好像這一輩子只存在於那個瞬間就足夠了，是那麼那麼想和妳在一起。」

吸進來的空氣還是太冷了，鼻腔有點酸、有點痛，我回望他眞誠的目光，細聲開口：「就算會很困擾？」

「再困擾也會有辦法的。」

我的聲音、我的雙手微微顫抖起來，已經不確定是不是天冷的緣故。「你可以不要的。」

「可是，沒有用心去喜歡一個人，不會知道自己到底有多喜歡她，不是嗎？」

他說到「喜歡」那兩個字，灼熱的淚水已經無聲無息滑落我冰透的臉龐。

「那，很喜歡嗎？」

拓也溫柔的目光在我臉上停留良久，彷彿要這麼持續一個世紀那樣，我們的故事凝結在他似笑非笑的嘴角。「大概吧！」

我的雙手摀住藏不住啜泣的嘴，斗大眼淚潸潸掉下，爲了我們兩人好，就算我又回到從前的形單影隻也沒關係，我應該學起原小姐的冷酷，一走了之，只是……

「你不會忘記我嗎？既然已經說喜歡了，就絕對不可以把人家忘記嘛……」

「我要怎麼說妳才肯相信呢？叫妳名字十遍好了。」於是拓也一步一步邁步朝我走來，他每走一步就叫一次我的名字，用他滄桑的男性嗓音。「未緒，未緒，未緒，未緒……」

我的心底湧起一陣強烈酸楚，再也停不了的眼淚中卻感到無以言喻的歡喜。當他的腳步來到我跟前，他彎下身，將額頭靠在我的肩膀上，而我的名字猶如動人的詩章輕輕唸到了最後一遍。

「未緒，這幾天好想妳啊。」

我緊緊閉上眼，埋入他比我寬闊許多的肩窩，我想，未來的我一定會傷得很重很重吧……

那是我和拓也踏上遺忘命運的開始。

儘管如此，我要跟這個人在一起，要跟拓也在一起，因爲，我已經遇見拓也了啊！

雨宮未緒深深喜歡上秋本拓也了，那代表著那個預言也實現一半，我早已有所覺悟。我的喜悅不能純粹，偏要摻雜些許哀傷，不知情的拓也仍舊懷著快樂的心情，探頭對秋本先生說：「老爸，我載未緒回去，她的行李就麻煩你。」

秋本先生雖然還在車內，他老早搖下車窗，面色凝重地出神。

當他的視線說巧不巧地和我對上，持續數秒，我不由得歉疚行禮，「對不起。」爲什麼說對不起，我自己也講不出具體的理由。秋本先生和我都很清楚，如果事務所和原小姐知道我和拓也交往的事會怎麼處理，所以，我很抱歉，將來還是會傷害拓也也說不定。

秋本先生千頭萬緒地蹙眉沉思，這時拓也牽著單車走過來。

「妳在做什麼？走吧？」

「但是，我會守護拓也！」我在啓步前驀地對秋本先生衝動宣告，這讓他們兩人都感到愕然，「我會盡我的力量，拚命地守護拓也。」

我會保護拓也，不讓他受到傷害，不讓他忘記我，那是決定要喜歡秋本拓也這個人之後，我必須盡力去做的事，畢竟拓也也是認眞地下定決心要和我在一起的啊！

拓也載我返回秋本家的路上，始終安靜得古怪。我坐在後頭，好奇往前張望，「你爲什麼不說話？」

第六話
幸福的緣故

「妳啊，突然說什麼『守護我』這種像是男生才會說的話，」他看著前方，騰出手抓了一下頭髮，支吾半天，「總覺得很不好意思。」

我紅了臉，「什麼啊！應該覺得不好意思的人是我才對吧！」

他在蜿蜒的小路又安靜騎了一陣子後，回頭對我說：「妳的手，好好抓著我吧！」

「嗯？」

「前面的石頭比較多，沒抓好會掉下去喔。」

我將他穿著深灰色毛衣的背看了老半天，一面忸怩、害羞了起來，我不敢啦！

「我……的平衡感很好。」

拓也不接腔，繼續專心騎車，不多久便聽見他喃喃埋怨：「仔細想一想，好像只有我單方面告白而已，完全忘記問妳的感覺喔。」

「什、什麼感覺？就是現在這樣啊！」

「嘿，寧願冒著摔下去的危險也不肯抓住我這樣嗎？」他再次回頭，壞壞地挑釁。

「請好好看前面！」我硬是把他的臉推回去，「當然是跟你一樣的感覺啊！」

拓也眺向刷有幾絲雲絮的天際，輕輕笑了起來，看上去很暖和的背部也跟著起伏。「是嗎？喜歡的程度也一樣？」

我則輕鬆望起進入眼簾的銀白森林，想了一想，「像是春天的熊那樣喜歡。」

「啊？那是什麼？」

「就是春天的時候，熊先生在開滿小花的草地上玩耍，不小心從山坡上滾下來，那樣的喜歡喔！」

「完全聽不懂。」

「喜歡到會很想上前抱牠一把，你看！」我伸手環住拓也的腰，將臉緊貼在他倏然僵硬的背，那件毛衣的毛絮扎得人好癢，「好舒服喔。」

他開心一笑，溫煦低語：「早上急著追妳，忘記穿外套了，可是，後面的末緒好溫暖喔！」

拓也騎著單車一路載我經過逐漸活動起來的鄉間小徑，有幾位正要走去田裡工作的大伯、大嬸向我們親切道早，被拋在後頭的他們還揚聲補上一句「天氣很冷的喔」，我和拓也不約而同哈哈地笑出來。笑聲在遼闊的田野錚鏦迴蕩，單車環繞森林外圍平順滑行著，迎面一道上升氣流從單車把手、拓也蓄短的髮間、我飄揚的裙襬穿越而過，化作無形的翅膀，彷彿，要飛起來了。

爲了早日跟上工作進度，我的運動量在許可的範圍內逐漸增加。

每天清晨除了到森林練唱之外，也和拓也一起慢跑，放學後則到學校的室內游泳池游半小時以上，這當然是透過關係向學校特別申請的。

跟拓也一起半跑半走地完成三公里路程的那個早上，他喘著氣，打量後頭臉頰紅通通的我說：「妳說過妳的體力不輸給男生，我總算有點相信了。」

「哈哈！」我用手臂擦掉額頭的汗，「不過我現在一點力氣也沒有了。」

拓也停止輕聲的咳嗽，朝我伸出手，「那，我牽妳走吧！」

我難爲情地握住他遞過來的手，低著頭跟在他身邊慢慢走回去。

其實力氣還是有的，我只是想和拓也牽手看看。好狡猾是吧？

將新曲的歌詞寄給原小姐後，不到一個小時，原小姐就來了電話，她說寫得很不錯，還約好明天進錄音室錄音的行程。

「本來給妳一個月的時間，沒想到這幾天就完成了，歌詞也寫得很有感覺，發生什麼事了嗎，未緒？」

「咦？」

「聽說，本身的經歷可以讓文字寫得又快又好，妳是這樣嗎？」

原小姐夾帶玩笑意味的審問害我緊張半天，我沒敢讓她知道我和拓也交往的事，不過，拓也的確給我很棒的力量呢！

希望對方能夠更喜歡自己，所以期許自己可以變成比以前還要完美的人，抱著這樣的心情，每天都覺得應該再努力一點。

然而上學途中，才走到一半，我便將自己的手抽回來，這令拓也狐疑地回頭看。

「在學校不能牽手喔。」

「爲什麼？」

「你忘了嗎？我們被設定成堂兄妹啊！手牽手會很奇怪。」

他乖乖聽話，將雙手改插口袋，對一旁結霜的灌木啐了一口，「啊……有夠爛的設定。」

我偷偷笑一下，好可憐的樣子，於是靠近他，輕聲問：「嘿！要不要去看電影？」

他清清喉嚨，似乎沒聽清楚，困惑地轉向我，「什麼？」

「一起去看電影好不好？」

「有想看的片子嗎？」

「看什麼都無所謂，怎麼說呢？看電影比較像約會呀！」

他忖度一會兒，頗有戚戚焉地摸起下巴，「說得也是，每天一起上下學，又住在同一棟房子，實在沒什麼交往的感覺。」

聽他這麼一說，我突然想到什麼，「啊！以後可能沒辦法常常一起上下學，原小姐把我這一兩個月的行程表寄來了。」

進教室後，我把行程表拿給拓也看，拍廣告、錄音，電視劇二月也要開拍了，一個星期中，少說有三四天都得留在東京。

拓也看完之後，不怎麼放心，「學校這邊不就得常常請假？沒問題嗎？」

我有自覺，雨宮未緒的身分遲早是會被拆穿的吧！到時候不離開這裡也不行了。

見我默不答腔，拓也動手幫忙把行程表摺好，兀自說：「我一定會考上東京的大學。」

「啊？」

「到時候去東京找妳。」

在拚命努力的人，不是只有我而已。我滿心歡喜地告訴他：「雖然唱歌和你之間很難取捨，不過，因為你，我對於自己走上演藝圈這條路，已經沒有後悔的心情了。」

「那樣太好了。」有一縷溫柔似水的笑意從拓也嘴角流洩而出。

今天下午必須早退到東京錄音，明天下午四點以後才回得來，和拓也討論看電影的事時，我擔心過時間太晚的問題。

「沒關係，我等妳，明天在車站碰面好了，這樣不就更像約會嗎？」

拓也才剛說完，夏美忽然走來，「秋本，導師要你去一趟辦公室喔！」

接著她眼尖地發現摺起來的行程表，隨口問道：「那是什麼？」

「沒有，」我匆匆收進抽屜，試著轉移話題，「我們剛在說看電影的事。」

「哇！好耶！我昨天也在想好久沒去看電影了，一起去嗎？」

啊？不妙！

她興沖沖將兩手撐在桌面上，輪流看著我們，我和拓也爲難地面面相覷。

夏美是朋友呀！

我們兩人大概都同時有這個默契，相視一笑，拓也爽快地起身說：「好啊！妳跟未緒約時間，我先去辦公室。」

目送拓也走出教室，我轉回頭，但是夏美仍面向他離去的門口，雙手隨意放在身旁，她奇異的神情分不出是若有所思還是恍然大悟，亦或兩者都有。

「夏美？」

「我是第一次聽見秋本叫妳的名字。」

「是嗎？」

「就是有哪裡不一樣哪，有一種溫柔的感覺……」她慢慢講完，然後掉頭看我，直到現在她的神情我依舊無法辨識，「你們，在一起了吧？」

一時之間，我不曉得該怎麼回答，可我臉上的燙熱卻是停止不了。

夏美再次望向門口，從馬尾散落的幾綹髮絲垂在她有些癡迷神韻的側臉，她用一種很輕很輕的口吻，近似深邃的嘆息，「真的太好了，以前那個老是爲小林薰快樂不起來的拓也，現在看起來很幸福的樣子。」

「夏美……」

下一秒，她雙手合十地用力道歉：「抱歉！眞的很抱歉！哎呀！我眞遲鈍，剛剛的事就當我沒說過吧！」

「沒關係啊，一起去看電影吧！」

「絕對不要！」她的雙手又打出一個大叉叉，「打死我也不要當你們的電燈泡，就算你們無所謂，我也不要，等下次不是約會的時候再叫我吧。」

放學之後我把這件事告訴拓也，拓也搔了搔頭，眺向暗下來的天色，「夏美其實不用顧慮那麼多啊！咳咳，喉嚨好乾，口渴了。」

他走向路邊的販賣機，投幣買了一罐熱茶，接著問我要不要。

「聲音，眞的會洩露祕密呢。」我沒有走動，覺著不可思議。

「大概是吧！」

「拓也，我唱歌的時候，聲音聽起來怎麼樣呢？」

我站在稍遠的後方凝視他，他與我對看片刻，歪著頭咧嘴一笑，「聽起來很幸福。」

我怔了許久，久久的，都辨不出心頭的悸動。這個答案或許在很久以前就知道了，卻一直摀住耳朵假裝聽不見，只因爲得到幸福總是要先放棄一些重要的東西，而我始終沒有割捨的勇氣。

和拓也在一起的時候我也覺得很幸福，但，一個人似乎沒辦法同時擁有兩種幸福。

我們平常也會和夏美一起讀書、逛街，可是某些場合，情人和朋友是無法並存的。

非得割捨掉生命中重要的東西，還能算是幸福嗎？

我不懂。

第六話

幸福的緣故

我的第三張專輯《The Beginning》，收錄了先前四支暢銷單曲，並外加八首新歌，附有MV以及幕後花絮的DVD，預計在四月底發行。五月初是我的出道記者會，拍攝好的五支廣告也會陸續播出。然後我和一群知名前輩所合演的電視劇《日光》七月中便會在富士電視台的黃金時段播放。

爲了能夠早點結束錄音工作，我盡量不休息地趕進度，趁著一次錄音空檔，原小姐將《日光》的劇本交給我後，繼續和製作人討論我的主打歌。二到四月都是《日光》預定的拍攝期，除了東京以外，還得到全國各地到處拍外景，可以留在秋本家的日子眞是少得可憐。

「一開始就飆高音？」

「沒問題的，未緒的喉嚨像是有一座升降梯，可上可下，對她來說簡直是輕而易舉，就算唱高音還是可以保有中低音質的飽滿。」

「可是一開始沒有伴奏，直接清唱飆高音會不會太突兀了？」

他們後來談得怎麼樣我就沒印象了，不小心在椅子上睡到原小姐來將我拍醒。

「乾脆搬回東京算了？以後工作只會愈來愈多，不要太勉強。」在我低頭掩面試著清醒一點的時候，原小姐這麼說。

我放下手，不敢直視她銳利的眼，「我沒問題。」

儘管我和拓也都這麼努力，周圍的人和情勢卻每天都在催逼著我做決定，唱歌或是放棄，二分法的選擇令我感到害怕，稍有閃失就會什麼都落空似的。

看看時間已經晚上九點多，稍嫌晚了，可是我想聽聽拓也的聲音，那樣一定會有元氣得多。

我躲到走道的角落打電話，拓也的手機沒開機，於是又試了秋本家的電話，響到第六聲秋本太太才過來接。電話那頭很熱鬧的樣子，有小孩子蹦蹦跳跳的叫鬧，說說笑笑間依稀有個似曾聽過的聲音。

「未緒啊，眞抱歉，家裡剛好有客人來，妳什麼時候回來？小林家送了好吃的和菓子喔。」

小林家？

我還在揣測秋本太太所說的「小林」家，就聽見拓也和另一個女生爭執的對話。

「頭過來，不要躲！我摸一下就好！拓也，好好聽話啦！」

「不用了，又沒什麼大不了的。」

「不行啦！伯母，妳也說說拓也嘛！」

雖說是爭執，事實上還是挺親暱的，那個女生一定是小林薰吧！

秋本太太回了小林薰幾句話，又繼續問我是不是要找拓也，這時正巧工作人員來找我。

「啊！伯母，我得進錄音室了，沒什麼重要的事，是的，我明天就回去，再見。」

這次一進錄音室，撐到凌晨三點才出來，包包裡的手機有三通未接來電，都是拓也打來的，我坐在秋本先生開的車上，望著手機螢幕上的銀白燈光，直到它又熄滅。

「人家這麼努力的時候……」

爲什麼偏偏是小林薰呢？

關上手機，讓疲憊的身體傾靠車門，透過玻璃窗看向無人的天橋上頭那一片慘淡星子，說不出的孤清感受。我明白這沒有什麼好吃醋的，可是……

也找不到快樂的理由。

隔天，錄音的工作在下午三點多如期結束，我有點半賭氣地沒再回電話給拓也，自己搭車回到山梨縣。一走出月台，不費工夫便在車站外的長椅上找到拓也的身影。

他穿著上次送我來車站的那件鋪棉外套，頸子隨意地圍著水藍色圍巾，雙手很冷似地插在外套口袋裡。坐姿慵懶，頭低低的。今天又下雪了，他的髮間沾上幾片叫人想幫忙撥掉的雪花。

好想念拓也啊！

我走到他身邊，正想開口叫他的當下卻愣住。

咦？睡、睡著了？

探頭打量他睡得很熟的面容，再看看手錶，奇怪，我沒有遲到太久啊！

這時有一群年輕女孩經過，她們尖聲的笑語驚醒了拓也。我站在他面前，等他惺忪張開眼，恍恍惚惚失神好久，視線終於對上我的，然後困惑地皺起眉，「咦？有兩個未緒？」

「拓也，你昨天很晚睡嗎？」

小林一家該不會待到很晚才走吧？

「嗯，還好，我剛睡著了嗎？」

他沒有提起昨晚的事，也許那原本就沒什麼好說的，可是我會很介意嘛！

我們走了一段路之後，拓也忽然開口：「妳今天的話眞少。」

「是嗎？」我的音調還是洩露些許的不愉快，眞抱歉，或許我自己並不想隱藏這情緒。

「妳在生氣嗎?」

「……」

「未緒?」

我站住，掙扎地注視腳下的積雪好一會兒，「她爲什麼要摸你的頭?」

「啊?」

「小林薰她爲什麼非得摸你的頭呢?」

我正視他的臉，拓也看上去有幾分驚訝，「妳知道啊?」

我懊惱地咬住下唇，反省自己活脫是怨婦的表現，加快腳步往前走，「算了，沒什麼。」

「未緒!」

「眞的沒什麼事啦!」討厭，現在我的表情一定難看死了。

「未緒!」

我身上大衣的連身帽猛然被拉住，踉蹌倒退，回頭看看追上我的拓也，他有點換不過氣。

「未緒，妳摸我的額頭看看。」

我抗拒地抿緊嘴，試圖甩開他的手，「不要!我又不是……」

「小林薰」的名字還沒脫口而出，有個重量已經毫無預警地壓向我，我怔在原地，拓也在人來人往的街上大剌剌倒向我，他的臉貼在我冰冷的大衣上，我也因此接觸到他升高的體溫。

「這樣好舒服……」

「拓也?」我扶住他就快要支撐不住的身體，「你在發燒。」

他靠在我肩上有氣無力地點頭，「嗯。雖然不想讓妳知道，可是妳走得那麼快，我實在追不上妳。啊……未緒好像又變成三個了……」

我摸他額頭，溫度好高！

「笨蛋！燒得這麼厲害，怎麼還可以出來？」

他笑了笑，「我想跟妳一起看電影嘛！」

「不可以！這時候還看什麼電影，我們要馬上回去！」

我正想帶他走，誰知一股力道又把我拉回去，拓也開始賴皮。

「難得的約會，看完電影再回去吧！」

仔細想想，拓也前兩天就不太對勁了，只是我遲鈍得沒及時察覺。

「不行啦！病情加重怎麼辦？你不要任性！」

小林薰一定注意到了，所以昨天她才會跟現在的我一樣強逼拓也就範呀！

「不會再加重啦！看電影，好嗎？」

我只顧著工作和無聊的胡思亂想，害拓也下雪天發著高燒在外面，而且他會感冒搞不好是因爲那天沒穿外套就來追我才造成的……

「我會擔心嘛！生病的人怎麼可以這麼任性？看電影可以改天再看啊，我們又不是只有這一次約會而已，重點是，我會擔心嘛！」

我邊凶他邊掉下眼淚，一半心疼拓也，一半是怎麼也不能原諒自己，我根本連吃醋的資格都沒有。

拓也登時不知所措，「喂，妳哭什麼啊？我知道了，可是妳沒必要哭吧。未緒，大家都在看了喔！」

後來，我本來想叫計程車的，不過拓也堅持走路回去，他說電影看不成了，起碼一起散步也好啊。

落雪有加大的趨勢，天色也逐漸昏暗，我在路上買了一把傘，和拓也經過亮起一盞盞路燈的公園。

「看，有雪人。」我指了指公園，那應該是白天時孩子們堆的。

拓也二話不說，逕自走進公園中，一把將那座雪人抱住，「哇！好冰，好舒服。」

「不可以這樣啦！」

我把他拉開，然後跑到附近的商店買一瓶熱的檸檬茶回來，誰知拓也竟然大字型地仰躺在地上，觸見的那一刻眞把我嚇壞了。

「拓也！拓也！」

我叫他，他緩緩睜開眼，側過頭，那是一雙意識非常清楚、漾著溫煦笑意的眼神。

我不明瞭拓也想要做什麼，只是低聲提醒：「會燒得更厲害喔！」

「妳說，這麼高的溫度，能不能在雪地融出一個人形來呢？」

「在那之前你會先凍死！」

對於我過分理智的回答，他笑了幾聲，然後拍拍旁邊，「未緒也一起躺著嘛！」

會不會腦袋燒得有點打結了？

我乖乖躺在他身邊，看上去應該是軟綿綿的雪實際上是硬邦邦的，不到三秒，冰透的寒意就從背部滲了上來，一點都不舒服。從這個角度看天空，那片滿載繁星的宇宙比想像中還大了許多，一直盯著，身體彷彿漂流了起來，而雪，宛如億萬顆掉下來的星星，在路燈的光線中發著柔和的光。

「拓也。」

「什麼？」

「等你的感冒好了，我們再去看電影吧！」

「嗯。」

「然後要在院子裡堆一座不輸給這裡的雪人；春天來的時候，一起坐在樹下賞櫻花，我負責準備便當；然後夏天我們去參加祭典，你撈一隻金魚給我；秋天、秋天、秋天……」

「秋天要做什麼？」

「我們再來烤地瓜好了。」

「好啊！」

「我想跟你一起度過很多很多美好的時光，證明我們是那樣存在過的。」我轉過頭，他也轉過臉望著我，我們兩人孩子氣的神情很相像，我們的瞳孔都鮮明地映照著對方。「就像要在雪地上印出兩個人形那樣，證明我們一起這麼幸福地存在過。」

雪人、櫻花、祭典和烤地瓜……那些約定猶如鋪在我們身體下的積雪，天氣變暖的時節終究要消融不見，連一絲痕跡也找不到。後來，我們從不曾去看過電影，一次也沒有。然而那個時候，我是眞的認爲可以和拓也一起完成那些美好的事物。如果拓也沒有忘記我，我們一定可以的吧！

爲了不要經常分離，我試探性地問過原小姐，能不能盡量把我的戲分集中一次拍完。這次她竟然沒有追究原因，虧我連理由都想好了。

「妳不用常常東奔西跑，那樣也好，我安排看看。」

原小姐抽著菸，輕描淡寫地贊成我的提議，當時我沒能察覺到她意味深長的目光。

因此，幾乎整個二月都得在外地拍戲，至於其他日子只需要等到有臨時狀況再到片場報到就行。更幸運的是，二月十四日下午才開拍，我還能夠和拓也過半天的情人節。

我趁著半夜偷偷做好巧克力，隔天一早送阿徹一份義理巧克力，等下了公車再把本命巧克力拿給拓也，他十分驚喜，一面走，一面拆開包裝吃了起來。

「會不會太甜？」

「剛好。我告訴妳，除了當歌手，妳說不定也可以當廚師喔。」說完，他信口要求我：「下次再做蛋包飯和味噌湯吧，一直很懷念呢！」

「好啊，那等我回來再做給你吃吧。」

我們一起來到學校，看見夏美正在前頭發送巧克力給認識的男生（她最大方，我們班上男生從來不用擔心收巧克力的數量掛零），當她看見拓也時，淘氣地搖搖手，「抱歉，今年沒有你的份啦，反正你一定會拿到的，對吧？」

拓也率性地揚個頭：「當然！早就吃掉了！」

同學中只有夏美知道我的祕密，還知道我和拓也正在交往，大家都被蒙在鼓裡，小林薰也是。下課時間她到我們班上把拓也找出去，我從座位上瞧見她遞給拓也一份包裝精美的巧克力，她的手藝一定也很巧吧！從小一起長大，過節應該已經成為他們多年下來的習慣了。

「未緒！」拓也從門口探頭進來叫我。

我奇怪地抬頭，他朝我招手，外頭的小林薰也不曉得他接下來要做什麼的樣子。

才踏出教室，我的手馬上被牢牢握住，包覆在拓也溫暖的掌心。

「抱歉，以後，我只收她一個人的巧克力。」

我呆住了，小林薰也是，她一向嫻靜的眼眸難得閃過衝擊性的錯愕，由於那副受了傷的神情，我不禁納悶她手上的巧克力到底是義理還是本命呢？

或許小林薰自己也弄不清楚，她向來在兩段感情之間來來去去呀！

拓也事後說，多了一個人知道我們的祕密是有點冒險，但如此一來他才能夠理直氣壯地婉拒小林薰的許多好意，我聽了很感動。

午休時間秋本先生開車到學校接我，拓也送我到校門口，接下來我們會有長達一個月之久的分離。秋本先生對於我們的交往沒有點頭或搖頭，不過今天他刻意待在車內，沒有出來。

「只是一個月嘛！」見我藏不住哭喪的臉，拓也刻意開朗地安慰道：「想妳的時候，我還可以轉電視來看雨宮未緒。」

我心底一酸，「如果是我想你，那該怎麼辦？」

聽我這麼說，拓也也沒轍般地看了看天空。就在我失望之餘，他冷不防在我臉頰上親吻一下，我霎時紅了臉，那是第一次我緊張到聽不見自己的心跳，而他在耳畔既柔聲又靦腆地低語：「那，妳可以想一想幾秒鐘之前我的表情是什麼？一、緊張到不行；二、高興到不行；三、兩者都有。」

我忍住笑，在上車前瞪了他一眼，「笨蛋。」

儘管許多事不能在過去的時間裡留下什麼證明，我卻總是那麼深刻地記憶下來，歷歷在目，就連躺在公園雪地上那天，雪花在臉上慢慢融化的冰涼感觸也都鮮明如昨，只因幸福的緣故。

✧

偶爾我會這麼想，現在的我們如此幸福，會不會是佔走了誰的幸福而來的呢，拓也？

第七話

時間的力量

時間の力

我突然有了奇妙的預感，那是種無法言明由來的預感。

是在一個驚醒過來的凌晨，天空布著沉甸的藏青色，有幾絡縱向雲朵的剪影格外鮮黑，黎明前的大地總會發出一種嗡嗡嗡的共鳴聲，在龐然的共鳴聲中，相應和般，我的心臟也跳起不安的節奏。北風從山的那頭過來了，我的頭頂上隱約透視得到「時間」正不絕流動。

記得有一個午后，和拓也一起望著天空發呆，他突發其想地問我：「嘿！我很早以前就想問了，不過那時候跟妳不熟，所以一直沒開口。」

「什麼事？」

他掉頭向著我這邊，蹙起清逸眉宇，「妳爲什麼沒住家裡？過年的時候也沒回去團圓。」

啊！果然是棘手的問題。

「我應該算是離家出走吧！」我自己想了一想後那麼說。

「啊？」

「爸媽在我國二的時候離婚，我和妹妹跟著媽媽一起生活。國三那年跟媽媽大吵一架之後，自己跑到東京來，然後遇上原小姐，就一直住在事務所的宿舍裡了。」

我叛逆和獨立的另一面八成讓拓也感到十分意外，「妳這三年都沒回去嗎？到底是什麼事會讓妳們吵得那麼嚴重？」

到底是什麼事，其實現在的我已經記不大清楚了。當初溢滿胸口的憤怒以及不顧一切的奔跑都變得模模糊糊，隨著那一年我所搭上的新幹線被遠遠拋在從沒回顧過的後方。

「爸爸原本是一家電子公司的小職員，他被裁員後，不到一個月的時間，我媽就跟他離婚。我認爲，不管生活再怎麼辛苦，一家人也要在一起，就算要我休學工作也無所謂。可是媽媽卻拋棄了爸爸，我無法原諒這樣的媽媽，那時候起就很少跟她講話了。後來，又扯到我想唱歌的事，她打從一開始就不贊成，那倒不要緊，一般父母本來就不喜歡孩子分心在課業以外的活動。不過離家出走的那天她對我說了一句話，她說，妳也該早點醒悟，別跟妳爸爸一樣，對未來作著愚蠢的白日夢。我很不服氣，再怎麼樣也不應該否定一個人的夢想，不是嗎？這個地球上只有人類才擁有夢想的能力和權利呀！」

況且，我並不是沒回過那個家。我曾經回去過兩次，一次是除夕，兩天下來和媽媽說不到五句話，元旦中午我很快就離開。第二次是偷偷回去的，從窗口望見媽媽做了她拿手的蛋糕，笑臉盈盈地幫妹妹慶生。這一次我卻寸步難行，彷彿有個看不見的橡皮擦，把我在那個家的位置、在她們心裡的位置，一點一點地消除。日後再有媒體去採訪，媽媽也是態度冷漠地一概不予回應，就像一切都與她無關一樣。

「我好像……變成『回憶』了。一旦成爲別人的回憶，就再也沒有打破現狀的勇氣，因爲會擔心嘛！擔心目前的狀況下並不需要我的存在。」

然而在新戲《日光》中，我飾演的角色卻擁有一個美滿家庭，令我非常不習慣。

「未緒！怎麼了？再撒嬌一點，裝可愛也沒關係啊！」導演又喊「卡」。

那一天，再簡單不過的場景我足足吃了十二次NG才成功，我也溫習了好幾遍偶爾會浮現腦海的幸福片段。

時間，眞的有著神奇的力量吧！在漫長的歲月區分出過去、現在、未來，不能跨越。我知道我在福岡有一個家，過了橋左轉就會看到，我的童年直到國中的回憶都在那裡，可是我回不去，因爲那個家以及十五歲之前的我都已經成爲過去，而人們是無法回到過去的。

然而拓也卻體貼地對我說：「有機會我陪妳回去吧，只要回去了，就不會是過去式囉。」

當時聽他說的話，感覺「回家」似乎是一件很簡單的事，只是我沒能想到，未來陪我一起回家的那個拓也，已經不是原來的拓也了。

二月，是一個發生了許多事的月份，是冬天的尾聲，也是一些不平靜的事件開端。

密集拍戲的那段期間，我一下戲就昏睡，直到下一個輪到我出場的片段。

因爲骨折休養那陣子上升的體重，這一個月沒有特別減重馬上就掉了五公斤，有時連吃個便當也會不小心打起瞌睡，難怪拓也說我很容易就會睡得很死。

我們在海拔一千五百公尺的山上取景，住在一棟木屋別墅，沒有時間打電話給拓也，就算有空，手機也收不到一絲訊號。我在距離天空很近的地方，心卻陷在思念的泥沼。

再怎麼想見他，總在心底暗暗對自己說，撐完這個月就好了，拓也一定也正爲了考大學而努力。三個星期下來，我不曉得秋本家的近況，直到撞見電視報導的那一天。

燈光師路上塞車遲到了，劇組停頓下來枯等，天寒地凍，大家都窩在暖烘烘的壁爐前看電視，我裹著毛毯在過分暖和的火光中昏昏欲睡之際，聽見新聞報導唸到了我和秋本家！

我抓著毛毯跳起來，有幾位工作人員正往我這邊看，其他人則和我一樣目不轉睛地盯住電視。畫面中的標題打著「雨宮未緒的藏身地大曝光」，主播停不下來的嘴敘述起我隱姓埋名那段期間所發生的事。鏡頭接著帶到秋本家，十幾名記者和攝影機將秋本家團團圍住，還有一些村裡的人在旁邊圍觀。秋本太太面對眼前的麥克風，驚慌失措地抓住身上圍裙，老秋本先生則怒氣沖沖地重覆同一句話：「沒有什麼好說的。」

「那麼，我們再來看看雨宮未緒所就讀的學校。」

主播話題一轉，畫面依序出現熟悉的校園、老師們的訪問、教室、夏美和班上同學，還有，拓也，天哪！我想瘋了的拓也。

「我從來就不知道雨宮未緒在我們學校啦！」夏美凶巴巴地裝傻。

其他同學則是頭一次聽見這個消息，驚訝地議論紛紛。接著攝影機捕捉到拓也，記者跟在他身旁，不管問了什麼，拓也始終走自己的路，沒去理會鏡頭或是麥克風，孤傲的側臉透露明顯的惱意和不耐，最後他狠狠甩上實驗室的門，也中斷一切訪問。

不好了！我丟下毛毯，朝門口的方向跑。

到底是怎麼洩露出去的？我不記得自己什麼時候被跟蹤了呀！

「妳要去哪裡？」門口就近在咫尺，原小姐從後方飄來的聲音攔住我的去路。

我用力攫住她雙臂，「原小姐！大家都知道了！怎麼辦？我住在秋本家的事，已經被報導出來了！」

「我知道，不過無傷大雅，反正妳快復出了，正好幫妳暖身。」

「我怎麼樣都無所謂！是秋本家他們……我得馬上回去！」

我從她身邊繞開，誰知這會兒輪到原小姐單手握牢我的手肘。好大的力氣。

「妳回去的話，只會讓情況更糟。」她連頭都沒有移動分毫，只朝我拋下一道嚴峻的目光，「更何況妳這邊還有工作，自己的事都做不好，憑什麼去管其他人的處境。」

「那不是其他人，是秋本先生的家人啊！因爲我的關係……」

「放心吧！這種新聞沒有追蹤的價值，除非，」她停頓片刻，彎起慧黠的嘴角，「除非妳繼續住在秋本家。好了，燈光師已經到了，準備開工吧！」

我睜大眼，前面的門口開敞，不時有雪片竄進來，在我動也不能動的腳邊打轉。

我連秋本家也回不去了？

「是妳吧！」我回頭，瞪向她停佇下來的窈窕背影，「放消息給媒體的人，是原小姐妳吧！」

她回眸一笑，那是一個嫵媚得叫人難以移開視線的笑容，「妳變聰明了。」

「爲什麼？妳難道不知道這樣會爲秋本家帶來多少困擾嗎？秋本先生他們一直在幫助我啊！他們一直很親切地幫助我啊！妳爲什麼要這麼做？」

那應該是我第一次那麼激動地對原小姐大吼，然而面對我的抗議，原小姐不痛不癢地回答：

「這是我的工作。」

「爲了讓我回東京，妳故意放消息出去，還利用秋本家炒新聞，這樣不是太過分了嗎？」

「那妳回去不就好了？丟下這邊的工作回去，看看情況會好轉還是更糟。」她轉回頭，毫不戀棧地走掉，「大門在那裡，沒有人留妳喔！」

原小姐總是那樣，她可以不費吹灰之力，便使我逃不出她布好的陣局。

我是這樣無能爲力，當初信誓旦旦說要守護拓也的我，什麼也做不了，哪裡都回不去了！

我掩住嘴，不讓抽噎脫口而出。我靠著門蹲在地上，難過得久久不能平復。對不起，眞的很對不起……

在秋本家那段快樂的時光，正逐漸流逝，如同我所擁有過的家庭生活那樣，已經悄悄地、悄悄地從我濕透的指縫間離開了。時間不停往前推進，許多事物都不可違地置換著，不管當時的我們做過什麼努力，「時間」還是將所有的情感都變成過去，將幸福變成淚水，將約定變成心中的遺憾，將思念的人變成永遠的回憶……

拓也遺忘我的日子，也在我未曾留意的時候，進入倒數的時序。

隨著新聞的炒熱，「雨宮未緒」這個名字像是中了什麼可怕的連鎖效應般，出現在各大媒體的版面上，不只報導我骨折期間的事，也把我過去的經歷和所有作品重新介紹。原小姐高明的操作手法發揮了絕佳的宣傳效果，還沒有正式復出，大家對「雨宮未緒」已經再度熟悉了起來。休養後我的第一支廣告順勢在三月初播出，背景音樂是專輯裡收錄的新曲，由於專輯尚未發表，不

第七話
時間的力量

多久便引起廣大的詢問與迴響。

這一連串的發展都在原小姐的算計之中，就算我已經將一整個月的戲趕拍完畢，接踵而來的各樣訪問和通告也應接不暇，每天的行程滿得讓我連一丁點脫逃的機會都沒有。而我留在秋本家的行李以及沒能親自領取的畢業證書，秋本先生都幫忙帶過來了。

我打過電話給拓也和秋本家，但或許是害怕記者騷擾吧，電話一直打不通。我因此錯過了拓也考國立大學的那一天，沒能對他說聲「考試加油」，不知道他考得好不好。

當手機那一頭第N次進入語音信箱，我傷心地閉上雙眼，拓也，我想見你。

「喂，我是未緒，一直找不到你，你還好嗎？關於那些媒體找上門去的事，我很抱歉，眞的很抱歉……拓也，我……」

才說到一半，助理就開門進到休息室來，「時間到囉！」

「好，謝謝！」

我匆匆按掉通話，呼！還以爲是原小姐呢！

今天要上的節目以音樂演唱爲主，來賓都是著名的歌手，流程大致上是輪流介紹來賓，然後請他們一一到舞台中央演唱。我表演完畢，主持人突然在我走回座位前叫住我。

「未緒，聽說這是妳復出後的第一個通告吧！我們有準備慶祝妳復出的禮物喔！」

事前就被知會今天會安排一個驚喜給我，我很配合地佯裝訝異，主持人問了我當下的心情，接著要我後退幾步，然後轉向攝影機，吊足胃口地大喊：「那麼，今天的神祕禮物會是什麼呢？等一下就會從後面那扇門出現囉！來！一、二、三！」

我跟著朝布景大門看，大量的乾冰噴了出來，門緩緩開啓，在那些白花花的霧氣散開之前，我從沒想過會再見到那個人。就算有巧遇這回事，也絕對不會是面對面近距離的接觸，畢竟，他已經從我生命中消失很長一段時間了。

我先看清楚的是一個鋪滿新鮮草莓的奶油蛋糕，後頭有一個身形不錯的高瘦人影，他單手捧著蛋糕，儀態大方，跨步走出乾冰的包圍，我當場吃驚得愣在原地有一分鐘之久。

「嗨！恭喜妳復出！」

略長的頭髮淺淺挑染成時髦的紫紅色，套著一件合身的V字領毛衣，配上極具修飾效果的黑色牛仔褲，他略略偏斜十五度角的頭，臉上盡是柔煦又不失自信的光采。

「悠人……」騙人！他怎麼會來？

我幾乎就要忘記現在正在錄影現場而不敢置信地掩上嘴，主持人笑容滿面地插入我們中間大聲叫好，「喔喔？看來未緒嚇了一大跳喔。未緒，妳還記得他是誰嗎？」

望了泰然自若的神祕佳賓一眼，點點頭，「嗯，我一直都記得喔。我們國中的時候同校。天哪！我眞的嚇一跳……」

主持人將一支麥克風遞給他，詢問他的名字，他頗爲熟練地簡短問好：「大家好，我是宇佐美悠人。」

好懷念的名字和聲音啊！以前常聽的，不過現在倒覺得有哪裡不一樣，怎麼也說不上來。或許在悠人眼中我也變了，他會長大，我們都在長大。

還在感慨的同時，主持人已經開始訪問悠人，聽見他做過平面模特兒時挺意外的，不過仔細想來，悠人本來就是做任何事都三兩下就能夠上手的嘛！

話題焦點轉落在草莓蛋糕上，主持人興致勃勃地問我：「未緒，聽宇佐美說妳喜歡吃草莓蛋糕啊？」

「嗯！超喜歡，我好像特別鍾愛季節限定的東西，像是薰衣草冰淇淋和草莓蛋糕。」

「原來如此。只在特定的時間或地點才吃得到的東西，感覺特別美味吧。嘿，宇佐美，你們這麼久沒見，現在還記得她喜歡的東西，這很不簡單喔！該不會你們以前交往過吧？」

什麼啊！那分明是明知故問，害得我微微傻住了。悠人有點無奈，向我投來「由妳決定」的體貼目光，我則偷偷瞄向站在攝影機旁的原小姐，她雙臂交叉在胸前，從容優雅，沒有作任何指示的打算。

「國二的時候吧。」我於是大方作答。

悠人頷頷首，跟著回想一下，「她國二的那年暑假，那時候未緒還沒有進入演藝圈。」

「嗯。不過不到一年時間，我就跟事務所簽約，生活漸漸變得忙碌，大概是那個時候起就和他失去聯絡，所以完全不知道他當過模特兒這件事。不過，我們國中的幾個好朋友曾經說過，悠人搞不好很適合當模特兒這種話喔！他從以前就很有型了嘛！」

這麼接話，其實是帶點壞心眼的，我在強調現在已經跟這個人沒有關係了。唉！是職業病還是顧慮到或許正在看電視的拓也呢？

「那麼，還沒踏進演藝圈之前的未緒，是怎麼樣的女孩呢？」主持人反問起悠人。

悠人瞧了我一眼，「跟普通的女孩子一樣。」

聽起來也不像是讚美。

「跟普通的女孩子一樣那是怎麼樣？」主持人追問。

「跟普通的女孩子一樣討人喜歡。」宛如父親縱寵的口吻，悠人平靜地聊起一些關於我的事。「非常重視外在儀容，說起自己感興趣的事會很聒譟，生氣和難過的時候就變得安靜，很愛唱歌，尤其是唱給別人聽。嗯，挺有正義感的，她曾經在電車上跟一位上班族大叔吵架，因爲那位大叔沒有讓位給孕婦。」

說到這裡，主持人哈哈大笑，直說沒辦法將凶悍的未緒和我聯想在一起。

錄影結束之後，原本想找原小姐問清楚，卻在走廊看見悠人，他仰著頭正在觀看某場音樂會的海報。

「嗨！我還以爲你已經走掉了。」

我走上前，他轉向我，中間沒有其他人阻隔，更能明顯感受我們身高上的差距，眞是不可思議，國中時他明明和我一樣高的，現在卻比我高出一個頭，好像變魔法喔！

「我找不到出口，這裡跟迷宮一樣。」迷路歸迷路，他還是老神在在的調調。

「哈哈！剛開始我也這麼覺得。」

好微妙的心情，再次和他見面，彷彿可以在他身上找到某些失落的、美好的東西。國中時代的單純與歡笑，甚至那個穿著青澀水手服的我，只要在他身邊，只要伸出手，依稀都還觸摸得到。大概是悠人天生隨性的本質，使得因爲「時間」而拉開的距離也那麼自然而然地蒸發掉，消失無蹤了。

一回神，沒想到他也正專注地凝視我，臉上掛著一抹和善的笑意，「好久不見了。」

「好久不見，你看起來過得不錯。現在在做什麼？」

「偶爾會蹺課的大學生。」

「模特兒的工作呢？」

「那個啊！那個只是好玩的，就像這次上節目，一方面覺得應該會很有趣，一方面又可以見到妳，所以才來。」

我驀然間想起一樁對不起他的事，他曾經在我生日那天到電視台來找我，啊，一定得好好道歉才行。

「要不要坐一坐？我還有工作，不過一起喝杯咖啡的時間還是有的。」

他聽完我的邀請，停頓好一會兒都沒回應，我一度不安地以為他在記仇。

「送我到出口就可以了。」他婉拒了。

我們走在複雜的、不時可以和藝人擦身而過的走廊上，一路上悠人都在注意對他而言很新奇的事物，以他的外型來說，實在不輸給遇見的藝人們。

「喂，悠人，是不是原小姐找你來上節目的？」

「嗯？」他看起來有幾分孩子氣的懵懂，「不是，是那個節目的人找我來的，不過我已經忘記名字了。」

「這樣啊。」我太多心了，還以為今天這個驚喜也在原小姐的計畫中呢！

「會帶給妳困擾嗎？」

「咦？」我趕忙搖手，「你誤會了，一點也不困擾啊！坦白說，能夠再和你見面，我很高興，真的！」

「是嗎？我倒是常常看到妳呢，在電視上、在街上的海報……感覺還是一直對妳很熟悉的樣子。」他頓一頓，兀自笑笑，「這樣說會不會太臭屁？」

「不會啦！我沒忘記過悠人的事喔，因為……我要向你道歉，上次你找過我，我沒有和你見面，呃，真的很對……」

我的道歉還沒講完，悠人的手掌已經安放在我頭頂上，我怔怔望住他的笑容，煦暖得一如吹起春天櫻花花瓣的微風，是那樣的親切、絢爛。

「現在已經見到面了啊！」

「時間」所帶來的變化，有時真令人啼笑皆非呢！在我擁有演藝事業的同時，宇佐美悠人也走出我的生命；在我就要失去拓也之前，命運又安排悠人回到了我身邊。人生在這樣一得一失、加加減減之後，所剩下的總和到底會是正值還是負值呢？

「啊！對了，妳剛提到的那位原小姐，」送悠人到電視台門口，他忽然想起什麼似地回頭，「雖然不是她找我來，不過她問過我要不要進事務所。」

「什麼？那，你答應了？」

「還沒有，因為我不想受人擺佈，那位大姊好像會把人吃得死死的一樣。總之，以後我們應該還有見面的機會，再見了。」他的道別裡帶有神祕的預告。

原小姐要招攬悠人進事務所？我在回休息室的路上不斷思索，就算悠人有這條件，時機上也未免太湊巧了，連悠人都察覺得到原小姐的厲害之處，我絕對不能一直任她擺佈！

眼角一瞥，小我兩歲的同門師弟圭太正繞進他的休息室，他一向沒有順手關門的習慣，可以從門縫窺見他一面哼著歌，一面走入更衣間，不一會兒他身上的衣服便一件件從更衣間門口上方扔了出來。我環顧無人的四周，一溜煙闖進他的休息室，抓起他的衣服，頭也不回地逃離現場。

「圭太，跟你借一下衣服！」我嚷著。

「啊？」他大叫一聲，匆匆打開門，「喂！未緒！妳搞什麼鬼啊？」

「對不起啦，衣服一定會還你。」

我抱住一堆衣服加快速度逃走，直接衝進女廁，換上圭太的格紋襯衫和垮褲，再戴上他的棒球帽，將我長長的褐色捲髮全藏進帽子裡。變裝完畢後想出去照個鏡子，卻嚇到一位剛要走進廁所的女性工作人員，害我狼狽地奪門而出。順利地跑到電視台外面，直到跳上計程車才暫時安心。我喘著氣微微抬頭，計程車上的後視鏡照見了我半張男孩子氣的容顏，以及滿臉還平靜不下的倉皇緊張。

這是完全不經大腦思考，也沒有仔細計畫的行動，憑著一時衝動，只是一種最純粹的衝動。

我要去找你了，要去找你了，拓也。

計程車上了高速公路之後，我自己打電話要求將下一個拍照工作延後，才收好手機，便注意到後面那輛三菱的銀色廂型車，已經跟我們好一段時間了。

我請司機試著變換幾次車道，銀色廂型車仍然緊跟著，我愈來愈肯定自己八成被跟蹤了。

「對不起，請送我到小田原。」

我把路線改成南下到小田原去，然後中途換上電車繼續前往山梨縣。

不確定這樣能爭取到多少時間，就算擺脫得了記者，發現我失蹤的原小姐一定也能夠猜到我去了哪裡，或許今天連拓也都見不到就會被帶回去。

一路緊繃著神經，終於來到秋本家。不過我沒有立刻進去，深怕又會給他們添麻煩，只站在外頭的紅色郵筒前佯裝投信，一邊從旁窺探。老秋本先生又坐在庭院裡抽菸，秋本太太正巧端來一杯熱茶給他，沒有見到拓也和阿徹，會不會不在家呢？

我退回小路上，邊走邊打手機給夏美，她聽見我的聲音時大吃一驚。

「我不知道拓也在哪裡呢！前天聽說幾個班上男生要去爬山，不曉得拓也有沒有一起去。」

爬山？我的心當場涼了半截，夏美接著提醒我，「未緒，妳要小心一點，雖然最近記者比較少了，可是偶爾還是見得到他們的人喔！」

「謝謝妳，夏美……」

我抬起眼，撞見迎面走來的一名戴著墨鏡的男子，雙手插在長襬外套的口袋中，通常記者都會將小型照相機放在裡面。

「我要掛斷了，夏美。」

我收起手機，回頭想朝反方向走，沒想到我以為早已甩掉的銀色廂型車出現在那一頭，此地無銀三百兩地停在一棵樹後面。

我被逮到了！

前後夾攻的情況下，我第一個念頭就是離秋本家愈遠愈好，當下便轉身衝進森林。

「啊！她跑了！」

「雨宮小姐，請等一下！」

我回頭，看見起碼有四名記者邁步追上來。只要跑到森林另一邊，就是那座湖泊，那裡就有公車可以搭，如果我跑得到的話。

我比他們還要熟悉這座宛如迷宮的森林，繞來繞去，始終能和他們維持著不會被拍得太清楚的距離，只是我心中也漸漸擔心起來。

老秋本先生警告過我，一旦進入森林深處，有時連本地人也走不出來。我已經闖入先前不曾到過的地帶，這裡的樹木更加密集，層層疊疊的枝葉遮住頭頂上一大半的日光，連影子都不見了，腳下所踩的每一步都濺出長年潮濕的土味，不時有溫度驟降的風從暗黑深處竄出……

「啊！」

我的手被用力抓住，人也被使勁地拖進另一條路。頭上的棒球帽在不經意間脫落，穿過垂落的髮絲，拓也的面容清晰地映入我訝異的眼底。

「拓也……」

不是透過電視畫面，也不是對著手機存檔的照片，只要我願意，伸出手就能觸摸到眞正的拓也，見到了，我見到了……

他看也沒看我一眼，全心拉著我從記者們的視野逃開，嘴上還不忘唸唸我的莽撞，「傻瓜！誰叫妳來的？現在不是很危險嗎？萬一被他們拍到、亂寫一通怎麼辦？別的地方不跑，偏偏跑到森林來，如果我沒發現妳，妳一定會在裡面迷路餓死的啦！眞是太亂來了！」

我不禁變得倔強，人家千辛萬苦趕來，不是爲了要挨罵，不是爲了被他體貼地責罵的……

「到這邊！」他拉著我跳下一個小矮坡，坡底下的土壁有一個像是防空洞入口的小洞，只夠我們兩人擠在裡面，「安靜地等那些傢伙走開。」

小小的洞穴中，盡是我們兩人強壓下來的喘息聲音，深怕一不小心就會被上頭徘徊的記者們發現。拓也專注聆聽外面的動靜，眉宇蹙鎖，寬敞的胸膛隨著急促的呼吸上下起伏，我的手被他緊緊握在掌心，那樣擔心地含握著，有些疼痛。

拓也側過頭，困惑望著我，我另一隻手輕輕拉住他的衣角，拚命忍住眼淚。

「想見你，人家想見你嘛……」

他什麼也不說地注視我許久，然後緩緩靠近，我感受到拓也全身暖透的氣息，他睽違已久的臉龐有幾分陌生，我因而畏懼地退後一點。拓也似乎變高了、變得更像大人，也變得莫名滄桑。就在我的心臟怦怦跳得快要窒息時，聽見他用那微微顫抖的嗓音低聲說：「妳猜，沒見面的這段時間，我都在幹嘛？一、想未緒想得要命；二、想辦法去東京找未緒；三、都有。」

原本忍住的淚水再也不受控制，我哭得像任性的孩子一樣，「都有，都有，一定都有！」

「噓，會被聽見喔。」

拓也低下頭，急忙擦掉我飽受思念煎熬的眼淚。當慌張的情緒沉澱，語末的空氣凝結，略微遲疑……他深深吻了我。如此專注，那麼深刻，我們的情感，都像是在爲將來作準備。

我撲上前，用力抱住他，深怕稍一放開，拓也就要消失，而我的努力全是一場空。

「被發現也沒關係，拜託，就這樣讓我抱一下子……」

他怔一怔，用拿我沒轍的口氣，將疼惜的吻埋入我的髮間，「這種事哪有人在拜託的！」

那一刻，我眞的想過，留下來，和拓也永遠地在一起。

人的一生當中，會有多少次是爲「永遠」來下決定呢？但，我眞的那麼認眞地想過喔！

我再度恢復意識時，天已經暗了，眼前伸手不見五指，四周不時有呼嘯的風聲。

「拓也？」

我緊張起身，旁邊有個聲音安撫我，「我在這裡，妳剛剛睡著了。」

回頭，費一番工夫才看清楚拓也的臉，原來剛剛我是靠在他的身上，現在已經晚上六點多了。

「我睡著了？你爲什麼不叫醒我？」

「我看妳好像很累的樣子。」

可是，明天一大早就得拍戲，再怎麼樣今天都必須趕回東京才行，怎麼可以把時間浪費在睡覺上面啦！

「我們出去吧，那些傢伙應該早就走了。」

他牽著我走出洞穴，森林黑壓壓的，拓也卻像擁有特別的雙眼，箭步如飛地帶我避開地上凹洞，繞過草叢，一路朝著出口走去。

「拓也，因爲我的關係，害你們被媒體騷擾，我很抱歉。」

「不要緊，他們沒做什麼，只是不停地問問題，讓人很煩而已。」他寬容地對我笑一笑，「其他人也沒怪妳喔！他們都很關心未緒那邊的情況。」

即使那樣，我也無法輕易釋懷，「拓也，我跟你說，我決定……」

「我先告訴妳，如果妳因爲我的關係而要放棄唱歌，我是不會原諒妳的。」

「咦？」

「拿我當理由，而放棄妳的夢想，我不會原諒妳。」

「但是……」

他停下來，認眞地看住我，「考試我考得很好，而且有把握會考上。不過我要讓妳知道，我報考東京的大學並不是爲了妳，那是在認識妳之前就決定好的，是爲了我自己。如果未來我們兩人選擇的路能有所交集，當然是最好不過的事。如果沒有，那我們就走自己的路，然後彼此喜歡，各自成長，這樣也很好，不是嗎？」

拓也的話，當下就否決了我那兒女情長的決定，我對拓也的獨立感到意外，並且汗顏著自己的依賴。原本是來找拓也一解相思之苦，沒想到反而被他說教了一頓。

「妳唱歌很好聽。」拓也繼續對我說：「記不記得我們第一次見面時，妳問過我是不是妳的歌迷？」

「嗯。你那時候很臭屁。」

「哈哈！不過，我眞的是雨宮未緒的歌迷喔！妳不是單靠外表成名的歌手，唱歌的時候，讓人感覺得到妳眞的很喜歡唱歌，也唱得很快樂，所以，見到自己喜歡的歌手在舞台上實現夢想，也是身爲歌迷的我所樂見的事。」拓也的手加重些力道，握了我一下又放開，那麼一下，蘊含了許多不捨，我知道的。「在那邊繼續努力吧！未緒。」

「你要送我回去了嗎？」

「我家不安全，那些記者一定會在那裡等妳，我送妳到車站，叫我爸來接妳。」

我掉下眼淚，沒讓他發現，「拓也……」

「什麼？」

「考試的事，眞的太好了，我一直很擔心呢！」我抬起頭，微微一笑，「那麼，我也要努力了，不輸給你，繼續努力下去。」

拓也的眼神有掩不住的痛苦，卻不失深深溫柔，我們都是強顏歡笑的高手。「這樣才像雨宮未緒啊！」

「拓也，如果我還想再和你見面，就約在剛剛那個洞穴好不好？路我已經記起來了。」

「好啊，這樣就不用擔心記者會跟進來了。」

「還有，拓也……」

他忽然覺得好笑，「妳爲什麼每說一句話都要叫一次我的名字？」

因爲我不能常常看著你的臉叫你「拓也」啊！笨蛋。

前方小徑已經透著亮光，我們就要走出這片黑暗，森林出口並不遠了。

「拓也……」

「到底是什麼事？」

「拓也，拓也，拓也，拓也……」

我一句話也說不出來，只想重複叫著他的名字，就像是拓也說喜歡我的那一天，他也是這樣地喚著我。

「未緒，夠了！」拓也激動地制止我，一把將我拉近，我掉進他既熟悉又溫熱的懷裡。「妳這樣會害我們永遠都走不出去的。」

你眞的懂得「永遠」是什麼嗎？那包含著曾經是現在的過去、曾經是未來的現在，還有無限無限延伸的未來。

在我們共有的時間裡，每一分每一秒，如此專注，那麼深刻，我們的情感……都像是在爲將來作準備，好讓未來有一天讓我們想起從前時，會有一絲絲懷念的感覺。

◇

如果你不再記得我，時間便不再有任何意義。我不存在於你記憶中的任何一秒，甚至在「永遠」裡也找不到我們的過去。是這樣吧，拓也？

第八話 遺忘之森

忘れものの森

發生了許多事、生活也被各種外務塡塞得透不過氣之後，那座森林依然以那麼寧靜的姿態保有它在我心裡的方寸之地，當自己獨處、思緒沉澱下來時，它的存在就會更加鮮明。我想著它各種不同的風景，揣測那些妖怪、魍魎之類的傳說，還有，我是不是眞的會在那裡失落了什麼。

一直到了拓也不再記得我的那天，關於它是一座遺忘的森林，我才有一點點相信了。

見到原小姐時，已經是在前往拍戲現場的路上，她照例坐在秋本先生旁的座位，重點式地說明我今天的行程，我輕飄飄的思緒還停留在昨天和拓也在森林的相遇，秋本先生偶爾會從後視鏡關切地瞥我一下。

在片場休息室上妝時，原小姐拿劇本過來讓我複習。

「了心願了嗎？」

我接過劇本，看她一眼，知道她在說昨天的事。

「妳放心，我不會再像昨天那樣逃跑了。」

「喔？」

「我的工作，全部都會做好，如果有需要，增加我的工作量也無所謂，我會做到讓妳一句挑剔的話也說不出來。」

她有些詫異，接著興味地笑出聲，「那孩子很懂事嘛！」

「誰？」

「秋本先生的公子，記得是叫拓也吧。」

我暗暗嚇一跳，一轉頭，害化妝師掉了手上的眉筆，「妳為什麼會知道是拓也？」

「我不講，不代表我看不出來。」她撿起滾到腳邊的眉筆，遞還給化妝師，「妳應該知道事務所對妳下達過禁令，不必要的牽扯早點斷了比較好。」

我轉回頭，不再搭腔。

沮喪的時候，我會想起那座森林，想著它的四季，彷彿整個宇宙間只有那個地方是不會變的，春夏秋冬、春夏秋冬地一直下去。

之後，傳來拓也如願進入早稻田大學的好消息，夏美也考上一所在東京的私立大學，他們都在東京賃租房子。我在櫻花盛開的時節和拓也在森林中的那個祕密洞穴見過一次面，我準備了豐盛的便當帶去，像和誰玩起了躲貓貓般，和拓也一起在洞穴裡分享便當，感受不知從哪裡飛來的粉色花瓣輕輕落在黑亮餐盒上的平靜與素美。

三月過去，四月初事務所砸下近兩億日圓，在新宿和澀谷街頭舉辦連續兩天的造勢活動；四月底我的新專輯《The Beginning》正式發行，並且勢如破竹地攻上公信榜，蟬連五周冠軍，銷售數字破了百萬張，一連串的宣傳活動使得我的曝光率達到最高點。五月初的出道記者會佔盡隔天各大媒體的頭版，我的星路平步青雲。這期間和悠人合作過三次，一次是鑽石廣告，一次是爲某品牌的服飾拍照，第三次他在我的MV中擔任男主角。果然如他當初所言，我們有不少機會見面，他的外型和演出受到不少好評，然而悠人仍舊沒有和事務所簽約的打算。某些媒體喜歡將他和我扯在一起，影射我們是最佳情侶，我想那也許會是原小姐樂見的結果。

有一天，我和悠人在電視台的咖啡廳聊天，原小姐快步走過來，顧不得悠人在場，一把將她手上緊抓的雜誌丟在桌上，用極力壓抑的聲音說：「這是預定明天會發行的內容。」

我狐疑地拿起雜誌，上面刊出拓也無意中在街頭被拍到的照片，標題打上「雨宮未緒的祕密情人」，內容全是拓也再詳細不過的身家資料。

悠人看看身陷錯愕中的我，再瞧瞧難得鐵青著臉色的原小姐，輕聲問：「需要我迴避嗎？」

原小姐瞪向他，這才發現他的存在，試著平心靜氣地請他走，「麻煩你，謝謝。」

「不用客氣。」

悠人離開後，原小姐在他方才的位子坐下，犀利地注視我的臉，「我以爲妳會很小心的。妳說，你們被拍到了嗎？」

我搖搖頭，「沒有，我們躲起來了，那個地方很隱密，記者不可能找到。」

聽完我的回答，原小姐倒抽一口氣，倒向椅背，看了窗外的人工造景一眼。再次開口跟我說話的時候，她已經完全恢復冷靜了。

「總之，我們這邊已經先全面否認了，不過明天這消息還是會刊登出去，會有記者追問妳，當然秋本拓也那邊也是。」

「你們否認了？」

「如果對方是形象不錯的藝人或者知名的小開也就算了，『雨宮未緒司機的兒子』就是不能和妳扯上緋聞，明天被那群記者包圍的時候，我要妳徹徹底底向他們否認這件事。」

我立刻起身，「不要！這並不丟臉，能認識拓也，對我來說是一件很幸運的事，我絕對不會否認。」

「好，那麼，妳有想過秋本拓也的處境嗎？」

「什麼？」

原小姐一邊動手收起雜誌，一邊起身，「他一天二十四小時都會被跟拍，過去的經歷不論好壞，通通都會被寫出來，甚至幫他加油添醋也是意料中的事。如果是圈內人或許就會習以爲常，可是那孩子是普通人，妳認爲他承受得了這一切嗎？這條新聞不會像上次那樣，播報過就失去時效性，只要妳一天是藝人，秋本拓也就永遠會被追蹤下去。」

我無話可說。

「妳自己想清楚，這樣堅持下去到底有沒有意義。」

我跌回椅子，木然地面對那本將要引起軒然大波的雜誌。原小姐踩著一分鐘也不能浪費的步伐走開了，我想她是去幫我擬草稿，好讓我明天應對得體。

我再一次失去了和拓也及秋本家的聯繫，想必他們又被媒體團團包圍了吧！

恍然之中，那座森林蓊鬱的輪廓又親切地浮現腦海。我想回到每個呼吸到新鮮空氣的早晨，我想念那一條每天和拓也一起經過森林的上學路徑。生命中的美好時光，成爲記憶中不停重複的一個點，像是要逃避現實的不堪那般，一遍又一遍地在腦海中重複輪播。

返回公寓的路上，原本失神的我忽然抬起頭望望前座正專心開車的秋本先生。

「秋本先生……」

他瞥了一下後視鏡，「什麼事？」

「如果，我爲了保護拓也，而必須先傷害他……」秋本先生直視前方的車陣，半天不語，我咬緊下唇，歉疚地低下頭，「那個時候，請你原諒我，以我的力量只能這麼做。」

「雨宮。」

「是？」

「這件事受傷害的不只有拓也，妳不必道歉。」向來寡言的秋本先生難得對我說了那麼多眞誠的話，他的聲音和拓也如出一轍，包含著令人安心的沉穩，「妳顧慮到拓也的這份心意，我很感激。」

我沒有你想像中那麼堅強，秋本先生，反倒是拓也要我抬起頭，走向變幻無常的世事，只管努力地往前一直走。如今我卻要傷害這樣一個人，世事難料就是這麼回事，說起來很好笑吧？

翌日，電視播出了人在早稻田的拓也的直擊畫面，他的個人資料被攤在放大鏡下讓大家檢視。下午，等我錄影完畢步出電視台，數十名記者蜂湧而上，鎂光燈閃爍不停，攝影鏡頭對準了我，隨扈和記者們推擠起來。

「秋本拓也他……」

我一開口，四周當下鴉雀無聲，麥克風全遞上來，眼前一片閃亮之際，驀然憶起原小姐在很久以前就告訴過我，天下沒有白吃的午餐。在鏡頭前回答問題的我、掛著甜美而不失禮的笑容的我、說著像是事先擬好草稿的好聽台詞的我，就是實現舞台夢想的代價。

「秋本拓也在我受傷的期間，一向很關心我，我們又同班，所以在很多方面都受到他的照顧，我們是好同學也是好朋友，我認識他的時候他已經有喜歡的女孩子了，所以請各位不要誤會，目前的我只想衝刺演藝事業，請大家將焦點放在我的努力上面，造成這次的騷動我很抱歉，謝謝你們關心。」

我點頭致意後，隨扈馬上護送我穿越人群，衝上秋本先生的車。不死心的記者還大聲嚷嚷後續的問題，等我漸漸脫離那些聲音，才注意到手臂上浮現出剛剛推擠時撞到的瘀青。我伸手按了按，一陣痛楚瞬間發酵，我緊緊閉上眼，忍不住抽噎一聲，彎身抱頭瑟縮在車上。

下一個工作地點離電視台不到十分鐘的距離，秋本先生卻開了半個鐘頭才抵達，好讓後座的我可以狠狠痛哭一場。

那是我第一次，第一次後悔喜歡上秋本拓也，而且是這麼樣地深深喜歡。

那一天，始終平靜不下來，就跟第一次遇見拓也的日子一樣，心臟一整天都不知所以地撲通撲通悸動著，彷彿有什麼話要說。

關於秋本拓也是雨宮未緒的祕密情人這場風波，原小姐費盡心力就快擺平時，事務所收到了一封信件，裡頭附上我和拓也的相片。

原小姐於是主動聯絡拓也，約他在秋本家見面，我堅持一起去，那也是我向媒體否認祕密情人這回事之後我們第一次的會面，秋本全家人都在。

「讓你們久等了。」拓也一進門先將行李擱在玄關，脫掉外套，走到客廳桌前。他沒看我，只是盯住原小姐，「到底有什麼事？」

我從旁打量著他，不含善意的側臉透著些許疲憊，看來這些時日以來的風風雨雨真的讓他飽受折磨。

他會對我感到失望嗎？

「有人寄了這東西到事務所來。」原小姐從皮包掏出那張相片，推到拓也面前的桌子，「我想你應該還有印象。」

照片中的我和拓也躲在森林那個祕密洞穴裡，緊緊地相擁在一起，是我偷偷跑去找拓也的那一天。

拓也手拿照片，看上去十分震驚，稍後他困惑地和我對視一眼，原小姐見他進入狀況後，便繼續說明狀況，「寄信過來的人是一名三流報社的記者，叫吉田，沒什麼道德，個性倒也不強勢，只是個想要錢的垃圾罷了。過不久他就會來，在這之前，我想先向你確認一件事。」

「什麼事？」

「先前我們已經否認未緒和你交往的事實，如果這張照片流出去，對未緒的形象肯定會有嚴重的傷害，而且，《日光》的製作發表會下星期就要召開，這緊要關頭不能有任何差錯。吉田說，照片是有人提供給他的，包括之前未緒和你交往的消息，也是那個人洩露給他的。所以我想知道，秋本，這一切不會是你安排的吧？」

「原小姐！」我站起來，眞不敢相信她會這麼問！這麼面不改色地直接看著拓也的臉開口。

拓也瞪向她，用力將照片扔回她面前，「妳太失禮了！」

「有冒犯之處我很抱歉，不過，一定得查出幕後那個人到底是誰才行。吉田要求五百萬日圓，這筆小錢別說是事務所，就連未緒自己也付得起。但如果沒有揪出那個洩密的人，給錢無疑是在餵一個無底洞。」

「我根本不知道是誰洩的密，我不認識那種人！」拓也憤慨地回答。

原小姐頷頷首，「我知道了，那麼，只好請吉田自己告訴我們了。」

她下巴一揚，我和拓也同時朝門外望去，庭院走進一位矮小又奇貌不揚的中年男子。他個子已經不高了，還彎腰駝背得厲害，多少會讓人聯想到電影《魔戒》中的那位咕嚕。

吉田一進門就唯唯諾諾地說「你們好」，然後摘下帽子，因爲見到照片中的兩位本人而眼睛一亮。

秋本先生請他坐，秋本太太送來一杯茶，吉田都厚著臉皮樂於接受。

拓也一副恨不得將他碎屍萬斷的樣子，雙手握拳，怒瞪人家。原小姐則維持她高深莫測的態度，和顏悅色對吉田說：「我們未緒還有工作，就不浪費時間了。在我們進行交易之前，是不是可以告訴我，給你這張照片的人是誰呢？」

吉田放下茶杯，看看原小姐，再看看其他人，再次舉起茶杯，「我不能告訴妳，就算我想說，我也不知道啊。」

「你！」

拓也要衝上前，我趕忙攔住他，那個小動作還是嚇到吉田，他一溜煙跳開，閃到另一旁去。

原小姐心平氣和地再問他一遍：「你是說，對方也沒對你透露身分嗎？」

「就是這麼回事！而且我只跟她通過一次電話而已，所以你們問我也沒有用。」

「等等，你說『她』？」原小姐進一步追問。

「是啊！是個聲音聽起來很年輕的女性。」他一面提防著拓也，一面小心翼翼地將茶杯放在桌上，然後從外套的內側口袋掏出一張照片。「好啦！不要再囉嗦了，該進行交易了吧？這是我保存的檔案。」

原小姐沉吟片刻，從皮包拿出一包裝滿鈔票的紙袋，不過她沒有立刻交給喜出望外的吉田，反而吊胃口地將紙袋在他面前晃過一圈又收回身邊。

「最後一個問題，這照片是唯一一張吧？你沒有拿去備份？」

「沒有！這絕對是唯一的一張。」

「我不是一個喜歡粗暴行爲的人，所以才會答應這場交易，息事寧人也好。不過萬一，萬一讓我發現你說謊，到時候我會毫不猶豫地派人送你進醫院，清楚嗎？」

認識原小姐已經好幾年了，她在職場上的幹練以及高明的手腕有目共睹，然而此刻她以高雅的語調出口威脅吉田時的魄力，卻連我也被震懾了。

吉田不由自主地結巴起來，「我、我知道了，我發誓，絕對沒有備份！」

很不甘心的心情。不單是我，在場的每一個人一定都不願意以這種將就的方式解決這件事，包括原小姐。但她一定是評估所有得失利弊後，才做出傷害性最小的決定。

眼看原小姐向吉田遞出那包紙袋，說時遲那時快，拓也一個箭步擋住她的手，「沒有必要把錢給那種人！」

原小姐輕蔑地反問他：「那你有更好的辦法嗎？」

「照片中的人是我和未緒，隨便亂拍別人本來就不對了，搞這場交易才好笑！喂，你！」他轉向吉田，毫不客氣地惡言相向：「把照片交出來，不然不用那女人安排，我現在就把你痛扁一頓！」

吉田慌張地把照片藏到身後，在拓也的逼近下，他退後幾步，突然利用瘦小身型的便利，從拓也身邊竄開，迅速奪門而出。

「喂！站住！」拓也跟著拔腿追上去。

我掉頭看原小姐，「原小姐，怎麼辦？」

她若有所思地目送跑出屋外的那兩人，最後無奈吐口氣，「既然變成這樣，現在只能希望拓也眞的把照片搶回來，並且痛扁他一頓了。」

怎麼是那種看好戲的心態啦！

「不行，我去看看！」

我不放心地追出去，吉田和拓也都跑進了森林，當我也跟著衝進去的那一刻，那種將有什麼事要發生的心悸又來了。我快速回頭張望，空中枝葉隨風婆娑搖擺，這陣騷動如波浪般，從我後頭朝森林深處推了過去，連同某樣東西也一併捲走似的，直到消失，而拓也就站在不遠的前方。見到我來，他又繼續四下搜找，「那傢伙躲起來了，我去那邊看看。」

「拓也！」我下意識抓住他的手，用力得害他有點嚇一跳。拓也奇怪地看向我，我微張著嘴，半晌都說不出我的不安。

「怎麼了？」

「我、我喜歡你的心情，一直都沒變喔！」

拓也聽了，淺淺地揚起嘴角，「妳不說，我也知道啊！」

那是拓也最後一次，最後一次那麼深情款款地對我露出笑容。

當他手上的溫度脫離了我的指尖，宛若琴弦迸斷的觸感沒能讓我有足夠的勇氣接受。

拓也在一簇草叢中揪出吉田，等我追上時兩人已經扭成一團，拓也朝吉田揮出一拳，那張照片便飛出吉田的手和他們腳下那塊高地，落在一棵樹上。

那棵樹生長在高地斷層的下方，照片就卡在兩條細細的枝幹間。

拓也和吉田不約而同朝照片的方位觀量一會兒，拓也先啓步跑下高地，繞到斷層底下的地面，接著爬上那棵樹。

我站在上頭，對他緊張大喊：「算了！拓也！不要管相片了！」

「不行！說什麼也不能交給那混蛋！」

見拓也愈爬愈高，吉田連忙趕到樹下，可惜他試了幾次都沒能爬上樹，索性拿石頭丟擲拓也和樹幹，以爲或許這樣可以把照片丟下來也說不定。

「走開！相片是我的！你給我走開！」

吉田一面朝拓也嚷嚷，還不停地扔石頭，拓也得騰出一隻手抵擋他的攻擊，好危險！

我奔到樹下，奮力抱住吉田的胳臂，「住手！快住手！」

來不及了，那顆拳頭大的石頭已經從吉田手中飛上去，擦過拓也眼角，我聽到他唉哼一聲，才仰頭，就見到拓也的身體離開樹的頂端，直直下墜。

那一瞬間，我終於明白心頭上糾結的預感。

在我格外清明的視線裡，拓也看起來像隻斷了雙翼的大鳥，深深、深深跌入這片森林，這座遺忘的森林……

然後，連同我們相遇的那個秋天起，共有的一切記憶，全都失落在遺忘的森林，從前的拓也便不再回來了。

拓也在森林昏倒後，馬上被火速送進醫院。沒有太過嚴重的外傷，受創的地方在腦部，除了輕微腦震盪之外，目前還看不出有什麼問題。

秋本一家都在病房中，我獨自留在外面的長椅上，注視自己止不住顫抖的雙手，想起那個女人鬼魅般的身影，想起她告訴過我的話。

而原小姐撿到掉落的照片，當著吉田的面點燃打火機，我和拓也曾經那麼真切地想要在一起的光景，不多久便化成灰燼，不知道飛散到哪裡去了。不只如此，她還打開自己的手機，將裡頭的照片檔案叫出來給吉田看，吉田的臉當場一片慘白。

不知是什麼時候，原小姐用手機拍下吉田用石頭攻擊拓也的畫面，猶如母獅漂亮撲倒了獵物，緊咬吉田不放，「如果今天發生的事，還有那張照片的事，從你這邊洩露出去，那麼，我們就會告你傷害罪，知道嗎？」

膽小的吉田狼狽竄逃之後，原小姐走到我旁邊，柔聲安慰：「正好，這裡有五百萬，算是給秋本家的慰問金，妳不用太自責了。」

我出神的視線依舊擱淺在交握的手上，它還是顫抖得停不下來。「不向吉田提告嗎？利用拓也的傷，來封住吉田的嘴，是嗎？」

「這是不把事情鬧大的最好辦法，況且，醫生也說過那孩子的傷並不嚴重，五百萬對他來說算是很豐厚的……」

原小姐還沒講完，我已經撲到她面前，緊緊攫住她的肩膀，搥打著，激動哭喊，「妳為什麼、妳為什麼非要讓我成為一個差勁的人？為什麼？妳教我做的每一個最好的方法，都讓我覺得自己是世界上最可惡的人！為什麼我明明已經爬上事業的巔峰，卻還是覺得自己一無是處？我寧願自己什麼都沒有，也不要傷害任何人的！原小姐妳明知道我是這麼想的！」

原小姐使勁推開我，我跌回椅子，重重撞向後面的牆，力氣全跑光的身體虛弱地癱靠著。

「夠了沒有？哭哭啼啼，難看死了！妳要搞清楚，這是妳自己的選擇，當初妳向媒體否認這段感情的時候，已經做出選擇了，很明顯妳是無法放棄歌唱的。既然決定要成為公眾人物，就非得犧牲掉某些個人的好惡、私人的想望不可，妳在踏上這條路之前就必須有所覺悟，不是遇到不如意的事才像個三歲小孩一樣要賴！」

她狠狠訓斥我一番，那些道理我都明白，對於自己不能為了拓也割捨一切也感到慚愧，想要事業和感情兩全的我，太卑鄙了嗎？

這時，阿徹從病房衝出來，興奮大叫：「醒了！哥醒了！」

我驚喜地掩上嘴，丟下原小姐跑進病房，老秋本先生、秋本先生和秋本太太都圍在拓也床邊，歡欣等待。拓也左手臂上插著點滴的針管，擦傷的臉頰貼上一塊方形紗布，額頭纏繞一圈圈的白色紗布。他可以憑自己的力氣坐起身，似乎真的沒什麼大礙，只是頭暈腦脹的關係，讓他不很舒服地按著額頭片刻。

「拓也。」

秋本太太不敢大聲喚他，這引起他的注意，拓也先定睛在她身上數秒鐘，接著輪流打量病床邊的每一個人，還有乾淨病房中每一道柔和的色調，微微皺一下眉。

「你們……是誰？」

他的話，讓我僅存一點希望的世界開始崩解。

秋本太太傷透心地上前搖他，「你這孩子說的是什麼話？什麼是誰？」

秋本先生將她拉離受驚的拓也身邊，並且按鈴叫了醫生過來。

那段混亂的期間，我走到床頭邊，微微低下頭，用心凝視拓也的臉，「拓也？」

他放下手，狐疑地轉向我，同樣用心閱讀我的臉，那雙望著我的眼神好遙遠，是我怎麼賣力拔足狂奔也到不了的遙遠。

拓也喃喃問我：「那是我的名字嗎？」

「是啊，你叫拓也喔。」

他想了有好一陣子，終於給我一個抱歉的笑容，「好奇怪，我什麼都不記得了。」

我感到眼睛迅速濕熱。這一定是懲罰，因爲我先遺棄拓也了……

醫生說，那是短暫性失憶，不少車禍病患都有類似的情況，復原的機率很大，只是說不準會在什麼時候想起所有的事，而找回來的記憶也不一定完整。

「未緒。」原小姐將手搭在我身上，低聲道：「該走了，不然趕不上簽唱會。」

「我知道了。」

走出病房，秋本先生送我們到走廊。

「秋本先生，如果，拓也有任何事，不論好的壞的，請一定要通知我。」

「我會的。」

「麻煩你了。」

我向他鞠躬，然後跟原小姐一起搭計程車返回東京。

路上，原小姐在聯絡簽唱會現場之前一度不解地詢問我，「怪了，妳怎麼會這麼乾脆答應回東京？」

我的額頭抵靠淨亮的玻璃窗，全身放得很鬆，視線放向愈拉愈遠的森林，它背後的夕陽鮮豔晰透，現在，裡面一定到處充滿著美麗的金色光線吧！

「只要活下來就好了，能夠好好地活下去，就可以了。」

在閃亮亮的森林一隅，我見到恍若是拓也的熟悉背影，就跟平常一樣地搔著頭，偶爾眺望天空，一轉身，道別般，沒入璀燦的光芒裡去了。

「是嗎？」原小姐還是半信半疑，撥打手機時不忘唸了一句：「簡直就像妳已經知道今天的結果一樣。」

長久的日子以來，我們歡笑過、傷心過、沉默過，打從起初對拓也的厭惡，直到如今深摯的情感，都彷彿……

我閉上雙眼，輕輕道出原小姐聽不懂的話語：「我一直都知道喔！」

都彷彿是爲了等待這一天的來到。

記憶，是經由大腦儲存、加工、組織過的產物。時間一久，部份的片段或許會隨著個人主觀的喜好而變化，換句話說，所謂的回憶是許多眞實以及不眞實的片段所拼湊起來的，一種並不可靠的東西。

這是我在一本心理學的書裡讀到的理論，讀完那本書的當天，便接到秋本先生的電話。這一個月來他不定時告訴我拓也的近況，聽說，拓也已經逐漸記起家裡的每一個人，進步速度良好，這一點讓我開始懷抱希望，也許再過不久就可以再次聽見拓也溫柔地叫我「未緒」，如果眞是這樣就好了。

不過，今天秋本先生在電話中請我到秋本家一趟，雖然他不方便說明到底有什麼事，但我還是向原小姐告假，請她幫我排開下午的工作。

雨季即將過去，來到秋本家時，雨又零零星星下了起來。阿徹上課去了，沒見到老秋本先生，八成又去湖邊釣魚，秋本太太跟往常一樣親切地招呼我，只是她今天的親切刻意保持著距離。拓也又在哪裡呢？

秋本先生等秋本太太走進廚房後，在客廳告訴我一些拓也的復原狀況。

「咦？」起初我不太能接受，花一段時間才能覆述他的話：「只、只有我的事嗎？」

秋本先生說，拓也幾乎已經想起所有的事，就跟原本沒有兩樣，除了我的事之外。

「那孩子不記得認識妳之後的事情，不知道妳住過這裡，也不曉得自己是怎麼考上大學的，總之，那一段時間的生活他都沒有印象。」秋本先生喝了一口茶，也要我喝一點。「醫生說，這是選擇性失憶。」

我怔怔面對他遞來的茶杯，手重得舉不起來，我想此刻只要有人碰我一下，馬上就能碰掉我眼眶裡流轉的淚水。

「你的意思是，拓也選擇忘記我，是嗎？」

秋本先生收回拿著茶杯的手，嘆氣，「我不知道那是不是拓也的選擇，唯一可以確定的是，他已經想不起關於妳的事了。」

只有我，只有我不在拓也找回的記憶裡。拓也他……是不是本來就想忘記我的事？對他而言，我是一個不堪負荷的回憶？

秋本先生見我一臉怏落淚的模樣，很是爲難地又掉頭瞧瞧廚房的方向，深吸一口氣，再轉回來面對我，「雨宮，我接下來要說的話也許很傷人，但是爲了拓也好，這是我們全家一致的決定。」

「什麼？」

「既然拓也已經沒有從前那段日子的記憶，是不是能將錯就錯，當作從來沒有那回事？」

「我不懂……」

「我們不打算把有關妳的事告訴拓也，就當作妳從來沒有住過這裡，從來沒有讀過這裡的學校，也從來沒和那孩子交往。」

「啊？」

「拓也他畢竟是普通人，能夠以普通人的身分做好自己分內的事，並且很快樂又很平安地活在某一個角落，對身爲父母的我們來說已經很滿足了。」秋本先生雙手安置在腿上，低下頭，懇切地拜託我，「雨宮，妳可以在妳那邊的世界發光發熱，妳是屬於那樣的人，也是一個好女孩，我考慮的是整件事對拓也的影響，所以，妳要怪我們自私也好，就藉著這次機會，徹底劃清你們的歸屬，也就是……」

「秋本先生。」我出聲打斷他，慢慢地說：「秋本先生，我已經明白了，我懂你的意思，而且一定會配合你們。」

大概是在聽見拓也說想要和我在一起的那一天，我就什麼都明白了。

「雨宮……」

「我第一次演戲的時候，被導演罵得很慘，一直NG，表情和聲音都僵硬到不行。但這次接拍《日光》這齣戲，已經進步很多囉！受到幾位前輩的稱讚，對於演戲這件事變得有一點自信了，所以，」我開朗地笑一笑，「請放心，我一定會裝作從沒見過秋本拓也這個人，就算不小心遇到，也會好好演戲的。」

眞的喔，秋本先生，我現在不就演得很好了嗎？

他聽完我的話，反倒沉默下來，向我再度沉重地低頭，「謝謝。」

秋本先生老早就將拓也支開，讓他幫秋本太太到很遠的店家買東西。

「可以證明妳住過這裡的物品，我們已經事先清理掉了，除了這個以外。」他掏出拓也的手機，「還沒把手機交給拓也，裡面有一些你們的照片，我想，由妳親自處理比較好。」

我接過手機，金屬的冰涼讓我瑟縮一下。

「我可以獨處一下嗎？」

秋本先生點點頭，起身離開客廳，我帶著拓也的手機來到外面走廊，坐下，不時有凝結的雨滴從屋簷掉落，在我腳邊摔得粉碎。

我叫出相片檔案，在小小的螢幕中檢視。

這是修學旅行的合照，我和夏美開心地靠在一起，夏美的眼睛不小心閉起來了……刪除。

這是我在教室低頭寫習題，一旁等得很無聊的拓也趁機拍下我，被我抗議好久……刪除。

我眨一下眼，眨掉眼前熱呼呼的白霧，吸吸鼻子。

啊，這是我穿浴衣的照片。拓也說沒見過我穿和服那個「超可愛」的樣子，所以有一天特地邀我穿上浴衣去澡堂洗澡……刪除。

這個我和拓也的大頭照是……畫面又糊掉了，我抹抹眼睛，因爲我們沒有單獨的合照，才在每天搭的公車上，硬是對著手機鏡頭傻笑……刪除。

下一張、下一張……「咚」！聽見自己的眼淚掉在螢幕上的聲響，我一邊用力吸著鼻子，一邊把螢幕擦拭乾淨。下一張是我從沒見過的相片，應該是我變裝跑來找拓也那天，不小心在躲藏的洞穴中睡著，原來拓也偷偷把我當時的睡臉拍下來了……

拓也，你是用什麼樣的心情看著我入睡的？替我拍下這張照片的時候又在想什麼呢？是像我喜歡你那樣地喜歡我？還是曾經感到一絲絲痛苦？

將來，你的手機會存進多少新照片？你會有哪些表情？拓也，你又會和誰一起合照呢？刪除。

我緊緊咬住顫抖的唇，周圍滴滴答答的聲音格外清澈，不知是灑落的雨點，還是我的眼淚猶如這場雨季，不知什麼時候才會有放晴的一天，一切都朦朧了。我和拓也之間的過去就這樣一張張檢視，一張張溫習，又一張張地被刪除。

將手機交還給秋本先生後，我跟他說最後想去森林走一走。

路上，遇見剛回來的老秋本先生，他向我頷首以後便走進庭院，我沒來由出聲叫他。

「爺爺。」

「什麼事？」

「聽拓也說，您說那森林是一座遺忘的森林，爲什麼呢？」

他先是用一種匪夷所思的表情看著我，然後瞇起眼睛，「妳是在想，拓也的失憶和森林有關嗎？」

「我不知道。」

他沉吟一會兒，「老伴過世之後，我就常常在想，等到我年紀大了，會不會就連老太婆的事都忘個精光了，有一陣子每天都很擔心呢。後來我就安慰自己，沒關係，就算我把老太婆忘了，有一天還是會在森林裡遇到她的，因爲所有被遺忘的人或是東西都會跑到森林裡去嘛！這個說法可是從我爺爺那一代傳下來的喔！」

「那，您遇見過嗎？」

他搖搖頭，嘆氣，又搖了一次頭，然後咧嘴笑起來，「從沒遇見，因爲，我沒忘記過老太婆啊！她一直都還在我心裡。」

「是嗎？」

「所以，現在也還不知道那個傳說是眞的還是假的，妳呢？妳相信嗎？」

我還是不知道。

走進森林，這場雨並不大，不過葉梢聚集了不少雨水，稍一摔落，就會在傘面上發出跳舞般「咚咚咚」的好玩聲響。

踩著濕漉漉的地面，走過和拓也第一次見面的那塊空地、拓也撿起一只白色貝殼給我的地方、拓也墜跌的那棵樹下……最後，我在那個祕密洞穴前逗留好久。

正打算離開時，有個腳踏車的煞車聲微微停住，我舉高傘，佇足。在稀稀落落的毛毛雨中望見坐在單車上的拓也，他也因爲撞見我而感到驚訝。爲什麼拓也會在這裡？爲了要走捷徑才穿越森林的嗎？

拓也既沒有穿雨衣，也沒有打傘，他的頭髮因爲雨水的重量而有些扁塌，髮梢上掛著小小的亮光，在我迷茫的眼中構成一幅心酸的光景。

「妳是……」

他好像就要說出我是誰，稍後又不很確定地閉上嘴。

「你不知道我是誰嗎？」我良善地問。

在拓也把我的事情都忘記之後，我望進他深邃的黑色眼睛，那麼懵懂，帶一點點困窘的抱歉，還有飽含眞摯的合宜距離，我就知道，那個還認識我的拓也，已經到很深很深的森林裡流浪去了。

我只能這麼想，依然清楚記得說喜歡我的拓也的我，現在只能這麼想了。

「啊！等等。」他忽然驚喜地跳下單車，「我在醫院見過妳，我問過我爸，原來妳就是那個有名的雨宮未緒。」

好生澀的「雨宮未緒」，拓也叫我「未緒」時明明很好聽的啊……

「那天眞抱歉，聽說我爸原本要載妳去工作，哪知道我出了意外，耽誤到妳的行程。」

秋本先生是這樣跟拓也解釋的啊！想一想，還眞有點可怕呢！拓也的記憶正被我們擅自竄改，重組成一個不曾認識我的過去。

「沒關係，那天我並沒有遲到。」

他放心後，好奇地觀察我，「妳……跟電視上差眞多。」

再一次見面還是這麼說？我有點想發笑。

「妳不要誤會，我的意思是，妳現在看起來比較像普通人。」拓也補充，「大概是臉上的妝和衣服的關係吧，感覺不出妳就是經常在電視上出現的大明星，就跟普通人一樣。」

「不會是一樣的喔！」我含著淡笑反駁，「就算完全沒化妝，就算穿上最樸素的衣服，就算親切又不擺架子，就算我再怎麼努力，也不會跟普通人一樣，雨宮未緒就是雨宮未緒。」

他不太明瞭，不知該怎麼接腔的樣子，只好尷尬地環顧一下四周，又問：「那，妳在這裡做什麼？一般人不會到森林深處來的。」

「就是因爲好不容易來到這裡，」我將雙手往身後一擺，俏皮地說：「所以正在傷腦筋可以留下什麼到此一遊的證明。」

對於我牛頭不對馬嘴的回答，他納悶地點點頭，指指出口方向，「那個，我要走了，要不要我送妳出去？」

「不要緊，我記得出去的路。」

你要走了嗎？對不起，我什麼都不能跟你說；對不起，害你受傷；對不起，必須像說謊一樣地面對你；對不起，眞的對不起，我沒辦法爲你帶來幸福了，拓也……

他牽著單車往前走幾步，又遲疑回頭，我搖搖手，「你放心，我並沒有客氣。」

「不是，我是有點擔心。」

「嗯？」

他搔搔臉，歉然地瞥我一眼。「我老覺得，怎麼妳看起來都好像很悲傷的樣子。」

「悲傷的樣子？」

「啊，可能是我自己想太多了。」

「有個很要好的朋友把我忘記了，一想到以後再也不能一起聊天、一起做很多很棒的事，就覺得難過，尤其是……尤其是對方會忘記我，或許是因爲和我在一起一點都不快樂的關係，所以乾脆忘得一乾二淨。一想到這裡，當然會覺得悲傷，不過，這也是當藝人無可奈何的地方吧！」

拓也聽完以後，沉默許久，又開口：「妳有沒有看過宮崎駿的動畫《神隱少女》？裡面有一句話這麼說的，『曾經發生過的事不可能忘記，只是想不起來而已』，我相信喔！妳大概聽我爸說過，我曾經失憶過，到現在還是沒辦法想起全部的事，再怎麼拚命去想，每次一遇到那個瓶頸就是空白的。那樣的感覺很不好受，好像自己是殘廢一樣不完整，很不甘心。有時候會想乾脆再撞一次牆，或許就會想起來也說不定。哈哈！當然不可以那麼做，但是，想要早日恢復記憶的心情是眞的，沒有人願意自己的記憶遺失，即使那只是小小的一部份，不管快樂或不快樂，都是生命的一部份。所以，我想妳的朋友一定只是不小心把妳忘記了，而且會再努力想起妳，妳要相信這一點，就像我相信有一天我一定會想起所有的事一樣。」

拓也在遺忘我之後，那麼單純地鼓勵著、勸服著我一定要相信，他說那些話的時候，森林裡紛落的雨光彷彿全都掉進他清澄的黑色瞳孔裡，靜靜發出美麗的光線，令我無法言喻。

他訝異望著我，有些無措，「妳、妳在哭嗎？」

有顆格外灼熱的雨滴在我的臉龐淌滑而下，如果拓也不說，連我自己都不會發覺。

「是雨喔！」我輕輕說。

爲了你好，我應該要懂得放手，可是你卻告訴我一定要相信，相信你會想起來，我該不該如此自私地想要重新回到你的記憶裡？

「萬一，我的朋友和我在一起眞的不快樂，該怎麼辦？」

「這種事，當然要等本人想起妳的時候當面問才行啊！趁別人什麼印象都沒有的時候就隨便下定論，那樣太奸詐了不是嗎？」

他憤慨地說起公道話，竟然害得我忍不住想笑了。

「對了。」我憑著突如其來的想法脫口而出，「聽說你對導演的工作有興趣？」

「啊？」他轉爲慌張，「什……誰告訴妳的？」

「那不重要，我想問的是，你對拍MV有沒有興趣？」

「MV？」

這是目前的我唯一可以爲拓也做的，算是一種補償。

「以後我還有不少發行單曲和專輯的機會，需要有人幫我的MV導戲。」

「但是，那不是都請有名的……」

「我希望能夠有新鮮的想法，不要老是一成不變，找新人來幫忙也不壞，是不是？」

「嗯……」

「我不會勉強你，只是提供一個機會，機會也是夢想的一部份啊！」我在紙條上寫下電話號碼，撕下來交給他，「如果想要試一試就跟我聯絡吧！這是我助理的電話。」

拓也的命運不應該交在我手上，我沒有什麼好猶豫不決的，如果我們會在一起，就是會在一起，任何因素都阻擋不了。

「謝謝。」他很用心地收下來了。

如果從此不會再見面，那麼，我也不主動找你了，我會放棄你，放棄我們的回憶。

「我還要再待一會兒，你快回去吧！都淋濕了喔！」

快點走吧！回去之後要馬上把頭髮擦乾，不要感冒了。這些我都不能說，可是你一定要比認識我的時候還要安好才行。

「喔！」他牽好單車，不放心又詢問一遍，「妳眞的沒問題？」

我凝視他片刻，拓也現在對待我的態度就跟當初沒有兩樣，不冷不熱的溫度中蘊藏著一絲體恤，好想在他身邊待久一點……

我點點頭，笑了，「沒問題的！」

我一定會相信你，這是我爲自己所做的事。

「那，再見。」他也笑一笑，牽著單車慢慢朝出口走。

是我的賭注。

目送拓也的背影，在淒涼的細雨中愈走愈遠。

是我在你眼中所見到的一絲希望。

「一定要再見喔……」

是我最後的勇氣。

✧ 是不是有人說過，只要一直相信，努力地、拚命地深深相信著，有一天那些「相信」就會變成奇蹟了，是不是啊，拓也？

第九話 那一位女性

あの女性

在天氣漸漸炎熱起來的時序，我經常作著有一大片銀白色雪地的夢。

空曠的白色雪地上，拓也手上搓好了雪球，吆喝我一起來打雪仗。我朝著他清朗的笑臉興奮跑去，等到走近一看，才發現那並不是拓也，只是一個雪人，長得很像公園的那個可愛雪人，孤單地在雪地裡，是一個寂寞的夢。

醒來後，望著和那片雪地迥然不同的高級公寓，窗外蟬鳴不絕，夢境中的寂寞隨著喧鬧悄悄溢了出來，蔓延到遍灑陽光的每一個角落。

《日光》這齣戲七月初時正式在富士電視台的黃金時段播出，首播就拿下收視率百分之二十八點三的佳績，完結篇當天更飆到百分之三十三點五作收，遠遠超過這一季其他連戲劇的收視率。置入性行銷的關係，我在戲中的髮型、服裝、常用的名牌包和手機，都成爲觀眾爭相模仿的指標。

另外，流行趨勢出現了新現象，我不太確定他們是怎麼稱呼它的，「雨宮現象」？還是「貝殼系風」？總之，不論是在拍照或是公開露臉，不管造型師怎麼抗議不搭調，我還是堅持不將頸子上那條貝殼項鍊拿下來，那是拓也爲我做的，只有我們兩人知道，不對，現在只有我一個人曉得了，所以我應該可以任性地將它留在身上吧！沒想到久而久之，它似乎成爲我的商標，甚至帶動流行，只要走在街上，女孩子們的髮夾、項鍊、耳墜、手環、腰帶……幾乎每一樣東西都是貝殼形狀。有一天當我見到自己的助理渾身海洋風格，才不可思議地領悟到它所造成的可怕效應。

之後，原小姐推掉所有電視節目和雜誌採訪的通告，她說我這幾個月的曝光率已經夠了，再來只要全心爲全國巡迴演唱會準備就好，要跑日本十一個大都市，共計二十一場演唱會。

拓也的名字不知不覺被淡忘了，他不再是焦點。如果需要緋聞八卦，記者們會鎖定在我和悠人身上，最近我們見面的次數頻繁，一起看棒球、一起逛唱片行、一起喝茶都會被拍到，如果演藝圈沒什麼大新聞，那麼我們的報導通常可以佔上不小的篇幅。當然，這是我有意無意引導的結果，拓也必須逐漸被大家忘記，起碼，別再和雨宮未緒牽扯在一起了。

我知道拓也在東京，就在距離我並不遠的地方，但那不代表什麼，我們之間已經沒有交集，就沒有任何意義。

整整兩個月，沒有拓也的一點消息，猶如斷線的風箏，一沒入雲層就不見蹤影。

巡演的第一場在北海道舉行，助理清點好搬進我飯店房間的行李後，道聲晚安就要離開，我趕忙叫住她。

第九話

那一位女性

「對了，有沒有我的電話？」

她翻翻自己的記事本，一面嘟噥：「有事要找妳的，我都告訴妳了。妳看，我都劃掉了。」

「呃，或者是給我留言？」

她又把記事本翻一遍，再絞盡腦汁想想，搖搖頭，「沒有。妳在等誰的電話嗎？」

「啊！沒有，我只是問問。謝謝，辛苦妳了。」

「哪裡，妳也辛苦了。」

她彎個腰，幫我帶上門走出去。

我穿越空蕩蕩的頂級套房，玻璃窗外偌大的一整片札幌夜景。明天就是我復出後的第一場演唱會了，這條看似璀燦的路，是我用許多無與倫比的事物交換來的，那個我遠遠離開的家、一心嚮往的平凡生活、曾經那麼要好的朋友們、一個不用隨時說謊也不用違背良知的自己，我甚至是踩著那一份對拓也的情感，一步步爬到今天的地步。問題是，我的夢想，值得這一切嗎？

以後，那些被犧牲掉的東西，會不會反而成爲另一個我必須追逐的夢想？人，到底要到什麼時候才會停止作夢呢？

深吸一口氣，硬是壓下亂糟糟的思緒，重新定睛在窗外夜幕繁華如星的絢爛美景，卻怎麼也比不上那個雨天我在一個人的黑色瞳孔中所望見的深邃光芒，透著堅定的永恆和純眞的透明。

你說相信，我就相信。

我在等你，一直在等你喔！拓也。

夏日巡迴演唱會進行得十分順利，第七場回到東京，我有三天的空檔，便約了悠人出來。

「給你。」

當我把印有「熊出沒注意」字樣的T恤交給他時，他攤在陽光底下打量好久。

聽說他去北海道玩時遇上大風雪，根本沒辦法出門購物；後來另外拜託到北海道旅遊的友人幫忙買，結果行李被偷，悠人還是與那件T恤無緣。

「謝謝妳！」他看起來很感動，將衣服收回袋子裡。

我們在操場前的看台見面，操場上有小孩子在踢足球，路過的行人偶爾會回頭再看看悠人美型的外表一眼。我打扮得跟在秋本家時一樣不起眼，鼻梁掛著一副書呆子眼鏡，男孩子氣的吊帶褲裝扮，有些路人大概是因爲和他這麼不相配的我而回頭的。

「聽說，原小姐又問你要不要簽約，你還是拒絕了。」

「是啊。」他懶得理會那些目光，完全不打算將他的墨綠色鴨舌帽戴上，「不過，那位大姊的態度倒是沒以前積極了，她也厭倦了吧？」

「這個嘛……」我不予置評地轉向前方那群精力旺盛的小孩，回憶原小姐操著「孺子不可教」的口吻，評論悠人時的模樣。「那孩子太無欲無求了，要走這一行沒有一點野心是不行的。怪了，我記得妳以前說過他挺好強的啊！」原小姐是這麼說的。

是我忘了補充，悠人只對他感興趣的事才有野心、才會好強，其他時候，他都是一貫的慵懶從容，天塌下來也不干他的事。

「一連開了那麼多場演唱會，很累吧？」悠人撐著下巴打量我。

我舉高雙手伸伸懶腰，然後握起拳頭，「完全不會喔！感覺很充實，還可以繼續衝下去。」

「嘿，妳最近很有幹勁嘛！爲什麼？」

第九話
那一位女性

爲了什麼？我要讓我的海報貼滿東京街頭、一打開電視就能見到我的影像、走在路上每一個人都哼得出我的歌曲，然後，拓也會再次想起關於我的事，我是這麼想的。

「而且，這些衣服可以不必親自拿給我啊，請妳的助理或是那位大姊處理就行了吧。」他把玩一下裝衣服的袋子，接著邪惡地瞟向我，「這麼喜歡和我鬧緋聞嗎？」

我一愣，一抿唇，被拆穿了！

孩子們追著足球，興致高昂的叫聲從突然來臨的寂靜中呼嘯而過。

「妳應該不是喜歡我才約我出來的，因爲我完全感覺不到我們從前在一起的感覺啊！」

悠人略偏中性的嗓音低低柔柔地從他性感的嘴唇飄出，很自然地融入那片寂靜裡，只有我的臉開始不聽話地發燙，要破壞這一刻的詳和般燃燒起來。

「到底是爲了什麼才想利用我轉移焦點呢？」

從前，我就對這樣的悠人感到害怕，在洞悉別人內心想法後的那抹揶揄嘴角，向來都讓我怕怕的。

踏入演藝圈後會和他漸行漸遠，這也是重要因素吧！身爲藝人的我有太多需要隱藏的事，我受不了一項一項被揭穿的困窘感受。

「你知道秋本拓也嗎？」我問。

「沒聽過。」他回答得很快。

「咦？前陣子常上報呢！」

「我對演藝圈的新聞沒興趣，報紙我只看美食版。」

「是是是，我忘了。」

於是，我跟悠人說起故事，我和拓也相遇的故事，那些被拓也遺忘的回憶從我嘴裡講出來，胸口會隱隱作痛，隨著心跳的頻率一次又一次的痛楚，我想會這樣一直跟著我吧！

「對不起，我知道自己的行爲很卑鄙，你要怎麼怪我都沒關係。」

「誰說我會怪妳，妳想袒護的對象是妳喜歡的人啊！」那顆在操場上飛揚的足球朝我們這邊滾來，悠人單手將之拾起，起身對喊叫的孩子們揮揮手，「對了，回去之後幫我跟那位大姊說一聲好嗎？」

「原小姐嗎？」

「就說，我改變主意了，我願意跟她簽約。」

「什麼？」

他輕輕丟下足球，揚腳一踢，那顆球順勢地飛入天際。

這時悠人側頭對我微微一笑，「我好像有點鬥志了。」

在巨蛋的那一場演唱會之後，我又上了報紙影劇版的頭條，原小姐氣壞了。

儘管事後向她解釋，那是因爲我一時頭暈的關係，不過原小姐就是原小姐。

「歌迷都是花錢買票來看妳的演唱會，不管有什麼原因，把自己調整到最佳狀態並且做最完美的演出，不就是妳分內應該做的事嗎？」

我竟然在自己的演唱會上動也不動地石化起碼有一分鐘之久！我很明白，我並不是因爲頭暈

第九話
那一位女性

才這樣嚴重失誤的，我也正深深地反省著。

直到隔天傍晚，我都還沮喪地窩在公寓，平躺在床上。只要一閉上眼，昨天演唱會的情景便歷歷在目，至今都還感受得當時心臟用力的鼓動。

閃爍的雷射燈光、舞台上時而冒出的火花、噴得令皮膚刺痛的乾冰、看台上滿滿一片晃動的螢光棒、鼎沸的人聲……我在舞台上隨著震耳欲聾的音樂闊步走動，揚聲高歌，聽著自己的歌聲透過麥克風傳送至全會場，享受揮汗如雨的快感。

那一刻，我在人海中看見了，不知道為什麼會特別注意那個角落，不知道為什麼視力會突然銳利起來。我看見拓也在觀眾席上，就好像這中間有什麼奇妙的引力，他的臉孔在模糊的人海中格外清晰。我站住腳，吃驚地張望，亂了舞步、忘了拍子，音響也不再有我的聲音……

那一分鐘，當我直挺挺地站在舞台上時，觀眾此起彼落地騷動著，拓也彷彿也感覺到我專注的視線，他露出愣愣的表情，困惑的目光與我交接數秒，才和身旁的兩個人面面相覷。左邊的是阿徹，右邊的……雖然髮型有點改變，不過我還認得出她是小林薰。

為什麼小林薰也在？他們怎麼樣了嗎？但是阿徹也在，或許只是約好一起來看演唱會的……唉，到底是怎麼樣啦？

胡思亂想好久，依然沒有答案，肚子卻餓得咕嚕咕嚕叫，我抓了一頂漁夫帽戴上就出門，在便利商店買了中華涼麵的便當後，打算租部片子回去看。

小小的店裡只有兩三個客人和一位工讀生，我在星際大戰系列的片子前面猶豫好一陣子，沒想到才剛伸出手，就有另一隻手也同時拿住了它。

「咦？」我瞥向旁邊的客人，再定睛一瞧，忍不住驚呼：「阿徹！」

「嗯？」阿徹慢了半拍才認出我，驚嚇程度卻遠比我大得多，他指住我的臉差點大叫：「不會吧！未……」

「噓！噓！」

我拚命示意他閉嘴，他自己摀上嘴巴，點點頭。

我把片子讓給阿徹，一起走到店外，他還不可思議地喃喃自語著：「感覺好像作夢，沒想到竟然可以碰見雨宮未緒。」

「哈哈！你在說什麼？我們以前天天見面的啊！」

「話是沒錯，不過，最近妳好像突然變得很了不起，怎麼說呢？從原本的二線歌手，變成王牌還是天后級的人物了。」

「是嗎？我自己沒有感覺到你說的那種層次差別，倒是現在比以前還忙，麻煩也很多。」我歉然地笑笑，「應該請你到我住的地方坐一下的，可是原小姐這幾天警告我要安分一點。」

「我無所謂，倒是妳，這樣出來閒晃好嗎？」

「壓力大的時候我常這麼做喔！去便利商店買吃的、租電影回家看、逛逛書店，做一些很普通的事會讓我比較輕鬆。別說我了，阿徹，」我難掩興奮地詢問他，「你怎麼會來東京？大家都好嗎？」

「嗯，大家都還是老樣子。我是爲了看妳的演唱會才來的喔！票眞的好難買呢！」

「那種事跟我說一聲就好啦！」

「嗯，我原本也是那麼想，不過老爸說……」他爲難地搔搔臉，不敢往我這邊看，這習慣和拓也很相似。「他說以後盡量不要和妳有所牽扯比較好。」

我的笑容僵了一下，有些難過，「是嗎？秋本先生那麼說啊。」

「啊，老爸的意思是，也許我們會給妳帶來麻煩也說不定。」

「阿徹，不要緊，我了解。」

我和阿徹並肩在街上走一段路，他絮絮叨叨講了好多排隊買票的辛苦、演唱會的精采、現場的擁擠等等，我都沒專心聽進去，我想知道拓也的近況，還有關於小林薰的事。不過既然秋本先生都說不應該和我有所牽扯，實在不方便繼續追問，嗯，拐彎抹角一下好了。

「這幾天你都在東京？住哪裡呢？」

「住老哥那裡呀，我就是要租片子回去和他們一起看的。」

「他們？」拓也有室友嗎？

聽我這麼一問，阿徹再度露出爲難的表情，而且這一次更難以啓齒，他盯著還殘留一點晚霞的西方天空，支吾半天。

這動人的風景我在森林見過，一半是剛降臨的夜幕，一半是鋪滿晚霞的天空，雲朵的層次分明，彷彿上頭還有一個沒人到過的國度，光線的變化美得足以令世界靜止。只不過在城市有太多樓房阻礙視線，那種感動也被切割得體無完膚。

「怎麼了？」

「未緒姊，妳不要生氣，妳也曉得老哥他已經不記得妳的事了，所以啊……」阿徹小心翼翼瞄我一眼：「所以，前不久聽說薰主動跟他告白，他們就開始交往，薰今天也來找老哥。」

我曾經擁有過的感動，也都留在那片森林，剩下的，是被利刃一刀一刀砍劃、看不出原貌的醜陋東西，破破碎碎的，拼湊不出我想要的未來。

「未緒姊，我其實是站在妳這邊的，我跟薰雖然比較熟，也不討厭她，可就是看不慣那種趁人之危的行爲，不是太卑鄙了嗎？」阿徹也跟著我停下腳步，很有義氣地告訴我：「如果妳要把老哥搶回來，我絕對支持妳！」

原來，只有我在原地踏步，像現在這樣，舉步維艱地停留在原地。當拓也和小林薰交往，繼續邁開他的人生的時候，我還懷抱著愚蠢的希望守在回憶裡，一個不被拓也記住的回憶。

「我眞是傻呢……」

癡癡地相信著，笨笨地等著，到頭來都只是爲了一個假象。

拓也已經遺忘我了。

「未緒姊？」

「阿徹，那已經跟我沒有關係了。」我用僅有的力氣對他展露毫髮無傷的笑容，「拓也的事，跟我沒有關係。」

我想，一切只是因爲我不想說再見而已。

和阿徹分別後，我戴著壓低的漁夫帽，獨自走在回去的路上，低頭看著腳下的紅磚道，掉了幾滴眼淚，我伸手擦擦眼睛，繼續往前走，不小心和一位牽著腳踏車的婦人擦撞一下，我們兩人都忙著互相道歉。

可悲的是，我連「再見」也沒辦法對拓也說，他根本不需要一個陌生人的道別，那我應該如何是好呢？

「哎呀！很痛嗎？」見到我的模樣，婦人嚇一跳，「妳爲什麼哭成這樣？」

我羞愧地連連用手背抹去淚痕，一面躲開她關心的手。「抱歉，是我自己的問題，等一下就會好了。」

不斷告訴自己，要相信拓也，要等待下去，說到底是爲了不讓自己那麼絕望，然而……婦人半信半疑地緩緩走開，留下我蹲在狼狽不堪的窘境中，手上還掛著裝有中華涼麵便當的塑膠袋，頭怎麼也抬不起來地痛哭著。

然而，不在過去的時光，不在現在的此時此刻，也不在拓也視線盡頭的未來，哪裡都找不到我的存在。

經過的路人一定都覺得奇怪而頻頻張望吧！或許也會有被認出來的風險，但我不在乎，我只剩下放聲哭泣的勇氣了。

遇見阿徹的那天，我想了很多關於小林薰的事。雖然不曾和她交談，不過我假想如果自己是她，現在一定感到慶幸吧！幸好及時發現自己原來還是最喜歡拓也，那個人也又回到只喜歡小林薰一個人的狀態，又成爲那樣的拓也。

小林薰在追求一度遺失的幸福，而我爲什麼不能也擁有同樣的勇氣呢？

原小姐正和廠商洽談手機代言的工作，大部份時間我都恍惚地瞅著她幹練的側臉。

有關原小姐的傳聞不少，最常聽見的是，她是某位大人物的地下情人、介入別人家庭之類的，她左邊眼角下的那顆淺淺的痣就是狐狸精最好的證明。我不曾過問原小姐的私生活，更重要的是，原小姐把自己的私生活隱藏得很好，那些似是而非的傳聞在她四兩撥千斤的工夫下都變得眞得神祕，也假得可笑。

休息時間，她一面檢視文件，一面漫不經心問道：「怎麼了？我臉上有什麼東西嗎？」

「我覺得，原小姐眞是堅強的人。」

她閃亮的目光朝我射來一眼，「妳在說什麼？」

「可以撇開內心的情感，只專心去做自己認爲正確的事，不會有令自己後悔的結果，我認爲這樣的人很堅強。」

她什麼也不做地靜默片刻，又繼續低頭看文件，「不想後悔，只是沒有重新來過的勇氣罷了，這樣也算是堅強嗎？」

「咦？」

「我不知道妳在煩惱什麼，不過，每個人有每個人的生存方式，妳大可不必羨慕我。」

連思索自我生存方式的能力都沒有，那時候的我，大概已經有點自暴自棄了吧。

那天下午，我見到了夏美。

她安分地站在事務所大廳的角落，因爲不能洩露藝人的行程，聽服務台的小姐說，她已經等了一個上午了。

「夏美！」才踏進大門口便發現她的身影，我開心奔上前去。在經歷許多事情以後，能見到熟悉的好朋友頓時給予我不少療傷作用的感動。

夏美看起來並沒有太大的改變，依舊是她偏愛的馬尾髮型，打扮上比較有都市感，也多了些女人味。

「抱歉，妳應該很忙，會不會打擾妳？」

「不會，妳來找我，我好高興，我們去咖啡廳坐吧？」

「未緒，等一下。」她拖住我的手，環顧四周，笑得不怎麼有精神，「那邊有座位，我們在那裡坐就好。」

大廳角落安置了兩三張圓桌和幾張椅子，平常沒什麼人會經過那裡。整面落地窗明亮得叫人看不清楚外頭的景物，夏末黃綠色的光線在我們之間曬出了美好過去的影子，我懷念地注視著夏美的臉，努力壓抑心中急著敘舊的衝動。

「妳一定很奇怪，我爲什麼會突然來找妳。」夏美說。

「嗯！不過，能見到妳眞的太好了，我好想念大家……」

「小林薰和秋本交往了，妳知道嗎？」夏美沒來由打斷我的話，並且一語道出殘酷的事實。

我措手不及地發怔，她瞧瞧我，又垂下視線，落在擱在腿上的背包。

「秋本失憶之後，小林薰很快就跟她的前男友分手，然後對秋本說，她還是喜歡他，那兩個人現在在交往。」

「這件事，我已經知道了。」

「是嗎？」

「妳來找我，就是要說這件事的嗎？」

「不是，我其實不該來找妳的。早上我一直想著我們的事，愈想愈覺得好笑，然後，就不知不覺到這裡來了。」

「我們的事？」

她抬起頭，我在夏美大大的眼睛裡同樣觸見了悲傷的波光。

「未緒，把照片寄給那個叫吉田的記者的人，是我。」

「什麼？」

當下我還會意不過她在說什麼事，或者，我已經開始假裝聽不懂她的話了。

「妳去找秋本的那一天，打電話給我之後，我猜想你們應該會逃進森林躲記者，所以我也跟去了，本來，只是想看看是不是可以幫得上忙，可是，我見到秋本吻妳，見到你們抱在一起，就憤怒得完全沒辦法思考。妳人長得漂亮，又是大明星，多少條件很好的男生可以任妳挑，爲什麼偏偏非秋本不可呢？好多忿忿不平的念頭興起，等我回神，已經拍下你們的照片了。」

有很多事，我應該老早就能夠察覺得出來，卻故意忽略那些蛛絲馬跡，只爲了保有現狀的平衡與美好，拓也、我，還有夏美，永遠都是好朋友，那是我自以爲是的想法。

「夏美，妳喜歡拓也？對不對？」

她張了一下嘴，似乎想回答這個問題，後來作罷了，抿抿蒼白的唇，「在妳出現之前，我原本非常痛恨小林薰的，她把秋本的感情任意玩弄於股掌，始終讓我看不過去。後來，妳來了，知道妳並不是秋本的堂妹，我才漸漸發現，我應該留意的人是妳才對，不是小林薰。」

我的胸口緊緊僵住，揪著一道酸酸的撕裂感。

「打從一開始，妳就沒把我當作朋友是嗎，夏美？」

她沒看我，兀自苦笑一下，「不知道，但是，朋友應該不會出賣朋友的，對吧？」

「妳那麼討厭我？」

「如果沒有拓也，我應該會很喜歡妳。可是因爲妳的出現，我沒辦法自由自在地跟拓也打打鬧鬧，不能像以前一樣逛街，就連情人節送他巧克力這小小的幸福也被剝奪了，我甚至嫉妒把沉淪在悲傷中的拓也拉出來的妳。一方面想和妳做朋友，一方面痛恨著妳，每天都是如此……」

夏美是我來到陌生的班級時，第一個主動向我開口表達善意的人，也是知道我藝人的身分後，還那麼自然地和我做朋友的人，單是這兩點就讓我好高興，很高興自己認識了夏美。

我以為夏美也是那麼想的，多希望夏美也那麼想。

「因為妳寄的照片，拓也從樹上摔下來受傷了，妳知道嗎？」

「……」

「妳要怎麼看待我、對付我都無所謂，那對藝人來說都是家常便飯，失去朋友……也一樣。不過牽連到其他人就不可原諒，害拓也受傷，就是不能原諒！」

她訥訥望著那只背包，一顆斗大的淚珠就這麼從眼眶滾出來。

夏美慢慢掩住臉，「我不知道事情會變成那樣，一開始我只想讓你們困擾而已，或許你們會因此分開了，我根本沒想過要傷害秋本……」

「不要瞧不起人！」我起身在她臉上揮了一巴掌，「真正玩弄別人的人是妳！別人的命運怎麼可以像在下棋一樣地任意擺佈，我和拓也的感情不是說說而已，我和拓也……」

我和拓也，現在已經形同陌路。

不是誰背叛誰，也不是夏美的錯，我們也盡力地努力過，如今卻還是分開了。

夏美緩吞吞舉起手，按住自己發紅的臉頰，吐出夢囈般的話：「我好像就是為了挨這一巴掌才來的，為了讓妳痛快地責怪我，才來這一趟的。」

「我說過，拓也的事，我不會原諒妳。」

「沒關係，至少我把真相說出來了。」她站起來，躊躇片刻，將背包負在右肩上走開，幾步的距離又回過頭，輕輕地說：「真的對不起。」

我無法恨夏美，可是如果不那麼做，我和拓也的分離彷彿就是不可違抗的命運，終究是要走到這不堪的地步。

沒有再和夏美的眼神交會，我幾乎是逃跑般，轉身快步離開座位，在不遠的地方撞見悠人，他手拿幾份簽約文件，正默默望著我們。

我經過的時候，他音調持平地開口：「第一次看到妳跟別人吵架。」

「……」

「要找個地方大哭一場嗎？」

「我不會哭。」

即使是不好的手段，就連夏美也曾經試著想讓自己更幸福。唯獨我，沒有勇氣為我和拓也做任何事，我找不到再堅持下去的理由。

聽說，拓也不小心把我交給他的電話弄丟了，在他無意間向小林薰透露關於導演這個機會的當天（我懷疑那很有可能是小林薰做的好事）。不過，離開事務所後的夏美又把我的手機號碼告訴他，我很意外她這麼做。

透過手機聽見聲音時，我馬上就認出那是拓也，沒有任何心理準備下，匆匆把手機塞回給一頭霧水的助理，示意她直接跟拓也聯絡。

當原小姐得知我擅自決定起用拓也作為下一支單曲MV的導演時，她語氣堅決地駁斥，這一回，我沒有讓她佔上風。

「這是我的MV，希望妳能尊重我的想法。專業方面我信任拓也的能力，也請妳相信我。」

原小姐考慮很長一段時間，最後還是勉強答應，不過她態度強硬地補充：「如果結果讓人失望，必須立刻撤換導演，妳也要負起責任。」

「我知道。」

「還有，這是工作，不能摻雜私人的情感。」

「妳放心，那個人，已經與我無關了。」

接下來，有關製作MV的大小事，都由助理和相關人員跟拓也接洽、討論。他所編寫的劇本獲得不錯的評價，等我最後一場巡演結束後，已經萬事俱備，準備開拍。

新單曲的歌名是《最初的奇蹟》，MV內容在敘述一位寂寞的妖精苦戀人類的故事。取景地點最遠會拉到北海道拍攝，最近的地點則是山梨縣，那是拓也的建議。

開拍第一天，彷彿切斷不了糾葛般，我又回到了那座森林，並且和拓也合作。

村子的神社正好在森林入口舉辦夏末祭典，有一幕我在祭典中徘徊的場景便可以派上用場。才剛走下秋本先生的車，就見到拓也穿越一堆架好的攝影器材走來，面帶驚喜的神情，神清氣爽地向我打招呼：「妳好，好久不見了。」

我朝稍遠的角落一瞥，小林薰也來了，安安靜靜地坐在凳子上，對四周新鮮的工作場景張望不停，懷裡抱著一個像是親手做的便當。

他注意到我的視線，也回頭看看小林薰，然後不好意思地碰一下耳朵，「啊，那是我女朋友，我有事先問過，他們說帶她來沒關係。」

情人節當天，拓也拉著我，向小林薰宣告今後只收我一個人的巧克力的光景就這麼撞進了我的腦海。他見我不語地出神，疑惑詢問：「呃，是不是不方便？」

「我無所謂。」

因爲我冷淡的態度出乎意料，他愣了一下，這才不自然地轉移話題。

「對了，一直沒有機會親自向妳道謝，妳給我這個機會……」

「請多指教。」

我沒讓他說完，行個禮，轉身走向廂型車準備上妝，一群工作人員馬上簇擁而上，留下百思不解的拓也。

我只能這麼做，拓也。

直到現在，只要看到你的臉、聽見你的聲音，心還是會隱隱作痛，像是一種隨時會發作的病，我又必須牢牢隱瞞病情。

我換上一襲雪白和服，繫著火紅色腰帶。拓也向我說明劇情，祭典的場景得等到晚上祭典開始才能拍。白天要拍的場景是，扮演妖精的我必須戴上面具，快跑穿越森林，然後一股作氣躍入湖泊，在起跳的那一刻就要抓準時間把面具摘掉，拋向空中，這一串連續動作頗有難度。

解說到此，拓也不放心地再向我確認：「跳進湖裡的那一幕動作如果太困難……」

一位工作人員插進來半責怪地對拓也說：「你應該先問人家會不會游泳吧！」

「咦？不是會嗎？」

「你怎麼知道？」

我看了一下拓也，他有點答不上來的怔忡，稍後朝我抱歉地望來。

不要感到抱歉，你應該要知道的，關於我的許多事，你明明比誰都還要清楚。

「我沒問題。」淡淡丟下一句話，戴上面具後便啓步走進森林裡的指定地點，在那邊等待起跑的訊號。

我開始後悔讓拓也爲我導戲，不想和他像陌生人般地相處，不想見到他和小林薰之間情侶的互動，不想要他吃那個親手做的便當……我根本是自討苦吃。

有一陣說不出哪裡奇怪的風迎面吹來了。由於風中一道異常陰冷的溫度使我背脊發涼，環顧幽靜的森林，稍有風吹草動，彷彿有什麼就快要出現似的。我不確定地瞇起眼，定睛看住旁邊搖擺的枝葉，是錯覺嗎？這棵樹和那棵樹的景色接縫似乎有些微落差，周遭氛圍變得詭譎，彷彿我所置身的這個空間，包括它的陽光和空氣，都不存在於地球任何一個角落一樣。

「咦？」我發現在地面上找不到指定地點的記號，「記得應該是在這附近沒錯呀……」

就在這時，不遠處響起了細小的腳步聲，有個年紀輕輕的女孩子身穿不符合這個季節的高校制服，從和她一般高的巨大樹根之間走出來，一副迷路的樣子，東張西望地慢慢走著。

奇怪，爲了拍攝MV，聽說已經申請將附近這一帶都淨空了，是不是不小心闖進來的呢？

當那位女孩愈走愈近，我在心中大叫，不對！那張青澀的臉孔、那身眼熟的制服……不是別人，正是一年多前的我！

我登時寒毛直豎，心跳急促地望著她轉過頭，視線對上我的，然後露出訝異的表情。

恍若是在夢中，又像是在照鏡子，我正和兩年前的自己對望，在這一座遺忘的森林裡……

啊……就因爲這裡是遺忘之森嗎？而我是被拓也遺忘的人，所以，穿越了時空、被丟棄在森林的我，才會和兩年前的雨宮未緒見面。

兩年前的初春我還沒遇見拓也，沒有愛上拓也，並不是傷痕累累的……

「我現在要說的話，妳一定要聽好，聽了，然後將它牢牢記在心裡。」

傷心欲絕的話從我顫抖的唇角滑出，那女孩受驚地退後一步。

還來得及，一切都還來得及……

九月二十六日那天妳會到山梨縣去，然後在那裡的森林遇見一個叫秋本拓也的人，有一天他會把妳忘記，再也不記得所有關於妳的事情，而妳因此很難過，常常難過得好像自己就快要死掉。

遠遠的，起跑的訊號聲傳來，我被驚動得淌落眼淚。訊號催促般響起第二次時，我轉身朝聲音的源頭跑去，不知不覺間，已經將女孩和那片斷層空間拋得不知去向，只留下後頭高聳參天的樹林。

所以，不要喜歡他。既然他會忘了一切，妳一定不能喜歡上這個人。

不對，不是那樣！

「啊！出來了！未緒出來了！」工作人員大叫。

我衝出森林，在飛奔的速度中照見拓也放心的面容，不由得悔恨交加。

我剛剛到底做了什麼？儘管繞了一大圈，還是逃避不了傷害，然而我確實真真切切地感受到一份滿滿的幸福，那是因爲好喜歡拓也，是因爲和拓也在一起的緣故……

縱身躍向湖泊，揚手將面具拋入空中，在眾人屏息的注視下，我的身體已經墜入水平面底下，吸飽水的和服沉甸甸將我往下拉，感覺得到奪眶而出的眼淚一顆顆融進沁涼的湖水裡。

爲什麼我會做出試圖摧毀過去那麼可怕的事？拓也說過，即使那只是小小的一部份，不管快樂或不快樂，都是生命的一部份啊……

可是，我又該怎麼辦？任憑怎麼掙扎，任憑怎麼張手求生，無止無盡的悲傷還是一波波淹沒而來，拓也不再記得我，夏美也不是朋友，所有我要的都沒有了，像是錯過指尖的泡沫，終究是要一個個消失不見。

直到有人攔住我的腰，使勁將我往上拖，水流四竄，大量氧氣迎面撲來。那個人身上有熟悉的觸感，有溫暖的體溫，還有記憶中隨時都在呵護我的低沉嗓音。

✧因為「喜歡」而常常感到寂寞，又因為「寂寞」才明白這份情感的深淺，我們女孩子都是這個樣子的嘛！拓也。

第十話

彷彿

見たい

「咳咳咳……」

那是一陣掏心掏肺似的劇烈咳嗽，我趴在草地上嘔出幾口水，濕透的身子承受不住水的重量，不住喘息。

所有的工作人員都圍了上來，包括原小姐，他們七嘴八舌地詢問我的狀況，混亂中，我抓住披在身上的浴巾，吃力地抬頭，在模糊的視線裡看見拓也擔憂的臉。

「剛剛那一場……那一場OK嗎？」

獲救後的第一句話就在問工作，令他反應不及，「啊，一次OK喔！」

「是嗎……」

安心以後，我覺得自己虛弱得快暈過去了。原小姐到我身邊，一手撫著我冰涼的臉龐，「妳還好嗎？在水裡發生什麼事？」

「腳抽筋了，抱歉，給大家添麻煩……」

「算了，沒事就好，下次如果覺得太勉強，就要事先講。」

「是。」

我不敢說出實情，這是拓也的第一份工作，我不想因此影響他。事後仔細回想，也許錯的確在我身上，是我自己不願意起來的。

原小姐向秋本家借了地方讓我休息，我待在原本住過的房間，裹著薄被，什麼也不做地發呆一整個下午。

這地方有太多的回憶，我很害怕。

晚上拍完在祭典的場景，今天的工作算是告一段落，時間還早，大家都十分雀躍地相約去祭典逛逛。

我並不想去，秋本太太大概是見我無精打采，極力催促我跟大家一起去玩。

不曉得是不是喝了不少水的關係，就算走在熱鬧的路上也顯得失魂落魄，來到祭典的人幾乎都換上傳統浴衣，穿著無袖洋裝的我反而顯得格格不入。打起一串串燈籠的森林入口，整條路排滿各式各樣的攤販，有吃的，有射飛鏢的，還有撈金魚的……

金魚。

我停下腳步，白色水池周圍蹲了兩個大人、三名小孩在撈金魚，肥胖的老闆用圓扇猛幫自己搧風，相形之下，在水中那些五顏六色的金魚悠哉多了。

我沒有上前跟老闆要網子，只站在一旁出神地望著金魚。拓也和幾名工作人員出來逛，他發現我，交代幾句便脫隊走上來。

「要不要跟我們一起走？我們才來沒多久。」

「……」

「那，就不打擾妳了。」

「金魚，」我喃喃低語：「我想要金魚……」

他打量我一下，沒有追問我古怪的要求，說句「我知道了」，便大聲向老闆要網子，然後揀個位置蹲下，開始物色目標。

拓也現在就在我身邊，而我感到空前的寂寞。

我也蹲下來，隻手撐住下巴，靜靜注視水裡的動靜，魚群因爲拓也網子的加入而到處亂竄，掀起不小的漣漪，滑行的波紋一時模糊了拓也在水面上的倒影，遠處太鼓的餘音也將過去的我的聲音悠悠傳送過來。

「拓也，等你的感冒好了，我們再去看電影吧！然後要在院子裡堆一個不輸給這裡的雪人；春天來的時候，一起坐在樹下賞櫻花，我負責做便當；然後夏天我們去參加祭典，你撈一隻金魚給我；秋天、秋天、秋天……」

我凝神地看，紅了眼眶。

拓也一共弄破三張網子，才將裝有兩隻紅色金魚的透明塑膠袋交給我，「來。」

「謝謝。」

「不客氣，雨宮小姐。」

「叫我雨宮就可以了，令尊也是這樣叫我。」我依舊低垂著眼，沒有注視他，「聽說，早上救我的人是你，再次謝謝。」

就算到了夏天尾聲，天氣仍舊維持著炎熱高溫，但是，我還分辨得出「溫暖」和「炎熱」的不同。在水中一把將我擁入懷裡的胸膛，還有剛剛接過塑膠袋時所觸碰到的指尖，都是溫暖的。

「不，本來就是我沒有考量到安全的問題，害妳差點溺水，幸好沒事。」

我活下來了，在水裡的時候原本是想什麼時候死去都無所謂的。不過，既然還活著，就會拚命地走下去，在這一條我所選擇的路上，沒有在福岡的家、沒有夏美男子氣概的笑臉、沒有拓也暖和的溫度，在這樣孤單的路上繼續走下去。

我並沒有接腔，他只好尷尬地瞧瞧在章魚燒攤販前的同伴，好不容易找到話題，「啊！對了，上次在森林裡妳提到妳朋友的事，現在妳那位朋友怎麼樣了？」

「那跟你沒有關係吧。」我別過頭，離開他。

隔天，幾位和我不熟的工作人員和拓也一起用早餐，我無意間聽到他們的對話。

「怎麼說呢……雨宮好像很討厭我。」拓也一副想也想不透的樣子。

「別介意，大明星的脾氣就是這樣，見多就不怪了。」

「不，我以前跟她見過一次面，那個時候她明明很親切，又很隨和。」

「所以我不是說大明星的脾氣都是晴時多雲偶陣雨的嗎？」

我沒有再繼續聽下去，算了，被認爲是那個樣子也好。

不久，悠人從東京過來，他二度擔任我MV的男主角，今天起開始拍攝有他的部份。

趁著搭景空檔，他拿著一瓶礦泉水走到我身邊，和我一起觀看工作人員來來回回忙碌，忽然問：「那個就是秋本拓也？」

拓也正在指揮攝影機就位。

「喔，嗯。」

大約過了五分鐘，悠人掉向我，「很普通嘛！」

「太、太失禮了吧！」雖說和我第一次遇見拓也時的反應一模一樣。

「什麼嘛！我還以爲那個害我被妳當作擋箭牌的傢伙有多出色呢！」他眞的頗爲失望，毫不掩飾地大嘆一口氣。

原小姐發現悠人到現場了，走上來半褒半貶地關心幾句：「短時間內讓同一個人擔任MV男主角是罕見的事，不過，誰叫你是目前國內票選雨宮未緒最佳的螢幕情侶第一名呢？」

「原小姐，妳多加那句『目前』是多餘的，以後，我也不認爲第一名的名字會有所變動。」話才剛說完，他毫無預警往我肩上一搭，自然得好像我們的關係已經親密到某種程度。

我嚇一跳，往一旁跳開。「你幹嘛突然……」

「開拍前培養感情嘛！」這傢伙竟然還笑咪咪地說那種幼稚的話。

眼角一瞥，我不意撞上不遠處拓也不知何時往這邊注意的目光，他怔了怔，因爲察覺到自己的失態而困窘地轉回頭，繼續和工作人員講事情，耳朵變得紅紅的。

奇怪，我覺得……

傍晚，繼續拍攝悠人在祭典的場景，這期間有一群身穿浴衣的小孩互相追逐地經過，他們大聲唱起童謠，剛巧是那首〈森林裡的熊先生〉。

唱到「妳的東西掉了，是白色的貝殼小耳環」那一句時，原本正在幫忙架設燈光的拓也沒來由停下手，覺得有趣地笑起來，問旁邊的人，「奇怪，歌詞裡掉的東西不是項鍊嗎？」

「項鍊？」那位年輕女性工作人員再轉向附近的同事，「是耳環吧！」

「呃，我也覺得是耳環，哎呀！不然去問那些小鬼嘛！」

拓也緩緩斂起笑容，陷入短暫的沉吟，因於自己的記憶和事實有所出入而淺淺鎖起眉宇。

目睹這一切的我，不自禁伸手按住鎖骨，那裡掛著那條貝殼項鍊，而我的手感受得到體內脈膊又再一次活過來那樣地跳動著。

我覺得，彷彿……

沒有完全消失，還在那裡。

儘管只有一點點，拓也記憶中關於我們的過去。

隨著MV拍攝工作的結束，我和拓也之間的交集也到了尾聲。

雖然有些不確定的直覺，遠遠望著拓也對小林薰溫柔微笑的光景，我始終沒有加以挽留。

熱鬧的夏天過去了。我的新單曲一推出再度攻上公信榜冠軍，它的MV也獲得不錯的好評。

原小姐不希望拓也的曝光引起不必要的聯想，只在導演欄上放了拓也的英文名字，聽事務所說，接到不少電話，詢問有關這位名不見經傳的導演的事。

有一天錄影結束，車子行駛沒多久，秋本先生忽然把車急停在路邊，衝下車嘔吐，原本待在車內的我覺得他情況不妙，下車探問，這才發現秋本先生的嘔吐物夾雜著不少血絲。

老實說，我著實被嚇壞了。和秋本先生共事多年，鮮少見到他請病假，這幾個月我忙得不可開交，也沒能察覺出他有什麼異樣。我立即攔輛計程車送秋本先生到醫院，同時聯絡原小姐。

她在電話那一頭沉寂半晌，才開口下指示。「妳還在醫院嗎？應該還有工作吧！自己叫車先去，我會負責後續的事。」

「不要，我在這裡陪秋本先生，要知道他沒事才可以。」

原小姐嘆氣，一副現在並不想和我爭論的樣子，「好吧！總之，我隨後就到醫院。」

聽見原小姐說要來醫院，我暗暗訝異，她平常……怎麼說呢？不太會有這麼感性的舉動的。

秋本先生作檢查的空檔，我撥了電話給拓也，他正在打工，說會馬上趕來。這時，原小姐到了，和我一起聽醫生說明秋本先生的病情，原來是略爲嚴重的胃潰瘍。

在病房裡的秋本先生打了針，精神沒有先前那麼糟了，整個人比較舒坦，點滴中的藥水按著規律的節奏慢慢落下，我緊繃的情緒也因此緩和不少。

「十分抱歉，給大家帶來這麼大的麻煩，尤其是雨宮妳的工作……」

秋本先生竟然還可以魄力十足地低頭行禮，我趕緊搖頭，「現在最重要的是秋本先生的身體，其他的事請你不用擔心。」

原小姐順勢提醒，「醫生都說只要好好休養就沒問題，現在妳可以放心去工作了吧？別讓秋本先生還要煩惱妳的事。」

「是。」

果然還是挺無情的。

我在門關上的前一刻，瞥見站得筆直的原小姐用半諷刺的語調柔聲對秋本先生說：「虧你還能忍到這個地步呢！」

「不，我的忍耐力和妳相較起來，或許還略遜一籌。」秋本先生面帶微笑，平靜地回答。

那是我第一次見到那兩個人談及公事之外的話題，感覺並不壞啊！

依照醫生建議，秋本先生必須好好休養半年才行，這段期間事務所打算另派一位司機給我。有一陣子，我的手機接到好幾通夏美打來的電話，不知道她想做什麼。我並沒有回電話給她，細細想來，我不願面對夏美的眞正原因，也許是害怕再次受到傷害。

悠人得知來龍去脈，出其不意地鼓吹我，「那不是很好？秋本拓也在醫院照顧他爸爸，妳就近水樓台去探病吧！」

「秋本先生有秋本太太和拓也照顧，醫生也說住院一個星期就可以出院，沒什麼好擔心的。」就算我要去，也會挑準拓也不在的時間。

「眞無情。」

「你才莫名其妙呢！為什麼突然關心起拓也的事？」

「因爲，」他又露出天眞無邪的該死笑容，「對手沒加入戰局就沒有意思了。」

有一天，悠人突然說要帶個在圈內玩音樂的朋友給我認識，他來按門鈴的時間已經是晚上十一點半了。

我氣呼呼地上前把門打開，「你未免遲到得太……」

面對出現在門口的客人，我瞠目結舌地失了聲。夏美拘謹地雙腿並攏，向我彎腰。她身旁的悠人則一派輕鬆地打招呼：「哈囉！」

為什麼夏美會一起來？在請他們進來之後，到準備好三人份的花茶，我都不停在心中反覆問著那個問題。

「抱歉，這麼晚還不請自來地打擾妳。」夏美說。

相較之下，自己到冰箱前找啤酒的悠人就太厚顏無恥了！

「你們，怎麼會認識的？」

「啊！妳們吵架那一天，我在事務所外面撿到她的。」悠人拉開啤酒罐的拉環回答我。

夏美一聽，立刻不高興地反駁：「說撿到太沒禮貌了吧！明明是你自己過來找我講話的。」

「總之，我有好好陪妳吧，在妳哭得亂七八糟的時候。」

「那、那也不能把人家說得好像是別人不要的小狗一樣……」

為什麼他們好像很熟的樣子？我按捺住一堆疑問，狠狠瞪住悠人，「到底是怎麼回事？你不是說要帶一個玩音樂的朋友過來嗎？」

「是啊！至少『朋友』這部份沒講錯吧？」

他咕嚕咕嚕地把啤酒喝光，那段短暫的時間裡，我和夏美各自尷尬地沉默下來。

我不確定夏美從頭到尾有沒有把我當作朋友，不過我上次已經說過不會原諒她了（還附帶一個巴掌），明知如此的悠人為什麼還要帶夏美來呢？

「未緒，我有事情要告訴妳，可是一直聯絡不上妳，只好請宇佐美幫忙。」

「妳還做了哪些事，我已經不想知道了。」

「不是的，我要說的不是那些。」

悠人湊到我們中間，裝可愛地舉起手，「妳們慢慢聊，我先告辭了，就這樣。」

「等一下！什麼叫『就這樣』？」我緊緊拉住他的衣服，把夏美帶走啦！

悠人回頭反問：「現在這個時間已經沒有電車了吧？就讓她住一晚囉！」

「不是你開車載她來的嗎？」

「妳的意思是我可以再載她到我那裡嗎？」

他邊說邊摟住夏美的肩，在夏美凶他之前，我先把她拉過來，「還是留在我這邊好了。」

「是嗎？那就拜託妳了。」

怎麼回事？總有一種被悠人擺了一道的討厭感覺。

我找了一套睡衣給夏美，她在進浴室前還有些好奇地環顧四周。

「怎麼了？」

「妳住的公寓好大好高級喔！完全不像我們這個年紀的人住的地方。」

「只有我一個人住，才會覺得空間大吧！」

「一個人」，好可憐的字眼……

我將睡衣交給她，趁她洗澡的時候去鋪床。抱著軟綿綿的枕頭，不由得陷入感傷。當夏美帶著渾身熱氣和沐浴乳香氣出來，我讓她進臥室把頭髮吹乾。看著她的背影，彷彿我們還在先前相約一起熬夜聊天的日子。

夏美放下吹風機，我才匆匆移開視線。

「妳還沒說，來找我有什麼事？」

「我聽說秋本的爸爸住院了，而且短時間內沒辦法繼續工作。」

「那又怎麼樣？」

她走到我面前，我就坐在床沿，夏美也跟著坐下，一臉認真。

「妳不能讓秋本代替他爸爸來開車嗎？」

「妳、妳在胡說什麼啊？」

「秋本一上大學就考到駕照了，而且他打工的工作是送貨員，開車對他來說不會有問題的！」

坦白說，我萬萬沒有料到夏美要說的竟然是這個。

「就算是那樣，我也不可能讓他來開車的。第一，原小姐就不會同意讓一個曾經和我鬧過緋聞的人再次進入我的生活圈，而且拓也平常還要上課……」

「其實妳是害怕接近秋本吧！」夏美強而有力地打斷我的話，「妳應該知道，秋本一家全靠秋本的爸爸一個人在工作，現在少掉這份薪水，光是要付阿徹的學費都有困難，難道妳要坐視不管嗎？難道爲了要逃避，寧願不出手幫忙嗎？」

我曉得事務所每個月支付給秋本先生的薪水十分優渥，卻沒考慮到一旦失去這筆錢的後果。

夏美不愧是喜歡了拓也好久好久的人，連這一點她都考慮到了。

「可是妳……爲什麼要來告訴我這件事？只是因爲想幫秋本家的忙嗎？」

「不只如此。」她把話一字一句清楚地唸出來，好像未來的發展也會按部就班地朝這方向走下去，「我要你們再見面，秋本想起妳的事，然後你們能夠像從前一樣地在一起。」

「爲什麼？」

「我寧願是妳跟秋本在一起，也不要小林薰那個撿便宜的傢伙坐享其成。」

「那妳呢，夏美？」

「我啊……我承認自己到現在就連虛僞地祝福你們都做不到。可是，拓也的幸福，就是我的免罪牌，我想爲自己做過的事負責。因此，如果能看見拓也再和妳在一起，我就會好過一點了。」說到這裡，她自己無奈地笑了笑，「好奇怪喔！我們都喜歡上同一個人，應該要更有話題聊、更心有戚戚焉才對，爲什麼反而當不成朋友呢？」

「夏美……」

「妳考慮考慮吧！」她跳起來，若無其事地搜尋房間，「好了！我應該睡哪裡？地板？還是外面的沙發？」

我也起身，歉然坦誠，「我最後……還是沒幫妳鋪床。」

「啊？」

「知道夏美也喜歡拓也的時候，我心裡其實有一點高興，因爲，我們的心情是一樣的，都喜歡上同一個人了，好像同伴呢！」我一手指向床頭兩只並靠的枕頭，靦腆地笑了笑，「所以，一起睡吧？」

是拓也教會我，人跟人相處本來就會受傷，受傷、爭執，然後和好，或許過幾天又會再次受傷，人類的世界不就是因爲這樣，所以才不會死氣沉沉的啊！

一瞬間，夏美露出快掉淚的表情，緊緊閉著嘴巴，瞳孔閃閃亮亮的。

我覺得一度被殘忍奪走的東西，神又把它一點一點地還給我了，現在有著這樣的感覺。

或者，它不曾離開，只是充滿太多情緒的眼淚讓我們看不清楚眞相，但是呢，夏美，即使看不見，只要它還在……

「我的睡相很差，會踢人喔。」

「我知道，以前被妳踢過啊。」

「我還會捲被子喔！」

「我會搶回來的。」

「未緒……」她忽然衝上來，抱住我，我們兩人一起摔倒在床上，她靠在我肩膀，緊抓著棉被和我，用她既難聽又走音的哽咽聲音說：「能鼓起勇氣來找妳眞是太好了，能把心裡的話讓妳知道眞是太好了。沒爲了那傢伙而當不成朋友，太好了！未緒。」

即使看不見，只要它還在，就一定感覺得到，暖暖的、飽滿的，我們兩人都會有相同的感應，絕對是那樣沒錯。

爲了讓拓也暫代秋本先生的工作，我又再度和原小姐起了爭執。早有免不了要挨一頓罵的心理準備，卻沒料到會比上次執導MV的事件來得困難重重。向原小姐求了好幾天都不成功，最後我索性硬著頭皮賭氣，「如果不是秋本家的人開的車，我就不坐。我寧願去考駕照，自己開車，妳知道我一定會那麼做。」

原小姐性感的唇用力抿成一條線，雙眉高揚地怒視我，整整五分鐘都沒有說話，從劇烈起伏的胸口看得出來，她正在平息瀕臨爆發的怒氣。

「對不起，我知道自己非常任性，可是，我怎麼樣也要幫這個忙。原小姐，妳也閃避不了，我們都欠他們一份情，妳心底清楚。」

到抱歉。」

聽完，她的嘴角變得柔軟，哼出一抹冷笑，「妳不要誤會，我從來不認爲虧欠了誰，也不感

「原小姐……」

「我說過，我所做的事都是我的工作，就算把我當作工作機器也無所謂。」

「但是我辦不到，如果不能安心地放下那些私人情感，我就沒辦法邁開步伐繼續前進。所以請把幫我消除罪惡感這件事，當作妳的工作，讓拓也來開車吧！」

原小姐輕輕偏起螓首，漂亮的手指緩慢地略過唇間，將先前的冷笑觸撫得圓滑許多。「妳抓到談判的訣竅了，未緒。」

將了原小姐一軍的我非但沒有被責備，反而受到她欣慰的嘉獎。

原小姐可說是最常在我身邊的人，然而直到現在我依舊摸不透她這個人。不清楚她的過去，辨不出那些傳聞的眞假，也猜不到這一刻她的心情是好是壞。

有一回我獨自到醫院探望秋本先生，病房內原有的藥水味之中，依稀殘留著一縷原小姐常用的香水，那個冷冰冰的原小姐來過了，她還是很關心秋本先生。

那時秋本先生還不懂爲什麼我會忽然開心地笑起來，單是知道原小姐良善的一面，就可以讓我快樂一整天。

最後，原小姐終於妥協，拓也正式接替秋本先生的工作。不過她對拓也的態度並沒有因爲秋本先生的關係而稍加軟化，拓也剛上工的那一個星期挨了不少罵。

他穿起秋本先生的西裝稍嫌寬鬆，卻相當令人驚豔，簡直換了個人似的，斯文帥氣，並不輸給我在時尚派對遇見的那些貴公子。看著那樣的拓也，心情竟有點緊張，有幾次我們在後視鏡無

意中對上眼，都是我先別開臉，這舉動更讓拓也以爲我眞的很討厭他。

這天，結束一個在戶外舉辦的代言活動後，我繞道離開，卻還是被眼尖的歌迷發現行蹤。他們一大群人遠遠追上來，我和原小姐一如往常拔腿跑向停車場。才衝上車，見到拓也沒有立刻踩快門狂飆，原小姐不耐煩地揚高聲調開罵：「你在搞什麼？時速四十是怎麼回事？」

「可是，那些人離車子太近，不是很危險嗎？」

「笨蛋！你儘管開走就是了！」

拓也初次握到這輛車的方向盤時，還顯得戰戰兢兢，躊躇著，問我：「如果不小心撞壞，要賠的數字應該會有好幾個零吧？」

出的狀況很多，拓也幾乎每天都逃不過原小姐的責備。後來漸漸熟悉習慣了，愈來愈有父親的架勢，原小姐也不再那麼緊盯他。等候我工作結束的空檔，拓也就在車上複習學校功課，聽說同班同學很夠義氣，會幫他瞞混點名，也會幫他整理筆記。

那個認眞生活的拓也，卻在好幾次停紅燈的空檔中，被我發現他出神的側臉不小心透露著化不開的愁緒，是在擔心秋本先生嗎？還是爲了自己復原不了的記憶而著急呢？

「綠燈了喔！」我出聲提醒。

他匆忙回神，道句抱歉後繼續專心開車。

拓也戴著黑色腕錶的手、放在方向盤上的手……眞好看，我想輕輕牽握，告訴他不要難過。

「有心事嗎？」我淡淡地問。

「啊……」他猶豫一會兒，覺得很不好意思，「在上班時間分心，對不起。只是又跟女朋友吵架，心情有點差。」

「吵架？」

「她……不知道爲什麼，最初聽見我要來幫老爸開車就很反對，我也搞不懂，我說今天必須晚歸，她又不高興了。」

這樣不是很好笑？小林薰，我自己都已經放棄了，妳還視我爲敵嗎？

「如果你覺得困擾，拒絕這份工作也不要緊的。」

「妳不要誤會，這麼說可能不太恰當，可是我現在很需要這份工作。」

我下車時，項鍊的扣環鬆了，鍊子從脖子上滑下，我的手才剛下意識按住頸側，拓也已經先一步幫我把項鍊撿起來。

「謝謝。」接過那條貝殼項鍊之際，我驀然飛來一筆，「你覺得這條項鍊怎麼樣？」

「嗯？」突然被問起對女性飾品的觀感，讓他有點不知所措，瞧了瞧項鍊，不很肯定地回答：「呃……很……天然？」

我淺淺彎起嘴角，將它收進外套口袋，什麼也不說地往前走。看吧！小林薰，現在的我，頂多，只是在拓也的夢境裡出現過，醒來後怎麼也想不起來的片段而已。

拓也雙手提著我今天的服裝走在前頭，偶爾會回頭看看我，感覺又不太像有話要說，他的腳步比平常放得慢，難怪常被急性子的原小姐教訓。但，那奇怪的習慣似乎就是改不了。

這天下午，我幫某知名品牌的最新冬裝走秀，晚上有該品牌所主辦的派對，各界名流都會到場，原小姐事前囑咐過這場派對的重要性，要我至少待到晚間十點後才能離開。

而拓也幫我將服裝提到走秀會場後，我就讓他先回去上課，十點以後再來接人。

「啊！雨宮。」他生硬地叫住我，我回身，等他說下去，「我猜，妳大概對我沒什麼好感，不過還是要跟妳說，關於導演的事、我爸住院的事，還有這份工作的事，我一直都很感激妳。」

我不要什麼感激，我要再一次聽見你叫我「未緒」，這小小的要求卻是你無法回應的。「你誤會了，我沒有做什麼。」

我們之間始終分分合合，在以爲會永遠在一起的時候分開，在分開的時候又一次次偶然靠近，每次一想起，總覺得既愚蠢，又傷心。

直到回神時，手上那杯派對主人塞給我的飲料已經喝掉一半，胸口和喉嚨都熱熱的。

我暗叫不妙，急忙喊住一位派對現場的服務生。「請問這是什麼？」

他禮貌回答：「是雞尾酒。」

說時遲那時快，一顆顆小小的紅點開始出現在我的手背上，我將半空的高腳杯丟給他，轉身逃離會場。

我身上的禮服背部是挖空的，無袖的赤裸手臂，右側裙襬還開了高衩。那些酒疹很快蔓延全身，看得見的皮膚上全都斑斑點點。在我抓著裙襬狂奔的途中，擦撞到不少來賓，而我頭也不回地跑出這幢燈火通明的大洋房，越過修剪整齊的草坪，途中絆跌一下，最後將自己藏在一叢矮籬後面。

萬一被狗仔拍到怎麼辦？誰來救我？救救我！

這時，草坪上響起了另一個腳步聲，我嚇得瑟縮起來，心裡祈禱那個人並沒有發現我，能趕快走開，可惜事與願違。

「雨宮？妳在那裡做什麼？」

腳步聲來到我背後，我萬念俱灰地將臉埋進膝蓋，爲什麼偏偏是拓也？偏偏在我這麼難看的時候？

「你怎麼會在這裡？時間不是還早嗎？」

「喔，老爸交代過我，要比約定的時間早一個小時到，以免有突發狀況。」他頓頓，又關切著我的情況，「妳怎麼了？我看見妳從裡面跑出來。」

聽見他又靠近幾步，我驚恐地大叫：「不要過來！」

「啊？」

「抱歉，以前也有過不好的經驗，所以現在……很害怕，不知道爲什麼，很害怕。」

我無法停住身體輕微的顫抖，呼吸一直非常急促，臉部灼熱，狀況很糟糕。

「呃……我不太懂妳在說什麼，可是也不能就這樣丟下妳不管吧！」

「別過來，我現在……」我困窘得快哭出來了，「我現在難看得要命，全身都是酒疹……」

草坪這裡雖然沒有燈光，然而隱藏一整晚的月亮從雲層後方露出了臉，一下子，皎潔月色灑滿草地，還有草地上頭的我們。

月光還是讓我無所遁形，被喜歡的人看到自己這麼可怕的模樣，我只想挖個洞鑽進去。

突然，有件西裝外套輕輕覆在我身上。拓也接著走到我面前蹲下來，一笑也不笑地盯著我，我原本就紅通通的臉因而變得更熱。幾秒鐘過後，拓也在旁邊一屁股坐下，望著又大又圓的月亮。

「嗯，是不怎麼漂亮啦！不過……」拓也轉向我，吃吃笑起來，「很可愛不是嗎？」

我愣一下，覺得受到稱讚了，可是又似乎不是那麼回事。「那算什麼啊？」

「就是如妳所說，眞的不好看的意思。」

「你是想安慰我嗎？」

「是啊！所以我不是說這樣也很可愛嗎？」

「呵呵，啊哈哈哈……」我努力忍了好一陣子，終於還是放聲大笑。

等我笑到肚子疼而慢慢打住，拓也托起下巴微微而笑，「看，現在就漂亮多了。」

我好不容易才僞裝起來的疏遠和冷漠，一遇上拓也的溫柔便那麼不堪一擊地瓦解了。

拓也幫我要了一杯溫開水，喝光後感覺好多了。我們就坐在草坪上，什麼也不做地欣賞明亮的月空。後來，他想到了什麼，拿出一只價值不菲的高跟鞋，是我在半路上掉的。

幫我穿上的時候，他稍稍抬起眼，開起玩笑，「好像灰姑娘的故事。」

我屏住呼吸，只有被他碰觸到的腳踝是燙的，跟我此刻的臉頰一樣。

不同的是，這個灰姑娘的故事裡沒有王子，就算有，需要藉著玻璃鞋才能找到灰姑娘的王子，一定也早已經忘記是誰在舞會中與他共舞了。

拓也撞見我掩飾不及的羞澀，不自在地低垂視線，放開我的腳。

「謝謝。」我說。

「我只是幫妳把鞋子撿回來。」

「你眞是一個善良的人……」

「沒有那麼誇張啦！剛剛是這陣子以來妳第一次對我笑，我一直以爲妳對我的評價很差的。」

「我是不是討厭你、對你笑了幾次，這些事，你很在意嗎？」

下一秒，拓也整個人僵硬起來，臉上的笑容也是，我就知道自己還是不該問的。

「我隨口亂說的，別介意。」

「是很在意。」就在我試著自我解嘲的時候，拓也回答我了，既認眞又苦惱的模樣，「這個樣子眞的很奇怪，我跟妳又不熟，妳的想法也與我無關，只是每次遇上妳的冷淡，還是會有受挫和不安的感覺。因爲，妳不應該是那樣子，我的直覺告訴我，雨宮不是那種冷漠的人，所以我很在意。」

他用心望進我眼中有他的瞳孔，忽然不再說話，打從在森林觸見後便不曾稍減的痛苦和疑惑凝在眉頭、欲言又止的唇角，都宛若散發著月球引力，微微的，卻足夠深深揪住我的心。

「我得進去了。」我避開他的眼，快速站起來。

「妳不回家休息嗎？」

「疹子已經退得差不多了，而且，還不到十點。」我卸下身上的西裝外套還給他，「我還要完成工作。」

「那，我送妳到門口。」

「還有，秋本……」

「什麼？」

「我並不是討厭你，絕對不是，只是有很多原因，說也說不上來的。」

他不再多問，爽朗地咧開嘴，「我知道了。」

西裝外套才剛離開我，便襲上一陣陣淒楚涼意，月亮又被移動的雲朵擋住了，視野黯淡，拓也的體溫從我赤裸的肌膚一吋吋退去。

遠離，靠近；又遠離，又靠近。溫度和光線也起起落落。我在突發的傷感中抬起頭，注意到前方拓也和我之間的距離拉得並不遠。

「秋本，不用太顧慮我，我平常走路的速度還不算太慢。」終於講出來了，再這樣下去，他每天都要被原小姐唸一次。

然後，他沒來由發怔好久，一面思索著什麼事，一面看看我的腳，露出十分困惑的神情。

「秋本？」

「我是不是常常有奇怪的舉動？」他尷尬地搔頭，「老實說，和妳一起走路的時候，我總覺得，好像，好像需要特別等妳，好像妳行動不方便一樣。哈！我真的很不對勁吧？就像妳剛剛說的，有很多原因，卻也說不上來似的。」

他不知該怎麼作結，閉上嘴，調整到正常的步伐往前走。而我卻佇留原地，捨不得眨眼一樣，牢牢目送拓也套上西裝的背影。風吹過草地，帶起一陣懷念的泥土香，有來自那座森林的味道，將我身上所有妝點的碎鑽都化作樹頂端閃爍的星，照耀著從前的影子。

那些說也說不上來的原因，通通在時晴時陰的月色照拂下，形成一幕幕從前上下課的光景，拓也身上揹著兩個書包，一路留意後頭拄著枴杖的我……

還在！過去的未緒，過去的拓也，都還存在於此時此刻的時間縫隙裡，只要稍加找尋，就能發現生命細細碎碎的蹤跡，也正沿路，一步步跟上來了。

某些說也說不上來的事，叫人捨不得否認它的存在的，有人將它命名為「彷彿」。你同意嗎，拓也？

第十一話
在你身邊
きみのそばにいる

入秋以後，我的工作量驟減不少，應該說是暫時脫離了那個巔峰期。

空閒時，我會和大家聚在一起，所謂的「大家」是指拓也、夏美和悠人。

一開始，拓也對於我和夏美的相識感到不解，夏美隨口編了一個牽強的理由搪塞過去，說她是我後援會的會長，自然就跟我很熟了。

「從沒聽說妳是追星族的。」對於這個說法，拓也果然半信半疑。

上洗手間時，夏美在洗手台那裡向我抱怨，「管他記不記得妳，直接把以前的事通通告訴秋本不就好了？」

「不行，秋本家根本就不希望拓也想起我的事，我自己也很清楚，如果又再一次和我有所牽扯，從前那些不好的事不就會再重蹈覆轍了嗎？所以，不行。」

夏美從大面的化妝鏡中瞧瞧我的落寞，將手上的水兩三下甩在洗手台中，「這樣就好嗎？維持現狀對妳而言就夠了嗎？」

「夏美？」

「而且，我就是不爽看見那傢伙明知道妳和秋本的事，還故意對妳糾纏不清啦！」

我們回到露天咖啡座，茶點都已經送來了，那傢伙……不是，悠人突然把他蛋糕上的櫻桃一個個分到我盤子上，「給妳，幫我吃。」

「嗯。」

我才用叉子叉起一顆長得十分紅亮的櫻桃，就發現夏美正凶惡地瞪住悠人。

「自己的食物自己吃完啦！」

「未緒喜歡吃水果，我又不喜歡酸的東西。」他賴皮地回話之後，轉向我，笑眯的眼彎成漂亮的新月，「交換食物是常有的事，對吧？」

「呃，嗯。」

我們是熟得不能再熟的朋友了，並不覺得這麼做有什麼奇怪。不過我感覺得出，只要拓也在場，悠人的確會故意做些親密的舉動，挑釁的意味昭然若揭。當對面的拓也因爲剛剛那狀似親暱的場景而露出無措的表情，我心裡不由得著急，拓也已經有女朋友，但我還是不希望他誤會。

夏美輕蔑回嘴：「交換食物是女生在做的事吧！」

「妳怎麼會知道？」悠人裝出一臉驚訝的表情後，繼續若無其事地吃起他的蛋糕，「明明就不像女孩子。」

「你！爲什麼我要被你這種不像男人的傢伙說不像女孩子啊？」

第十一話
在你身邊

夏美氣得像要把桌子掀翻，她的火爆脾氣遇上溫吞的悠人構成很奇特的畫面，我忍不住兀自笑了幾聲，遇上拓也的視線，彷彿了解我現在的心情一般，他也微微抿起一道舒服的笑意。

夏美問我，這樣就夠了嗎？

在一個可以見到少許曙光的黎明，我特地下廚準備兩份便當時，我一度停下手，思索著夏美的問題，心情矛盾得幾度無法繼續下去。當然不夠啊！人是貪婪的，只要緊抓住一線希望，就會單純以爲還會有更多機會出現，於是想把他的近況、他的笑容、他心上的位置，全都佔爲己有。

當天一早，拓也開車送我到工作地點，在我下車前順便確認離開的時間。

「預定會在兩點結束對吧？」

「沒錯。」我離開座車，不自覺將手上的提袋握緊，「啊！還有……」

「嗯？」拓也又從車上探出頭。

「那個……」我不敢正視他的臉，心臟怦怦跳得七上八下的，「聽說、聽說你都自己打理午餐，我平常會自己帶便當，所以，不嫌棄的話……」

我注意到拓也的三餐通常都靠便利商店的飯糰和一瓶牛奶就打發掉，想爲他多做一點事，又因爲缺少承認的勇氣，通常人們只好用「聽說」來作爲言不由衷的起頭。

「不嫌棄的話，我順便多做了一份給你。」

我從提袋拿出便當盒給他，他呆了半天才訥訥收下，「謝謝……」

就這樣過了好幾天，只要遇上中午必須工作的日子，我就會幫拓也帶便當。

有一天，我正拍攝一支洗髮精廣告，必須在鄉間小路騎一段腳踏車。中午休息大家都聚在樹下吃便當。拓也帶著便當盒走來，沒想到助理正巧經過，見到我手上自己做的便當時，訝異得大呼小叫，音量之大，在場的每個人都聽得見。

「眞稀奇！第一次看妳自己帶便當耶！」

眞的，每個人都聽得見。

我抱著打開一半的便當盒，在座位上動彈不得。

拓也的腳步慢下來了，我看著自己便當裡豐盛的菜色，連一丁點抬頭的力氣也沒有。

「呃，今天的便當……」拓也來到我跟前，呑呑吐吐地開口：「也很好吃。」

接下來會跟我說，以後不用再費心之類的話吧。

他忽然蹲在地上，頓時，我和他面對面相視著。

「老實說，吃到妳做的便當的第一天，我很意外，因爲裡頭全是我愛吃的菜。起初以爲那是巧合，然後我問過夏美是不是跟妳提起過什麼。」

聽到這裡，我心頭一緊，深怕夏美會意氣用事地說出什麼不該說的事情。

「夏美有點不高興，她說，太多的巧合就是有緣了不是嗎。我不明白她的話，可是自己仔細思考過，雖然厚臉皮了些，卻不禁要想，雨宮該不會是爲了我才特地準備便當的吧！」

我的臉頰一陣燙，死要面子地閃躲他的眼，「我怎麼可能……」

「就是啊！我後來也覺得不可能，妳都說是順便幫我做了。不過，就算是那樣，」他捧著手中空的便當盒，靦腆地笑了，「每次吃便當的時候都覺得很高興，好像有人在關心著自己，就算是一個人吃飯，一點也不覺得孤單。」

好可愛，我一時看傻了，說這些話的拓也，好可愛喔。

這時，導演要跟我確認畫面，工作人員揚聲叫我，我放下便當離開座位。

時序已經進入十月，氣溫依舊居高不下，才走出清涼的樹蔭。豔陽的熱度順著微弱的風迎面捲來，薄紗裙襬在我腳步交替的瞬息翻飛，要對抗這波熱浪似的，我舉起手，擋在額頭前方，心底膨脹著一股說不出緣由的衝動。

我走了幾步，回身，拓也還在原地納悶地望著我。

「要好好地感謝。」

「咦？」

今天風大，爲了拍廣告而吹整柔順的髮絲在身旁頑皮起舞，我微醺著臉，任性地大聲告訴他：「人家是特地幫你做便當的，早上五點就起來做了。」

還在發愣的拓也說不出半句話。

「所以，要好好地感謝才行。」

爲什麼要一直擔心是不是會給對方帶來困擾？如果自己的心意能夠帶給別人幸福的感覺，那就大膽承認自己也參與了那一份幸福，也無妨吧！

秋天是颱風季，一兩個月來，事務所不少活動都因爲碰上颱風而取消，上上下下亂成一團。最近我手上接的一個通告，是爲博多拉麵代言，必須飛到福岡一趟，介紹各地有名的拉麵。福岡是我的故鄉，上一次回到福岡巨蛋作巡迴演唱，一結束我馬上就離開了，這次的代言活動原本也打算如法炮製。

但，天不從人願就是這麼一回事吧！

颱風逼近的緣故，飛機航班一一停飛，我在電話中跟原小姐說要改搭新幹線。

她並不贊成，「在那裡找間飯店住下來好了，不用急著回來。萬一在新幹線上被認出來，引起騷動怎麼辦？」

可是我近鄉情怯啊。

「我會很小心的，我想盡快回東京。」

「那這樣吧！」她沒輒地吐氣，「我叫秋本過去接妳，有他在，我比較放心。」

「咦？爲什麼？」特地叫拓也到九州太過分了！

「那孩子會保護妳。」原小姐事不關己地哼笑一聲，「上次妳溺水時，第一個跳下水的不就是他嗎？」

拓也搭新幹線趕來的時候，在拉麵博物館的錄影工作還沒有結束，他在等待的那三個鐘頭當中，外面風雨逐漸加大，等到我拎著隨身行李趕到門口，他也正好講完電話。

「久等了，我們走吧！」

「新幹線……」拓也指指手機，苦笑，「原小姐剛剛說新幹線也停駛了。」

「眞的？」

我衝到門口，變天的速度之快，外面已經風雨交加，雨水猶如海浪強勁地打在玻璃門上，樹被大風吹彎了腰，不時有散落物在地上滾動或漫天飛舞。

拓也打量這光景，喃喃自語起來：「現在就算走在路上也很危險吧。」

第十一話

在你身邊

「原小姐還有說什麼嗎？」

「喔，她說不准我們兩個單獨住飯店，萬一被房客傳出去就要我切腹謝罪，還有……」

他不知所措地躊躇一下，我瞥向他，「還有什麼？」

這時，當地的工作人員過來關心我們的去處，「雨宮，你們有訂飯店嗎？」

我搶在拓也回答前這麼說：「沒有，不過朋友家就在附近，我們會過去打擾。」

然而等半天都招不到計程車，最後拓也索性問我：「妳說的那個地方會很遠嗎？」

我搖搖頭，「不會，看到那座橋沒有？過橋以後左轉就到了。」

他伸長頸子眺眺，估算過步行距離，「一口氣衝過去吧！可以嗎？」

「我可以。」

拓也為我不假思索的回答而咧起敬佩的笑容，他要來兩件簡便型的雨衣，說句「走了」，便拉起我的手往外衝。

颱風的威力比想像中還可怕，我的體重輕，在奔跑的途中，好幾次因為突然吹來的強風而差點跌倒，幸虧拓也都能把我拖回來。身體被雨水打得作痛，強風不斷，我根本看不清楚路面，幾乎是靠拓也牽著我才能通過一條街和那座橋。

「是哪一家？」他回頭大聲問。

「跟我來！」

我掙脫他的手正想往前跑，沒料到路旁一棵較小的行道樹禁不起風吹，應聲折斷，上半段的樹身朝我壓來！我回眸瞥見躲也躲不掉的樹，拓也一個箭步撲向前，將我推向牆角，長滿枝葉的樹從他背部錯身而過。

驚嚇過度的關係，我盡是睜大著眼注視那棵只剩半截的樹屹立在路邊。貼靠在我身上的拓也緩緩鬆口氣，「路上果然很危險。」

全身濕透的我們彷彿要證明自己還活著，捨不得離開彼此的體溫，儘管有雨水相隔，什麼也感受不到，儘管拓也紊亂的呼吸已經漸漸正常，他還是沒有退開。

我們沒有擁抱，這不能算是擁抱，可是，我的確是又回到拓也的懷裡了。

不多久，在呼嘯的風雨聲中，聽見他憂鬱又困惑的低語：「就這樣一直下去，好像會想起什麼似的……」

在他懷裡，沒有溫度、激情，只有像雨一樣一陣一陣的悲傷。我不由得噙著淚，輕輕靠向他濕透的肩膀，「請你想起來……」

原來事到臨頭，我還是如此自私，希望你能想起過去的一切，還有未緒這個人。我想回到你身邊，想回到你的記憶裡，拓也。

那一排房屋的款式都一模一樣，我朝其中一間按了幾次電鈴，都沒有人應門。

「會不會不在家？」

拓也還在猜測，就見到我彎身搬開門口邊的第三塊花磚，中間放著一把鑰匙。

「怎麼還是把鑰匙放在這種地方？」我一邊開門，一邊碎碎唸起主人的粗心，「萬一被奇怪的人闖進去怎麼辦？」

「我想，我們現在就算是非法入侵了吧。」

走進玄關，我生疏地打住腳步，以前那個塞滿雜物的壁櫃沒有了，換上小巧的鞋架和傘架，

第十一話
在你身邊

隱約聞得到擺在樓梯口那盆水仙花的香氣，充滿淡淡清香的空間變得好寬敞。

「是誰？」屋裡頭傳出詢問聲，緊接著人影也跟著快步走來了。那是一位身材保持得不錯的中年女性，沒有刻意造型的短直髮，一看就知道年輕時也很美麗的瓜子臉，手上拿著一把跟她溫婉氣質不搭調的鐵鎚。

她見到我時，面露小小的驚訝，閉合的薄唇卻什麼也沒說。

看到她與我印象中沒什麼不同的身影，有那麼幾秒，我緊張到結巴，「我、我們剛剛有按電鈴，以爲沒人在。」

「風雨太大了，根本聽不到其他聲音。」她稍加解釋，接著注意到拓也，「這位是？」

「您好，我是秋本拓也。」拓也禮貌地鞠躬。

「他是我朋友，我來附近工作，結果被颱風困住了。」

「剛剛新聞好像有提到交通的問題。」她微一頷首，準備轉身帶我們進去，「快進來吧！得把你們身上的濕衣服換掉才行，妳先帶秋本先生去浴室，我幫你們找衣服。」

「好。」

浴室在二樓，我帶拓也上樓時，他在後頭好奇問著：「那是妳朋友的媽媽嗎？」

「呃……她是我媽媽。」我不好意思地瞄向天花板，「這裡是我家。」

「咦？」

幾年沒回來了？一年？還是兩年？我尷尬地不想數算清楚。

我堅持讓拓也先使用浴室，過不久媽媽已經找到給我們穿的衣服，拿上來交給我。

「要回來也沒先講一聲啊。」她輕聲責怪起我的唐突。

「這麼臨時也是不得已嘛！回不了東京，又不方便住飯店。」

「喔？多虧這場颱風，才讓妳想到要回家對嗎？」

我的嘴張了又閉，目送她下樓，無奈地嘟起唇，我又沒有那麼說，何必講話帶刺呢？

媽媽娘家的家世不錯，她本身也承襲了那種背景的優雅和寡言，不輕易流露個人情緒的舉止往往讓我拙於熱情以對。

我和拓也都梳洗完畢，媽媽已經在客廳準備好熱茶等我們。

她在隨意聊天的過程中，問到拓也是哪裡人，還是學生嗎，怎麼會跟我認識等等，我暫時當起隱形人啜喝我的茶，她忽然端詳拓也整個人的模樣，和藹地笑著，「你身上的衣服是我前任老公的，未緒很喜歡她爸爸，你們差不多高。」

我嗆了一下，爸爸就是我們母女多年前吵架的原因不是嗎？幹嘛哪壺不開提哪壺？

又閒聊一會兒，拓也問起我們剛進門時媽媽手裡拿的那把鎚子，「您剛剛在修東西嗎？」

「是啊。」媽媽大嘆一口氣，十分爲難的樣子。「涼子，喔，就是未緒的妹妹，她的房間一直在漏水，還好她現在已經搬進學校宿舍了。」

「我來修修看吧！」

聽拓也這麼說，媽媽似乎很高興，嘴裡說著家裡還是有男生方便，便帶他到涼子的房間。

我喝完茶，無所事事地呆坐一會兒，才晃進廚房，發現爐子上煮著馬鈴薯燉肉。天花板傳來敲敲打打的聲響，我穿起擱在一旁的圍裙，繼續把晚餐做完。

稍晚，媽媽見到我做的晚餐，難掩驚訝。「妳會下廚？」

對於這麼見外的問題，拓也奇怪地看我，我猛扒著飯快速說：「一個人住，以前不會的事也都學會了。」

「是嗎？也對。」她語末帶著興味的感嘆，伸出筷子夾起一塊玉子燒，兀自笑了起來。「我自己不就也拿起鎚子修屋頂了嗎？」

她把玉子燒送入嘴裡的那一刻，我停下筷子注意她，好不好吃？會不會太甜？

媽媽將玉子燒吞下後，只是停頓片刻，沉吟的神情讀不出任何情緒。儘管看上去比實際年齡年輕，右眼的眼角還是淺淺多出了一道歲月的痕跡。

媽媽不是繼續夾其他的菜，就是和拓也客氣地聊天，對於我的料理卻沒有任何表示。不管好不好吃，多少也該說一聲嘛！

「我不是都有匯錢回來嗎？那些錢應該很夠用，怎麼不換一棟新房子住好一點呢？」

我帶著心疼的意味追問，媽媽抬眼看看我，以輕鬆的口吻反駁：「那是妳的錢，我不能用妳的錢買房子給我自己住。」

那當下，我有點生氣了，沒有必要分得這麼清楚吧！

打從我進門到現在，一直冷冷淡淡的，人家難得回來一趟耶！

雖然我的態度也沒好到哪裡去，雖然我很想再親近一點的……

晚上，媽媽將涼子的房間稍微整理過，帶拓也進去。我經過門外，她正客氣地問拓也：「你，是不是正在和未緒交往？」

「咦？」這問題害拓也慌張了一下，「不是，您誤會了，我們並沒有……」

「是嗎？」她微笑的眼睛彎起令人懷念的曲線，「未緒只帶她欣賞的男孩子回家，第一個是悠人那孩子，再來是你，未緒應該滿喜歡你的。」

媽媽發現了。又沒有什麼互動，爲什麼她會一眼就看穿呢？一面換上睡衣，一面反覆琢磨這矛盾的心情，是挺困窘的，但又有點開心。

我的房間一點都沒變，傢俱和物品的位置沒有更動，打從我離家的那一天起便完好地保持下來。坐在床上細細回味這房間的一切，良久，才想到應該要打電話給原小姐。

她知道我待在家裡便附和道：「難得回去一趟，那就多住幾天吧，反正這星期沒有工作。」

「呃，那個，」直覺之下差點跟著答應，卻想到媽媽看見我時，並沒有特別歡迎的樣子，而有幾許落寞，「我還是明天回東京好了。」

我時常和涼子保持聯絡，聽她說過，最近媽媽升上了醫院的護理長，空閒時會去學插花，過得不錯，我放心多了。

「啊！也得跟拓也說一聲明天要回去的事。」

我披件薄外套到涼子房門外，舉手敲門前聽見裡頭提高不少音量的說話聲，拓也在講電話，對象是小林薰，對話內容並不太愉快，應該是爲了拓也今晚和我一起滯留在福岡而吵架的。

我黯然放下手，轉念下樓去。雖然不太清楚，但我猜他們一定常常爲了我的事發生爭執吧！有時面對不快樂的拓也，不禁會想，自己是不是第三者？我是嗎？

入夜後的天氣沒有好轉跡象，在空曠的客廳更能感受到風雨交加，不只是潑滿雨水的落地窗，整棟房子都好像會被掀起來似的，不時喀啦喀啦震動。我拿出歌譜，站在窗前爲下下個月要發行的新單曲練唱，副歌有一段格外艱澀，爬音再爬音，然後做一個曲折假音隨即下降，這個地方怎麼唱唱都不順。

第十一話
在你身邊

「啊！」有個突兀的聲音打斷我的練習，我迅速回頭，見到拓也爲難地停在階梯上。「抱歉，我以爲這裡沒人在。」

「沒關係，你需要什麼東西嗎？」

「不是，我想找一個看不到床鋪的地方讀書，不然會打瞌睡。」他無奈舉舉手上的書。

「請便，對了，我來泡咖啡好了。」

客廳桌上擺著一壺剛沖好的咖啡，颱風夜的咖啡顯得特別香醇，迷人的味道不斷從杯口溢出，在我和拓也的靜默中若有似無地流動，宛若我們的繾綣始終剪不斷理還亂地圍繞著。他拿握筆桿的姿勢、均勻的呼吸、出乎意料好看的專注側臉，都讓我想起從前拓也在教室幫我複習功課的片段，他偶爾會抬頭對我無意義地笑笑。那些回憶停也停止不住地暴漲，一找到我身體的一丁點細縫便要竄奪而出，我環抱雙臂，極力壓抑從胸口蔓延開來的痛楚。

拓也不小心吐出一聲嘆息，那是飽含苦惱及煩躁的聲音。

我看他一眼，他歉然抿出一抹笑，我曉得那不是因爲作業的緣故。

「又跟女朋友吵架？」他愣愣，一臉被說中的心虛，我對他坦承，「對不起，剛剛經過你們門口時聽到你們講電話了。」

「不好意思的人是我，妳一定會想，哪有像我們這麼愛吵架的情侶吧？」

「你們吵架的原因是我，對嗎？」

我直問，他再次愣住，不太有技巧地試圖否認，「不是，怎麼會呢？我們是工作上的……」

「但是，我不會道歉。」他不再說話，錯愕望住神情堅定的我，我深吸一口氣，不多加隱瞞，「我是不會道歉的，因爲，我所有的，就只剩下藏在我心裡的東西而已，我對我的心誠實，所以，不道歉。」

「……」

「就算哪一天我說喜歡你，也不會道歉。」

我的眼眶泛起薄薄淚光，那麼堅決地宣告。而拓也依舊沒有開口，放在作業上的手拳握，憂傷的眉宇彷彿了解了什麼。

「雨宮……」

他猶豫的聲音一喚出我的名字，我馬上受驚般退後，假裝方才的對話不算什麼而轉身逃開。

「咖啡涼了，我再重新沖一壺吧！」

每一個和拓也相處的日子，在拓也身邊忐忑不安的分分秒秒，都像是站在岌岌可危的懸崖頂端，害怕自己會跟飛蛾撲火的傻瓜一樣，不顧一切去深戀他的體溫、他的擁抱，儘管下一秒會有粉身碎骨的可能，但一瞬間我也曾幸福地飛翔過了。

端著咖啡壺回到客廳，拓也已經不在沙發上。他站在掛滿大小相框的牆壁前，望著上頭每一幅我們家美好的時光，後來我才發現他正在看一張我和我媽以及悠人在門口前的合照。

「嗨！」他回頭觸見憂忡的我，淺淺一笑，「聽說，他是妳男朋友。」

不要帶著笑容對我說出那麼殘忍的話……

「你聽誰說的？只有我自己說的才算數喔！」

「喔。」他在短暫的片刻綻放安心的神情。

一句「聽說」，是不是代表你在意著誰在我心裡呢？

「可是，諷刺的是，我記憶中空白的那段日子，自己卻講不出半點來龍去脈，全部都得聽別人說，全部。」

「那麼，只要從現在開始創造一個不輸給過去的美好回憶，不就好了？」

我眞笨！對他說那種鼓勵的話不就是拿石頭砸自己的腳嗎？笨透了！

「謝謝。但是，如果可能，我還是希望自己可以找出過去的眞相，老聽別人說，總是有不眞實的感覺，就連自己的記憶也不信任。不過，還是謝謝妳。」

他臉上的那抹雲淡風輕平白添了分滄桑神韻。

「那，我唱歌給你聽好嗎？」

「嗯？」

「給你打氣的。」我把咖啡擱在桌上，雙手俏皮地背在身後，「雨宮未緒可是不隨便爲任何人開口唱歌的喔！」

「呵呵！好，那就麻煩妳了。」

現在的我，沒辦法說什麼體貼的言語，無法給你安慰的擁抱，不過，我沒忘記，你曾經在一個晴朗的日子輕輕露出幸福的表情，是很棒的表情，當我唱起那首可愛童謠的時候。

「有一天在森林裡，熊先生出現了，在開滿花的森林小路上，熊先生出現了……」

我以輕快的節奏將那首童謠唱到一半，拓也的雙眼倏忽淌下眼淚，是那麼毫無預警，我嚇得停口，手足無措地呆在原地。他低下頭，緩緩舉起手撫碰淚濕的右邊臉頰，似乎這一切也在他的意料之外。

「抱歉，我不太對勁，奇怪……」

「拓也。」

聽見我無意中叫出他的名字，他又抬起頭，悲傷的眼正懵懂地凝視我，「那首歌，還有妳叫我名字的方式，都讓我覺得、覺得既幸福……幸福，又很難過。」

我閉上顫抖的唇，說不出一句回應的話，眼睛也濕潤了起來。

幸福，又難過。大概就是我們相識這一場的形容詞吧！

這時，四下驀然一片黑！

我們兩人同時看向頭頂上熄滅的燈，停電了！覷黑的視線中不時能見到夾帶豪雨的閃電光亮。

拓也走到落地窗前，有幾間住家還有燈光，於是他說：「我去看看變電器。」

他轉身要走，又打住，奇怪地回頭，瞥向拉住他衣角的我的手，我垂著眼，慶幸這片黑暗遮掩了我臉上的醺然。

「不要走，就這樣……在我身邊。」

「雨宮。」

「我知道這樣你很為難，可是，我現在是鼓起生平最大的勇氣，請你別走，待在我身邊。」

拓也動也不動的視線害我狼狽地閉上雙眼，未緒，妳為什麼會說出這麼糟糕的要求？

不期然，略帶粗糙感觸的溫度觸摸著我的耳朵、我的髮，我睜開眼，微微抬頭，拓也的眸子縱使在黑暗中也一如深海般深邃透明，用他從前望著我的溫柔眼神凝望著我。

「我常常作著一個夢，很真實的夢。我在幫一個女孩戴上圍巾，她的頭跟妳現在一樣低低的，很害羞的樣子。我心裡想著她好可愛，害我緊張得要命，雖然看不清楚她的臉，不過我在夢裡的心情，就跟現在一模一樣。」

第十一話
在你身邊

「覺得我很可愛？」我柔柔地笑。

「嗯！」

「心裡很緊張？」

「是啊。」

「但是，再怎麼緊張，也不會比我還嚴重吧？你看。」我牽住他的手，覺得快要在思念中溺水的自己抓住一根浮木。「擔心你會轉身離去，我害怕得要命。」

「其實，稍早原小姐在電話裡警告我的話，還有一段沒有說。」

「什麼事？」

「她要我在路上招牌砸下來的時候，好好地幫妳擋住。」

「什麼啊？這麼過分的要求！」

「我會喔，眞的會那麼做。」

「咦？」

「這麼說好像在講大話，不過我認眞想過，萬一眞的發生那種事，我應該會在雨宮的身邊，不會自己離開。」

要是拓也一輩子都不會恢復記憶，或許、或許我們還能夠創造一個全新的、不輸給過去的回憶，那一刻，我天眞地那麼想過。

而屋子裡也在下一秒重放光明，客廳大燈閃了幾次便再次亮起，照見我們臉上不捨又不得不矜持的神情。

曖昧的灰色地帶已經不在，我們現實中的身分各自在在日光燈下無所遁形，我是高不可攀的知名歌手，他是小林薰親愛的男朋友。

「那，我上樓去了。」我放開手，避開他，走上樓梯。

「晚安。」他也不再看我，尷尬拿起那本完全沒翻過一頁的課本。

「晚安。」

我踏上幾層階梯，每一步都被深刻的眷戀拖得好沉重，不自覺悄悄回頭，見到底下的他背對著我，原本搔著頭的手因爲一番掙扎而懊惱垂下。

我遲疑轉回頭，慢吞吞又踏上兩三階，狂竄的相思在胸口糾成結，似曾相識的心情回到下起初雪的那天，拓也在月台送我上車，兩顆心一度緊緊、緊緊相依。

我忍不住掉頭，正好和樓下也轉過身的拓也四目交接，登時有被逮著的窘迫。他卻突然邁步奔上樓，還來不及反應，拓也已經來到我面前，近得可以感受到他急促的氣息，就連那天漫天紛飛的白雪也在這座樓梯翩然落下，只要撥開他的劉海就能觸碰到冰透的雪花。

不同的是，我碰到他的唇了，沒有想像中溫熱，涼涼的柔軟嘴唇，柔煦的勁道，和在森林那個山洞裡的吻一樣，是那個說過喜歡我的拓也。

✧你是我的陽光，只要在你身邊，即使是令人失望的人生，我依然相信黑夜過去的天空，一定會跟你一樣，好明亮，好明亮的，拓也。

第十二話 重要的人

重要の人

在得到拓也溫柔的回應之後，我以爲我會興奮得睡不著覺。

不過，枯坐在床上的一整夜，對著自己整潔的腳趾頭發呆，滿腦子裡不是拓也，也不是我們過去的時光，而是小林薰抱著便當盒坐在片場等候拓也的光景。

我知道，那不是幸福的感動，不是的。懷抱著對小林薰的同情以及第三者的罪惡感，我怎麼也無法跟拓也向我告白的那天一樣快樂。

對拓也而言，我到底是他的什麼人呢？

隔天一大清早我便起床了，帶著輕微的黑眼圈來到廚房，媽媽正在準備日式早點。

「哎呀！妳這麼早起？」

「嗯。」我閃躲著不去正視她的臉，逕自走到她旁邊，「我來幫忙吧。」

我們母女倆話不投機半句多地在流理台前處理食物，她忽然開口問起拓也，「秋本還在睡？」

「對，他昨天晚上好像讀書讀得很晚。」

我的菜刀漏切一塊白蘿蔔，在砧板上發出跳拍的聲響，媽媽怪疑地瞄我一眼，又繼續忙她手邊的事，漫不經心問下去，「那孩子看起來很乖，好像很不錯，妳不喜歡他嗎？」

「他有女朋友了。」我並沒有正面回答她的問題，卻說得令自己扎心。

「是嗎？真可惜。」媽媽用一點都不可惜的語調搭腔，端著醬菜走出去。「不過，事先知道這一點的話，就可以不用放太多感情在他身上了。」

我緩吞吞停下刀子，有一種覺悟的悲哀。難怪我老是可以在原小姐身上找到熟悉的親切感，原來她在冷淡的理性這一面和媽媽是相同的。

「我沒辦法像妳一樣。」我回身，「當初離開爸爸的時候，妳也是這麼分析判斷過嗎？」

媽媽猶豫一下，輕輕放下盤子，再輕輕告訴我：「妳爸爸對未來有太多不切實際的計畫，我在他身上看不見希望。」

「我也是嗎？那時候我對妳說我想唱歌，妳在我身上也看不見希望嗎？」

「……」對於我激動起來的質問，她卻安靜不語。

「因爲那樣，所以從頭到尾都不贊成我進演藝圈對吧？」

「相反。因爲我看見了。」

「什麼？」我完全被弄亂了，只知道要一股惱負氣地向她宣告：「我現在已經成功了，我已經做到了。」

「我知道。」她又別開臉，在桌上擺放碗筷。「那樣很好啊。」

我怔怔看她敷衍般地下結語，然後動手解開身上的圍裙。

「我先去醫院了，早飯你們吃吧。」

「我、我們吃過早飯後就要去搭飛機。」

「嗯。」媽媽在玄關忙著穿鞋，還是沒看我，「啊！對了，妳昨天做的玉子燒很好吃。」

我並沒有目送她出門，而是轉回頭，不甘心地注視腳下的地板，我現在才不要那種哄小孩的誇獎呢！

即使到最後一刻，媽媽依然不願對我多說一些溫柔的話語，像是一般母親溺愛孩子那樣。

等我打算回飯廳，卻發現拓也站在樓梯上進退不得，剛剛的爭執場面都被他看見了吧！

我們兩個不知該說什麼好，安靜地用早餐，好一會兒後，我才忍不住打破沉默。

「讓你看到我和媽媽吵架，眞不好意思。」

「不，我們家也常常會這樣。」拓也拘謹地放下碗筷。

我因爲他的作客身分而感到同情，笑了笑，頭轉向廚房那邊的窗口，那裡充滿叫人睜不開眼的陽光，昨天的狂風暴雨彷彿只出現在遠去的惡夢中。

「其實，我也不是非要當藝人不可，唱歌到哪裡都可以唱的。當初大概是爲了向媽媽賭一口氣，才會踏進這個圈子，後來發現自己可以幫家裡賺不少錢，所以有一部份是爲了這個原因才更加賣力。」我頓一頓，沮喪地垂下擱在桌面的雙手，「沒想到還是不能幫媽媽做多少事，她不要我的錢，感覺好像也不需要我一樣。」

「沒有那回事！」

拓也堅定反駁，害我有些措手不及，發愣地看住他。

「我想，對伯母來說，家裡有沒有錢、住什麼樣的房子都不是最重要的。昨天她陪我修理天花板的時候，說了一句話：『這是未緒住過的地方，我一定要好好守護才行。』她還說，不曉得到底應該讓妳在演藝圈辛苦奮鬥，還是勉強妳當個平凡人，到現在她還找不出正確答案。」

我的心臟一陣緊縮，錯愕良久。

拓也眞誠的目光定定鎖住動彈不得的我，「唯一可以確定的是，比起妳努力賺的錢，曾經住在這屋子裡的人，還有這裡的回憶，才是最重要的啊！」

那一刻的我，似乎恍然大悟了，卻又混亂得茫茫然，以致於只能木訥地說出幾句言不及義的話：「快點吃早餐吧，等一下還得趕飛機呢！」

桌上有醬菜、醃漬的魚、玉子燒和味噌湯，只有湯是我做的。喝完一口湯，我夾起一塊玉子燒，想起媽媽出門前誇讚過我做的玉子燒。

妳昨天做的玉子燒很好吃。

爲什麼呢？聽起來很普通的那句話，此時竟變得好酸好酸。

我咬下筷尖上的玉子燒瞬間，眼淚也跟著掉進碗裡。

「什麼嘛！明明是妳做的比較好吃！」

拓也聽見我的聲音，抬起頭，再一次狐疑地放下碗筷，「怎麼了？」

我低下臉，啜泣得無法再吃第二口。好奇怪，心裡明明很高興，卻不知道怎麼辦才好……

「雨宮……」

第十二話
重要的人

拓也慌了，我卻搶先他一步起身，快步奪門而出，「我出去一下！」

多少次工作受挫、心灰意冷地想逃避一切，才閉上眼，傷痕累累的思緒就立刻飛出忙碌的城市，穿越錯縱街道，一路直奔福岡，經過小橋左轉，看見熟悉的家，在門口掃地的媽媽一如往常地嫻靜微笑對我說，未緒，妳回來啦！

好幾次都是這樣，只要再睜開眼，身邊只有夢境消失的惆悵。

一路跑到公車站，清早的站牌前只有兩三個人在等車，其中一位穿著駝色風衣的婦人便是媽媽，當她發現氣喘吁吁的我就站在不遠的地方，顯得十分吃驚。

「如果妳是心疼工作的我，如果想要我留在妳身邊，」我一面壓抑難受的喘息，一面揚聲說：「那要告訴我啊！要大聲告訴我啊！妳知道這樣一來我就會乖乖聽話，一定會聽話的……」

媽媽轉向我，遲疑一會兒，露出莫可奈何的笑意，「我說不出口。」

「爲什麼？」

「因爲，在電視上唱歌的妳，看起來好像很幸福。」

「……」

「見到那樣的妳，我也會感受到相同的心情。」

我的視線再度嚴重地模糊起來，連媽媽跟記憶中一樣美麗的面容也看不清楚。

「可是，」才一開口，眼淚就不爭氣地掉下來了。「我在家裡的幸福，和在演藝圈的幸福，是不能相比，也不能取代的。妳什麼都不對我說，就算能夠自由自在地唱歌，卻很寂寞。一個人在那個地方，好寂寞，這些妳都不知道！」

我抱住她，宛如受了點傷就想撒嬌的孩子，抱著媽媽號啕大哭，已經淚流滿面的媽媽也舉起她對親密還有些許畏怯的手，疼惜地摟住我的背。那段冷戰的歲月在我們的淚水中一點一點地消融，乾淨的晴空底下找不到一絲它存在過的痕跡，只有地上零星散布的幾灘積水鮮明倒映著風雨過後的蔚藍。

拓也原本坐在門口台階上等候，見到我回來，他擔心地起身。

曬乾我和媽媽淚水的陽光此刻正在他肩膀上閃閃爍爍地躍動，那光亮，消散了我濃霧般的迷惘。

「妳還好嗎？」

「咦？」

「我很好，只不過，想在這裡多留幾天。」

我曾經認為一切可以重新開始，就算拓也已經忘記我們的過去也沒關係。

畢竟我和媽媽都和好了啊！所以，我和拓也一定也可以重新認識、重新相愛。

「對不起，一下子要走，一下子要留的。難得回家一趟，所以……」

「我知道了。」沒等我說完，拓也了解地笑了。

但是，無法一起擁抱過去，就不能算是完整的幸福；帶著一丁點不能釋懷的遺憾，不能算是幸福。

「秋本，我留下來，你不必陪我，回東京去吧。」

「我是為了要帶妳平安回東京才來的，現在怎麼可以自己一個人回去？」

我們，在別人心中的分量是無法以世界上任何一種單位秤度的，然而有些時候如果不說出來，不會知道自己對他人而言有多重要。

縱然那不會是一個動聽的答案，我還是想知道。

我細細搜尋他的臉，「一直和我在一起，可以嗎？不會再吵架嗎？心裡不會難過嗎？」

他一怔，不能再接話。

「對你而言，我是什麼人呢？秋本。」

拓也望著我，嘴角欲言又止地牽動幾次，依然沒有回答。

我們的時光，停留在那個他還深深記得我的過去，一直在那裡，繽紛的、絢爛的、遙遠的。

回憶愈是幸福，就愈令人感傷，然而只有我才懂得感傷的深度，每一次投下的思念都像是掉進無底井裡的石頭，沒有水花、沒有回音。

因爲過去的，就過去了，不會爲誰停留。

我笑中帶淚地罵他，代替拓也回答，「傻瓜，你要說我們只是工作上的關係啊！」

我在福岡多逗留了三天才回東京，至於拓也，他在颱風離去的那天就走了。

愈接近年底，我的工作愈忙，比較重要的有參加跨年的紅白歌唱大賽以及主演電影《夏天的小路》，過年後馬上就要開始亞洲巡迴演唱會。我不是第一次參加紅白大賽，參與電影的演出倒是頭一遭，而且敲定由我挑大樑擔綱主角。

開鏡第一天，前來採訪的媒體比預期中還多，十數支鏡頭全對準我，還有一堆被隔離起來的圍觀路人。原本壓力就不小，沒想到開拍的第一幕就得演哭戲，在等候的空檔，我緊張到根本沒辦法培養情緒，萬一等一下一滴眼淚也掉不出來，當場NG，不是超丟臉的嗎？

「妳就是雨宮未緒？妳好，妳好，第一次見到妳本人，倒是看過幾次妳的演唱會影片。沒想到妳這麼弱不禁風的樣子，舞台魅力卻很驚人哪！我很期待和妳合作喔！」

向導演打招呼的那一天，留著落腮鬍的他這樣對我期勉，平白無故又添了不少重擔給我。

正式上場前，我的腦子除了死板的台詞之外，是一片空白的，待會兒在鏡頭前應該擺出什麼樣的表情，我一點頭緒都沒有。

這天悠人和夏美來探班，他們和一群工作人員站在一起，見到我起身去就定位，朝我微笑地揮揮手，又因為我難看的表情而愣住。

這一幕要拍攝我和男主角第一次分開的場景，男主角站在公車的台階上對我說道別的話，我目送公車離去，就是在那個關頭必須掉眼淚。

「我不屬於這裡，它對我來說是陌生的，妳也是，對不起。」

男主角在公車上對我說，我微仰著頭，怔忡中一陣似曾相識的錯亂。

送拓也搭新幹線離開福岡，他也跟我說過「對不起」。

不同於拍片現場的鴉雀無聲，那時候周遭非常吵雜，來來去去的旅人們在聽覺中穿梭，我以為我會聽不見拓也的話，然而敲入心坎的字字句句，是那樣的清楚啊。

「雨宮，我有想過我們的事，事實上，一直都在想。」

說這些話的拓也還是跟以前一樣，真摯單純，那麼專注的吸引力猶如第一次見到他時深深探入胸口、攫握住心房的無形力量。

「這麼說，妳可能會不高興，我們並不是很熟，就是，還沒有熟到我認爲會有任何男女之間的情感，尤其，妳是遙不可及的大明星，我們根本是不同世界的人。不過說也奇怪，常常有很多時候，看著妳做出一些不經意的小動作，或是聽見妳說一些普通的事時，我會突然很喜歡妳，說不出理由地喜歡妳，而且好像已經喜歡妳好久了。」

每次，見到拓也就要想起我來了，無限的希望一下子把我的心臟鼓脹得滿滿的，幾乎不能呼吸了，不管接下來會傷得多麼重，我還是忍不住好快樂。

「妳問我是不是能夠一直和妳在一起，我是想要，特別是昨天晚上，這樣的念頭更是強烈。」

「可是，」依稀，有過細小的抽痛，我卻淺淺笑著，「你不能，對嗎？」

「我沒辦法在和薰交往的同時又喜歡著妳，那是很卑劣的事。這次回到東京，我會告訴薰昨天發生的一切，不會隱瞞。所以，我也不會對妳說謊，雨宮，對不起。」

「對不起什麼？」

他剛毅的眉心一度鎖得更緊，有什麼萬分痛楚正壓迫著他一般。

「對不起，我不能和妳在一起，不能再爲妳開車，也不能再喜歡妳……」

拓也的聲音一消失，車站內各種聲音馬上闖進我們之間，將我們的世界一分爲二。

從那一刻起，直到我望著拓也搭上的列車在高速中離去，出神的視線始終處於一種出奇平靜的乾涸，大概是我早就明白了，那樣才像我所認識的拓也啊！

只是那片撐了好久的乾涸卻在拍片現場驀然潰堤，那班載走男主角的公車駛離的當下，淚也快速地淌落。

導演一聲俐落的「卡」，接著爲一次ＯＫ說幾句讚許的話，四周響起讚許的掌聲。

工作人員紛紛圍上來，有人接下我脫掉的戲服外套，有人遞礦泉水給我，助理連忙遞上手帕讓我擦臉。

這時夏美拖著悠人過來，夏美雀躍得像隻春天的小鳥，「好棒喔！未緒！妳是怎麼辦到的？剛剛的哭戲眞的沒話講耶！」

我紅著眼睛還不知道該怎麼回答，悠人竟冷冷嘲諷她一句：「笨蛋，如果是在演戲，她會哭得更好看。」

夏美聽不出他的弦外之音，我難爲情地和悠人相視一眼，匆匆躲開人群。

媒體和不相干的人都不准進入拍攝區域，逃到劇組的廂型車後面，我頹然蹲在地上，下巴支抵膝蓋，對著水泥地上幾枚黑黑的鞋印發呆。

我這個人大概眞的很笨吧！

好不容易拓也已經再次喜歡上我了，我卻硬是將他推開。當聽見拓也在月台上說出那些令人傷心的話，我立刻就後悔，後悔得不得了。

爲了心裡重要的那個人，有時我們必須懂得放手，這樣才能在各自的人生繼續前進。我在媽媽身上學到這一點，因此也想試著這麼做。

拓也向原小姐請辭的那天，我剛巧也在場。原小姐聽完後沒有表現絲毫的驚訝，她先看了看我，我默認地迴避她的視線，於是原小姐端起戲謔的姿態反問他：「你的意思是，如果跟那位小林小姐分手的話，就可以跟我們家未緒在一起了是嗎？」

「當然不是！」拓也迅速否認。

第十二話
重要的人

「那麼，讓你主動和未緒保持距離的原因到底是什麼？」

這次原小姐問得也很快，快得令我和拓也都不約而同地愣住了。我們都沒想過，拓也不能和我在一起眞正的原因，與小林薰無關，那個原因或許早在拓也忘記我之前就存在著了。

彷彿要給拓也多一點思考時間，原小姐一副「你還太嫩」地冷笑著，低頭逕自忙碌。「你現在突然離職，對我們來說也很困擾，至少做完這個月吧！」

這時，旁邊的車身被敲響三聲，我嚇得自回憶中抬頭，觸見悠哉的悠人。

「嗨！」

「悠人。」

「妳看起來沒什麼精神耶！」

他啓步來到我身邊，跟著蹲下來。我們兩人安靜一會兒，悠人忽然深吸一口氣，下了什麼決定似的，一吐而出：「不如跟我交往吧！」

我發出詫異的微小喉音，困惑地看著他一如往常既溫柔又孩子氣的面容。

「跟我交往的話，就不會那麼辛苦啊！」

「你在說什麼啊？」

「妳看，我是圈內人，對很多不好的事情都免疫了。」悠人林林總總地數了起來，「就算妳在鏡頭前說謊，我可以諒解；就算一天到晚有攝影機跟著，我也一點都不介意喔；就算妳爲了工作需要和誰傳緋聞，我也習以爲常了。」

「眞的？」

見我認眞質疑，悠人撐起了下巴，「至少會比一般人適應得還快吧。」

「哈哈！」我笑了幾聲，心底卻酸酸的，「什麼嘛！聽起來還是很勉強啊。」

「是這樣嗎？」

「嗯。不過，跟我這種人交往，本來就是很辛苦的一件事吧！沒辦法啊。」

「怎麼自暴自棄了起來？」

「不是自暴自棄，我說的是事實，我們不就分手了嗎？不是因爲吵架，不是因爲誰不好，我們卻分手了啊！」

「即使如此，我可是很不甘心的。」

「啊？」

悠人清秀的臉上難得嚴肅地陰沉下來，「我明明從來沒忘記過未緒，妳卻喜歡著一個已經不記得妳的人，他也許永遠也想不起妳的事了喔！」

「我知道。」恐懼始終沒有停止過，拓也不會再回到我的生命裡了。

「別再抱著等待的想法了，未緒妳又何必再逞強下去呢？」

「但是我只能逞強了啊！」我失控尖叫，將臉埋進膝蓋裡，因爲不得不面對自己的懦弱而感到痛苦。「我跟拓也不一樣，過去的每一件事都還記得很清楚啊！這樣的我，只有逞強了不是嗎？你說的我都知道，就是因爲知道……」

也感到無比的寂寞。

現在的拓也，他對雨宮未緒的情感是虛無縹緲的，帶著對我不確定的微弱記憶，如同孩子們嘴下一時興起而吹送的泡泡，在空中短暫紛飛之後，不知什麼時候會消失無蹤。

原來認清事實是這麼孤單無助的心情。

方才在片場被中斷的淚水，再度奪眶而出。穿在悠人身上那件輕軟的毛線衣接收了我所有的悲傷，寬大的手將我摟近，我的頭抵在他胸口，沒完沒了地痛哭著。

像是爲了不久的將來，最後一次和拓也分離，眼淚怎麼也停不下來地連連落下。

電影的拍攝進度進入第三個星期後，外景拉到富士山上去。

聽說山上前天開始飄雪，這一兩天又轉晴，導演指示要趁現在拍完一場在溪流吵架的戲。

和我對戲的是另一間事務所的新人，叫理子，年紀和我差不多，她飾演我的情敵。劇情是這麼走，她把男主角送我的別針丟進溪流，我必須衝進水中撿起別針，然後和她吵架。

原小姐觀望一下晴朗的天空，再看看手上借來的溫度計，嘆了一口氣，「就算出太陽，氣溫也才五度而已，如果可以一次OK是最好了。」

「我會盡力而爲。」

導演透過傳聲筒催促要開拍了，我脫下身上的羊毛外套和毛衣，剩下一件短袖的碎花洋裝，全身每一處細胞都感受到寒風刺骨，這是無可奈何的事，要拍的是夏天時節的戲。

理子把別針扔進溪流後，我快步衝進水裡，肌膚碰到水的瞬間，我差點凍得想尖叫出聲。天哪！比想像中還要冷上好幾倍，伸進水中拚命尋找別針的手抖個不停，體內器官都縮成一團地隱隱絞痛著。

「我什麼東西都可以給妳，就是這個別針……」

「卡！」

台詞還沒唸完，導演就教訓起我了，「雨宮！聲音在發抖，把台詞唸好一點！」

「是！」

於是我上岸換一套新的洋裝，然後再奔回冰透的溪水，沒想到這回和理子吵沒幾句，又被導演喊卡。

「理子！妳根本是在唸課本，沒有吵過架嗎？用力地把聲音喊出來！」

理子沒什麼經驗，碰上這種需要表現激動情緒的戲，三兩下就暴露出她演技的生澀，愈是被導演罵，就演得愈糟糕。單是這場戲她就吃了十次NG，我也在水中進進出出十次以上。

當我拖著沉重得不像是自己的雙腳走上岸，一個踉蹌往前撲，被始終擔心我的拓也接個正著，原小姐則拿著厚毛毯和暖暖包往我身上塞，急著問：「妳還可以嗎？我去跟導演要求休息十分鐘好了。」

我在拓也懷中掙扎幾下，發現自己竟然連站立的力氣也沒有，這時理子的經紀人帶著理子一起過來，頻頻向我道歉。

「沒關係，理子每一次都有進步了，請繼續下去，我不用休息。」

「未緒！」原小姐厲聲阻止，「妳看妳現在抖得連話都說不好，再這樣下去怎麼可以？」

「我可以的，等一下正式上場就好了。」

咬牙，好不容易站穩腳步，想過去換穿洋裝，拓也驀然反抓住我的手，「雨宮，還是不要太勉強了。」

拓也的手很暖和，被他觸碰的肌膚又一點一滴恢復知覺，叫人捨不得放開。

第十二話
重要的人

「我沒問題！」我甩開他，其他工作人員隨即將我接了過去。

後來，理子果然順利地完成那場戲。接著，山上的雪又漸漸下了起來，要把整座山厚厚包圍似的愈下愈大。

原本晴朗的天氣急轉直下，電影無法再拍下去，交通也全部中斷。劇組困在木屋，看著新聞報導難得一見的大風雪。

而我在當天夜裡開始發高燒，吃退燒藥也沒用，燒了又退，退了又燒，體溫始終在三十九度上下，咳得很厲害，有好幾次都咳得要嘔出些什麼，其他時間則陷入昏睡。

有一個晚上我醒過來了，身邊一個人也沒有，除了屋外風雪的呼嘯聲，四周靜得彷彿只有我被留下來似的。我披著外套吃力下床，憑著模糊的視力，東倒西歪來到客廳的一扇屏風後，原小姐和一群工作人員正在討論我的情況。

「高燒一直不退是會變成肺炎的，未緒一定得去醫院才行。」

「問題是現在外面這種大風雪，救護車和直升機都上不來，能有什麼辦法？只有等了。」

「可是她情況不是很好，清醒的時間愈來愈短，再這麼下去我擔心……」

「對了，聽說離這裡八百公尺的地方有一間小診所，我們可以把雨宮送過去。」

「說什麼話！現在這種天氣，別說八百公尺，就算只距離一百公尺，也有可能走不到啊！」

就在所有人都束手無策之際，拓也突然自告奮勇，「我可以揹雨宮過去！」

大家紛紛看他，原小姐當下就堅定否決，「我不能讓你這麼做，以未緒目前的情況，她根本沒辦法撐過去，更何況，連你自己都會有危險。」

「但是這場暴風雪不知道什麼時候會停，雨宮再這麼等下去只有死路一條，既然如此，還不如賭賭看。雨宮很堅強，她一定可以撐過去，而我也……」

「不行！」我用盡全身力氣發出聲音，他們全嚇一跳，我剛邁步走就不支跌倒了，原小姐趕緊上來攙扶，我搭住她胳臂，奮力阻止拓也，「不可以，你不要為我冒險，不要走。」

當初拓也就是為了保護我，才會從樹上摔下來而受傷，我不能再讓這樣的事重蹈覆轍。

「但是……」

「我不要緊，只是感冒而已，一兩天就會好了，所以……」

我說著說著又是一陣暈眩，原小姐馬上叫人送我回房間。

再次清醒，又是晚上了。腦袋很沉重，知覺卻輕飄飄的，全身癱鬆，連動一根手指的力氣也沒有。

在夜燈昏黃的光線下，就這麼等了一會兒，聆聽門窗被風雪搖得嘎嘎作響，還有自己急促得好像隨時都會換不過氣的呼吸。那些聲音有那麼片刻變得異常大，就連一秒一秒在走的時間，羽毛一般從我的手肘上滑過的聲響都彷彿聽得見。

我動了動手，抓到一隻穿著毛衣的手臂，於是試著把頭轉向門口，牆上的鐘指著十一點五十五分，拓也正趴在床邊睡覺。

「拓也？」我的嗓音太微弱，拓也動也不動地沉睡，我使勁推推他的手，再次喚他，「秋本，會感冒喔！秋本……」

拓也迷迷糊糊地醒了，按住頭，惺忪地望著我。

「你怎麼會在這裡？原小姐呢？」

「我跟她換班，讓她回去休息一下。」他站起來，藉著少許的亮光審視我的情況，「妳覺得

第十二話
重要的人

怎麼樣?還好嗎?」

我回望著他，沒有答話。我是咎由自取，本來想在拓也面前逞強，就算沒有他也不要緊，誰知道反而落到這狼狽不堪的田地。

有許多事，不管再怎麼努力，不管再怎麼打起精神，也無法有任何改變，生命的某一處破了一個大洞似的，珍貴的東西不斷失去，再也找不回來，再也回不到過去了。

「秋本……」

拓也正要幫我倒水，聽見我叫他，匆匆回到床邊，問我想要什麼。

「秋本，萬一我發生什麼事……」

「妳在胡說什麼?」這次他既憤怒又飛快地打斷我。

我沒理會他，只是輕輕要求，「萬一我發生什麼事，就把我忘了吧!」

「妳根本不會有事!等到我們把妳送到醫院，妳就會好了。」

「秋本，我是認眞的。」

不管我的身體再虛弱，也一定看得出我眼底的執著，他因此愣愣了一下。

「把我忘記，當作這輩子從來不曾見過我，不曾聽過雨宮未緒這名字，我想要你這麼做。」

「混帳!我怎麼可能……」拓也一度想發脾氣，冷靜過後才凝重地抗拒，「如果，我一點也不想忘記妳呢?」

我笑了一兩聲，「爲什麼?你對我的感覺，連你自己都根本說不出個所以然吧!這樣的我，在你心中沒有一個確定的位置，要忘掉我應該是很簡單的事。」

我的話令他心痛，但拓也還是眞誠地告訴我：「現在的我儘管有很多事還釐不清頭緒，但是妳不要叫我忘記任何一件事。我從沒停止過找回失去的記憶，至今都還拚命地努力著，在這個時候，別叫我忘記妳。」

「不要說得好像我是你的誰，你明明什麼也做不到。」

「那妳又爲什麼想要知道妳在我心裡的分量？嘴上要我忘記妳，其實，是跟宇佐美在一起比較輕鬆吧！」

「你……到底在胡說什……」

我正要和他吵起來，霍然一連串猛烈的咳嗽，拓也有些嚇到，趕緊上來幫我拍背，直問：「沒事吧？」等我稍微平靜，他先向我道歉，「對不起，妳在生病，我還跟妳吵架。」

「我剛剛在想，我們雖然不想遺忘某些人，可是也有不可違抗的時候；雖然想拚命記住某些事，但終究還是放開它比較輕鬆啊！記憶，其實是很沉重的東西，一個人揹負著兩個人的記憶實在太辛苦了。得不到對方回應的記憶，只是壓得自己喘不過氣的石頭，拖住腳，既沒辦法前進半步，又不能回到最初的地方將它丟棄，只有一個人記住，眞的很累的。」我閉上直視著天花板的眼，用雙臂遮住臉，爲了自己不夠堅強而感到難過，「對不起，我已經很累了。」

大概有一年那麼長的時間吧！我猜。睜眼之際，我在心中忖度自己到底睡了多久，久得就算有人告訴我現在還住在秋本家、上學快遲到之類的話，我也會相信的。

事後原小姐告訴我，不過才兩天半的時間而已。

我躺的床已經不是山上木屋的那一張，而是東京市區大醫院的單人病房，周遭設備齊全，窗外溫和的陽光照得我還有點脫序地恍惚。

半舉起左手，看看手背上點滴的針管和固定用的白色膠帶，「我怎麼會在這裡？」

原小姐在床邊的椅子坐下，歪起頭，笑容掛著幾分興味和沒轍，「本來不想讓妳知道，我認為那對妳沒什麼幫助，不過……」

「不過？」

「我不得不佩服那孩子的毅力啊！」

「誰啊？」

「是秋本揹妳去醫院的。」

「咦？」

「那個晚上妳燒得很厲害，怎麼叫也叫不醒妳，秋本他堅持要揹妳去山腳下的那間診所就醫，等妳病情穩定下來，再把妳轉到這裡。」原小姐俯下身，柔柔地強調起事情的嚴重性，「眞的很危險喔，醫生說再晚一步，肺炎就會惡化得難以收拾了。」

「拓也呢？」

「我讓他先回家去。在那樣的雪地裡走半個多小時也凍壞了，昨天剛出院。」

「是嗎？」知道他平安無事後，我放心不少，「爲什麼要那麼冒險……」

「妳眞的不知道嗎？」

我狐疑地瞥向原小姐，她的神情十足的意味深長，我反倒膽怯起來，翻身背向原小姐，半開起玩笑，「他是司機嘛！當然要負責送我去醫院啊！」

說到底，我們之間只有這層關係而已。

「他說因爲妳是重要的人。」原小姐講得很快，我怔一怔。「走出山上的木屋之前，我問過他了，秋本說：『因爲雨宮對我來說，是一個很重要的人。』」

面向牆壁，我睜大眼，久久的、久久的，蕩漾的悸動也無法靜止下來。

「妳多休息吧！我不吵妳了。」

原小姐踩著高跟鞋的腳步聲自那扇掩上的門後遠去，我將摻有消毒水味道的被子拉到臉龐，任由淚水滑下，濕了枕頭，我的喜悲難以割劃分辨。

也許你無法親口對我說，但我知道了，拓也。

✧ 請別怪我想要知道在你心中的分量有多少這念頭太貪心，那表示你對我而言也是很重要啊！拓也。

第十三話 記憶的勇氣

記憶の勇氣

「我會記著你，一輩子記著你，就像吃飯睡覺那樣，怎麼也不會忘記。我是抱著這樣的心情，來跟你說再見的。」

和拓也離別前夕，對於能夠說出那些話的自己，至今都還覺得不可思議。

雖然還是會覺得不甘心，也會覺得難過，但，所謂勇氣，往往是從膽小的情緒中蛻變而來的啊！

離開富士山隔天，我一度因爲風雪而病危的消息已經被媒體大肆報導了，有的平面媒體寫得相當有戲劇效果，當時只有兩三家提到冒險揹我就醫的是事務所的司機。清醒過後第二天原小姐來探病，帶了好多報紙和雜誌，等她唸完摘要，表示頗爲滿意這個結果，「沒想到有意外的加分作用，大多都稱讚妳敬業的精神喔！」

幾乎一整天都在病房裡睡覺，有點頭昏腦脹，她唸的內容我完全沒聽進去。「原小姐，妳剛到嗎？」

「是啊！」

「我以爲我在睡覺的時候有人進來過……」

原小姐若有所思地瞧我一眼，又轉向手上報紙，輕描淡寫地應和：「或許是護士吧！」

我心不在焉地要去拿桌上的雜誌，注意到旁邊有一袋橘子，非常漂亮而飽滿的橘子，散發出甜甜香味，可愛得不像會出現在病房這種死氣沉沉的地方。

下一刻，我衝下床，穿過護士和病人來來往往的走廊，一路跑到外頭庭院，著急尋找，終於在不遠的前方看見一個熟悉的頎長背影。

「秋本！」

那個身影霍然打住，納悶回頭。「雨宮……」

山梨縣的那些橘子，我住在秋本家的期間吃了好多，又甜又多汁，不論在學校還是秋本家，拓也都會隨手扔一個給我，然後故作老氣地感嘆，冬天果然還是要吃橘子啊！

那些往事對我而言恍如昨日。

我們並肩坐在庭院的長椅上，他還不放心地探問：「妳可以出來嗎？應該還沒有完全康復吧？」

「我很好。你既然來了，爲什麼不叫醒我？」

「嗯，不用特地叫醒妳吧！」他伸手搔一下頭，就轉往反方向不和我正面接觸了。

第十三話
記憶的勇氣

怎麼有種彆扭的氣氛……

「啊！對了，聽說是你揹我去醫院的，謝謝。」

「沒什麼，任誰都會那麼做的啊！」

我住嘴，細細打量他留下凍傷痕跡的側臉，打從今天見面一開始，拓也就若有似無地強調他並沒有對我特別好，我明白他的用意，我們之間，有很多事似乎都不能平凡簡單啊。

「司機的工作，應該是做到這個星期吧？」小心藏起落寞，我問。

「嗯！」

「家裡沒問題嗎？啊，我這麼問沒有特別的意……」

「沒問題的！」這回拓也倒是笑得十分清朗，「還有很多工作可以做嘛。阿徹……他是我弟弟，最近突然懂事多了，好像變成大人一樣，打工很賣力，再加上我爸的復原情況不錯，爺爺和老媽也都很有精神地幫忙家裡的事，所以沒問題的。」

從拓也口中聽見那麼多懷念的人，害我頓時好想念他們，好想念過去的時光。

「總覺得你們好有幹勁呢，眞好，很有朝氣地一直朝往後的日子前進，我……忽然有一種要被遺留下來的感覺，再過不久，幫我開車的那段日子，秋本就會漸漸忘記了吧！」

拓也原本想要說什麼，不過他突然站起來，瞪向前方，「搞什麼？我們是不是被拍了？」

我順勢望去，捕捉到兩個閃到樹叢後的身影和掛在他們身上的照相機，見怪不怪地笑一下，「那個啊，應該是想拍我病懨懨的模樣吧，早上也有人假扮醫護人員想進到病房來。」

拓也見我習以爲常的泰然，放心地坐回椅子，隨性地說：「話又說回來，要忘記妳也不是那麼簡單的事，不管電視還是報紙，到處都看得到雨宮未緒啊！」

「哈！說得也是。」我硬是擠出一個附和的笑容。

「但是，在山上的木屋時，我說不想忘記妳，是眞的喔！」

「咦？」

「我爺爺啊，他心裡有個一直都沒忘記過的人，他常常到森林裡回憶往事，從他們認識到現在都五十幾年了吧！能一直把一個人放在心上那麼長久的時間，好像她還活生生地在身邊一樣，不曾離開過，我覺得好了不起，覺得這樣的爺爺很幸福。」

拓也有些靦腆地告訴我他羡慕老秋本先生的想法，一面感染到那種幸福般地馴良微笑著。

「那個人是你奶奶吧。」

「嗯？妳怎麼會知道？」

「我、我猜的啦！」

我故作鎭定地面向剛剛狗仔隊所藏身的樹叢。樹上葉子掉得差不多了，只有兩三片岌岌可危地懸在枝椏上，才一陣風來，半枯的葉又落下一片，在空中轉了幾旋，輕輕躺在我的腿上。我把葉子撿起，無意義地用指尖撥弄起來。

「你說的那座森林，我沒事的時候可以過去嗎？上次拍MV時就很喜歡那個地方，所以……啊，不會給你們添麻煩的！」

我試著表達那純粹是個人行動，不會因此讓媒體騷擾到秋本家時，誰知拓也正款款注視著我，溫柔接腔：「什麼時候要來再告訴我吧！」

因爲拓也說過，我是他重要的人；因爲拓也的眼睛今天終於不躲避我了。明明是冷颼颼的天氣，我的臉卻暖暖地發燙。也許我和拓也之間這條路並不是那麼容易簡單，然而再複雜的迷宮也有出口，只要慢慢地、耐心地走，有一天一定可以走到想念的那個人身邊。

只是我沒料到，在醫院外的庭院被拍到的照片，在接下來的日子竟然會掀起軒然大波，猶如那場山上的風雪，以意想不到的速度吞噬了我和拓也之間那條路。

看見這條有如震撼彈般的新聞時，我和夏美正要準備用早餐。

夏美前一晚留宿在我這邊，一早我們兩人都還穿著睡衣，她盤腿坐在沙發上喝水，順手轉開電視，我在吧台那裡烤土司和泡咖啡。

「夏美，妳要幾匙糖？」等了半天夏美都沒回應，我於是抬頭看看她守在電視機前的背影，又開口叫了她一次，「夏美？」

「未緒！」她頭也沒回，只舉起手向我招了招，聲音透著緊張，「快來！快點！」

我端起烤出香味的土司走到客廳，逐漸聽清楚這則新聞播報中屢次提到我的名字，並且播放著我在接受電視台訪問的片段，旁邊有一張放大的照片，是我和拓也並肩坐在醫院庭院交談的照片，斗大的標題寫著「舊情復燃」。

主播提到這次冒著生命危險揹我就醫的司機，就是和我鬧過緋聞的秋本拓也，對於這點我並不感到奇怪，只要有心去查就不難發現。接下來開始介紹秋本拓也這個人，包括他的學歷、家世等等，還有剛和前任女朋友分手這件事。

我倒是很訝異，「拓也和小林薰分手了？」

「妳不知道？」夏美終於掉頭看我。「分手時他被狠狠呼了一巴掌喔！秋本沒跟妳說嗎？」

我訥訥搖頭，拓也本來就不是會主動提起私事的人啊！

這時，公寓的電話響了，夏美繼續看電視，我一面緊盯電視螢幕，一面移動到旁邊接電話，是極力保持鎮靜的原小姐。

「未緒，妳看到電視了嗎？」

「嗯，正在看。」

「我要妳馬上到事務所，有必要的話也許明天得召開記者會。」

「咦？這種程度的八卦不需要……」

我說到一半便錯愕地打住了！電視畫面的標題瞬間換成「雨宮未緒是第三者」，主播唸出一串有如小說般的來龍去脈，說我介入拓也和小林薰之間，說我早就暗地裡和拓也交往，說我寧願說謊也不肯承認……

電話那頭的原小姐聽我沒了反應，重新用嚴厲的語氣喚我回神，「未緒！這次的新聞殺傷力非同小可，總之，妳先趕到事務所，我會派人設法接妳過來。」

我的公寓和事務所外頭已經有大批媒體守候，費了好一番工夫，隨扈才護送我進入事務所裡。會議室的氣氛低迷而沉重，牆上的電漿電視還在持續播報關於我的報導，還沒開門進去，便聽見他們你一言我一語地預測嚴重的後果。

「未緒手上接的這部電影應該可以順利拍完，不過廣告代言這邊可能會流失不少。」

「預定好的電視劇或許也會丟掉幾個，不過影響應該不至於像廣告代言那麼大。」

「事務所的股票部份呢？」

「預測會下跌一百到一百五十日圓左右。」

望著自己停在門把上的手，對於自己造成大家的困擾而感到深深歉疚。

躊躇之際，一旁廊道傳出吵吵鬧鬧的聲響，原來是拓也被一群工作人員護送進來了。我們兩人觸見彼此的片刻，先是吃驚，而後不知該怎麼辦地沉默不語。

彷彿聽見了吵鬧聲，原小姐開門出來看情況，她將我和拓也打量一遍，冷冷地說：「都進來吧！」

原小姐趕走了所有在場的人，只留下我和拓也。我低垂著頭坐在椅子上，原小姐暫時撇下我，走到拓也面前，「你應該多少知道現在這條鬧得沸沸揚揚的新聞了吧？」

「我是莫名其妙被一堆黑衣人架到這裡的路上，看報紙才知道的，這到底是怎麼回事？」他隨手拿起一份攤在桌上的早報，困惑質問：「爲什麼上面說我跟雨宮舊情復燃？還說雨宮摔斷腿住過我家？我對這些事完全沒印象。」

原小姐倒抽一口冷氣，滿臉耐心就快用盡的低氣壓。她迅速瞥向我，我連忙搖頭，要她別對混亂的拓也說出那段過去。於是原小姐又面向拓也，抽回他手上的報紙，瀏覽過後又將之扔回桌上，「編造故事本來就是這些記者的工作，他們愛怎麼寫就怎麼寫，沒必要理會。我請你來，是希望你從現在起盡量足不出戶，面對媒體一律不作任何回應，我們事務所會負責所有發言的工作。還有，如果可以，請你封住這位小林薰小姐的嘴，要她別再對媒體說些傷害未緒的話，必要的話我們會採取法律途徑，控訴她毀謗。」

事情竟然會發展成訴諸法律，拓也不敢置信地啞口無言，原小姐請他離開時還草草提醒：「走後門比較好，雖然那應該沒什麼幫助，因爲你勢必要被那些媒體騷擾好一陣子了。」

拓也走出會議室前憂忡地回望我一眼，我已經慌張得不知該怎麼辦才好。爲什麼這種事又一次上演？因爲我的關係，媒體再度傷害拓也和我周遭的人，這惡性循環難道沒有終結的一天？

「在我們決定該如何向大眾發言之前，我想先問妳，」原小姐線條曼妙的雙腿在我面前佇立，下一秒她問得毫不留情，「妳到底是不是第三者？」

聽見原小姐的話的剎那，我的心臟差點要跳出來了，被一語道中似地用力張縮。那個我從以前就不停問著自己的問題，夢魘一般，每每想起，手心總會冒出濕濕涼涼的汗水，擦也擦不乾。

「未緒！」她用指尖強制抬起我的下巴，直視我倉皇的臉，「到底是不是？」

「我……」

「這麼簡單的問題，只要回答是或不是就好了，現在不是讓妳自亂陣腳的時候！未緒，妳是不是眞的成爲人家的第三者？」

「我不知道！」我揮開她的手，激動地喊出來：「這問題不能用這種二分法。我怎麼會是第三者？那段感情原本是那麼美好地在我手中啊！可是，只要一想起小林薰的臉，我也不能問心無愧地完全否認。原小姐，我眞的不知道……」

原小姐長嘆一聲，逕自繞著會議桌走了好幾步，直到背對著我，計算般地注視電視畫面，在短時間內作出對策。「明天記者會時，我們統一的說法是這樣，妳從來沒有和秋本交往，一切都是傳言，並且也不清楚小林薰爲什麼要捏造那些故事，秋本只是來代替父親工作的司機，工作期滿就會離開，你們也不再有任何瓜葛。」

「又要我說謊了嗎？」

「妳是在盡妳工作上的本分，要當大聖人當初就別進演藝圈，這已經不是妳個人可以隨便任性的事了。」原小姐走到電話機旁，按下分機交代祕書，「找宇佐美悠人下午來見我。」

「悠人？」這名字的出現令我摸不著頭緒。

「他應該會很樂意幫妳解圍吧？」

原小姐露出匪夷所思的微笑，踏著優雅步伐走出會議室。

「總之，就是要我幫忙引開媒體的焦點對吧？」

悠人下午來事務所，一派大少爺姿態坐在原小姐對面，他大概是事務所裡唯一對原小姐的嚴厲和魄力無動於衷的人吧。

原小姐偶爾會拿他的吊兒郎當沒轍，不過大多時候她也挺懂得安然以對。

「也不用做得太刻意，就請你有空時和未緒一起喝個下午茶、看看電影之類的，偶爾一起去酒吧也還在許可的範圍。可以嗎？」

悠人起先面無表情地和狐狸般精明的原小姐對看，後來他從沙發起身，將右手擺放到前額，俏皮地笑了，「遵命！」

「那就麻煩你了。」原小姐打發掉悠人，再次埋首在桌上擬到一半的講稿。

我和悠人雙雙退出辦公室，一開口我就向他道歉，「對不起啊，要麻煩你這種事。」

「我很樂意啊！可以光明正大地跟妳約會嘛！」他充滿自信，說著聽不出是不是玩笑話的建議，「不如，我們乾脆真的交往算了，考慮一下吧！」

「我有考慮過喔。」說完，我抬頭看看悠人難得露出措手不及的表情，笑了笑，「很認真地考慮過。」

「那，爲什麼現在還不能對我點頭呢？」悠人坦然問我的表現，彷彿他早已經知道那可能性微乎其微。

「這樣做不是太自私了？」我想了好一會兒，「該怎麼和你交往，才不會傷害你呢？」

我很明白，對過去念念不忘的我，和悠人交往只是爲了逃避。悠人也很清楚這點吧。

他緘默半晌，稍後無奈地笑笑，摸摸我的頭，「老是想這麼多，是很難得到幸福的喔！」

當時的我，天眞地以爲還沒有對任何人造成傷害，直到我連怎麼眞心微笑都忘記了。

依照事務所的指示，我在記者會上澄清，說我和秋本拓也只是普通朋友。結束後原小姐嘉許我這次的表現依舊在水準之上。

一個星期過去，夏美知道我心裡不好過，晚上主動拉著悠人來陪我。

「我去買壽司和啤酒。」簡單裝扮完，我三步併作兩步地出門，才搭電梯到一樓，發現忘了帶錢包，匆匆又折了回去。

我住的公寓玄關距離客廳有一段距離，要爬上五層小階梯，通過一道拱形門口，才會進入客廳。還在玄關脫鞋的時候，聽見悠人慵懶的聲音調侃起正在準備碗筷的夏美。

「喂！妳是眞心想幫未緒嗎？不會是想假裝一下而已吧？」

「你說什麼？」夏美的口氣不怎麼好。

「因爲，妳和未緒明明是情敵關係，我才不相信這麼短的時間裡妳已經能夠那麼豁達了。」

夏美停頓片刻，「我並不豁達啊！我又沒說自己對秋本已經沒有任何感覺了，再怎麼樣，都喜歡他好幾年了嘛！」

第十三話
記憶的勇氣

我打住要踏上階梯的腳，怔了怔。

「嘿！我就說吧！」悠人顯得洋洋得意。

「但是，」她話家常的口吻中透著理直氣壯的強硬，「我不會奢望非要和秋本在一起不可，以前的我或許會那樣奢求，不過現在，那念頭已經沒那麼強烈了。會傷害對方的人，沒有愛人或被愛的資格的，我是這麼認爲。」

「是嗎……」

「幹嘛？」夏美見悠人故意拖了一個質疑的長音，凶悍起來，「你不相信吧？反正你這種人是沒辦法了解啦！」

「不，我了解啊。」

「騙人，你現在可以隨時和未緒搞曖昧，一定高興都來不及吧！」

「咦？我看起來是那樣嗎？」

夏美對他的稚氣嗤之以鼻，「難道不是嗎？」

「活在謊言中的人，不是只有未緒而已啊！」

我並沒有看見悠人當時的表情，事實上，我從不曾見過他痛苦的模樣，他從不曾在我面前流露任何一絲絲的痛苦。然而他說著最後那句話時的鬱悶心情似乎穿透了牆，深深滲進我的胸口。我在原地失了神，大徹大悟之後有一種羞愧的慌亂直竄上來。

我轉身衝出門口，逃跑般地快步行走，和一群正要去聯誼的上班族擦身而過，直到陣陣喘息稍微將方才紊亂的情緒壓制過去，這才發現自己正在一座天橋下。

我把該買壽司和啤酒的事情忘了，一時不知何去何從，只好緩緩走到天橋上，站在欄杆前，看著東京市區擁擠的車流從我腳下通過。閃亮的車燈匯聚成一條銀河，在我髮絲紛飛的視野綿延到遠方的黑夜。有一個冷冽的夜裡，我也是獨自站立在天橋上，思索著自己努力的意義。舊景重現，繞了一大圈，原來我的努力根本不算什麼，那些冠冕堂皇的謊言才是我賴以爲生的一切。

諷刺的是，悠人就是用溫柔的謊言包容我，才使我不懂得責備自己，才使我以爲自己還是無辜的。

「這樣的我，到底爲什麼活著？」

我失笑一聲，凝望著淌落的眼淚掉進底下迷人的光海，然後，慢慢的，漸漸的，沉啊沉，沉到不見盡頭的深處去。

我不知道自己怎麼了。

「雨宮？怎麼回事？不想笑的話也沒關係，可是妳現在的臉連一點表情都沒有喔。」

工作上第一次出狀況，是在爲新單曲拍宣傳照的時候。

「雨宮未緒到底怎麼了？同一句台詞已經NG好幾次了耶！」

然後是電影的拍攝，我連一句完整的台詞也講不好。

「天啊！她唱歌的聲音好乾，一點精神也沒有，簡直就像木偶嘛！」

接著，倍受注目的紅白大賽上，我表現失常，終於在媒體間爆發開來。

他們說，我情傷嚴重；他們說，我是嗑藥了才會這樣；他們說，我病了。

事務所處心積慮才營造出我和悠人正在交往的假象，又因為我的失常而使得它的真實度受到質疑，根據民調，相信的民眾百分比跌到不到四成。

「妳到底怎麼了？是故意對事務所，還是對我表示抗議嗎？」這回原小姐氣得不得了，任由我怎麼道歉，她還是認為這一切跟秋本拓也脫不了關係。「難道妳要因為一個男人毀掉妳現在如日中天的事業？」

「不是的，不是那樣……」

我想把工作做好，只是，一旦面對鏡頭就會不由自主地恐懼起來，每當我試著想笑一笑，便驚覺到那笑容的虛偽可鄙。怎麼樣的表情才不會醜陋？怎麼樣的眼神才是真實的呢？

我覺得我跟往常一樣，吃飯、睡覺、工作，也隱隱察覺自己有個地方不對勁，說不出是哪裡，但就是身體某個環節出了問題。我知道自己必須努力工作，愈是想振作，身體就愈不聽話，隨時都有往下沉的錯覺，彷彿手腳被上了鍊條，鍊條又繫住一顆沉甸甸的鐵球，我就這麼一直被往下拖，再怎麼掙扎都只是讓自己墜落到更深、更看不清周遭的海底。

我的工作全面停擺，事務所上下緊張得要命，因為接下來是籌畫已久、規模龐大的亞洲巡迴演唱會，這可不是說停就能停的。

原小姐慷慨地給我兩個星期的假期，將所有行程都延後了，要我想辦法打起精神。

有一個無所事事的下午，夏美打電話過來，她說拓也想見我。

自從上次在事務所匆匆一別，除了在電視上看到他和秋本家被大批媒體追逐的畫面，我們就沒再見面了。聽說老秋本先生在趕狗仔隊的時候太過激動而閃到腰，而拓也的生活仍甩不開幾名拿相機和攝影機的記者。

為了避免再度被拿來作文章，我們這次的會面夏美也在場，不知是不是因為這樣，原小姐倒是沒有什麼意見，她先鄭重警告，如果我再捅漏子，事務所就會考慮將我暫時冷凍起來。

約定的地點在公園，夏美和拓也已經先到了，他們看見我，立刻從長椅上起身。夏美顯得非常開心地揮揮手，拓也原本滿臉憂容，見到我，總算放下心。

「抱歉，遲到了，出門的時候被媒體耽擱了一陣子。」

我一邊道歉，一邊深深注視著拓也，他也一樣，移不開的目光正急於拉近分離的這段日子，明明千言萬語的，我們卻都欲言又止。

「啊，我去買飲料！」夏美刻意留我們獨處，故意跑到比較遠的那個販賣機去。

公園裡大多是母親帶著孩子來，前方有一個遊戲區，孩子們在溜滑梯和鞦韆周圍玩鬧，儘管是那樣吵雜，對我而言全是霧濛濛的空白，除了眼前的拓也。

「電視和報紙把妳的情況寫得很糟，看來是我想太多了。」

見到你，我已經好多了。那種撒嬌的話我不能說，所以只能不在意地聳聳肩。

「只是突然不知道怎麼對著鏡頭笑，台詞也講不出來。」

「那、那樣不是很糟嗎？」

「我大概已經不行了吧。放假期間，常常想著退出的事，沒辦法面對鏡頭怎麼當藝人嘛！」

深呼吸一口氣，懷念的芬多精香味讓人平靜，北風徐徐吹拂，聽得見遠方那座森林沙沙沙的騷動。我將雙手擺到身後，回頭對拓也露出一個莫可奈何的微笑。

拓也聽完我消極的說法，緊鎖雙眉，我那悲觀的未來似乎令他痛苦。

第十三話
記憶的勇氣

其實，反過來想，回到平凡人的身分後，應該能夠談一場平凡的戀愛了吧！

「對了，你找我有什麼事？」我故作輕鬆地轉移話題。

「雨宮……」

每當拓也變得猶豫，那表示接下來並不會發生好事。

我莫名其妙地後悔來這趟，卻怎麼也沒想到不久之後拓也將會把我狠狠推入深淵。

「我這次是想告訴妳，以後，我們是不是都別見面了比較好？」

「咦？」我當下便受傷了，幾經努力，還是擠出一點笑聲，「是不是因爲我給你們造成很大的困擾？在醫院時我就說過啦，如果我想再去山梨縣，不會給你們添麻煩的……」

「雨宮。」他打斷停不下來的我，像是父親在教導闖禍的女兒一樣，寬容而又堅持，「這並不是困擾的問題，而是我們根本是不同世界的人，我沒辦法習慣妳平常過的生活，妳的日子也不可能平凡普通。如果勉強配合對方，那麼我們都不會快樂，妳應該明白。」

拓也的意思我懂，只是我總認定他不會說出口，向來溫柔的拓也不會殘忍地對我說出口……

「我知道了。」

「那樣不夠。」我不解地望向他，他咬緊唇，含在嘴裡的話語宛如帶著刺，每說一個字都會是痛的，因此拓也躊躇良久，他拳握的手在顫抖，聲音也在顫抖，「請妳忘了我，請妳把我忘了。」

那些刺，剎那間射入我的心臟，劇痛蔓延開來之際，也感到它正碎碎片片地凋零，每一片都是我小心保存的回憶，和拓也在森林相遇、在學校的鬥嘴、在湖畔的那首童謠、那個躺在雪地上的夜晚……很多很多，都如雪一般，靜靜飄落……

夏美正好回來了，聽到拓也對我說的話，怒火中燒地使勁推他，「喂！你知不知道全世界就你不能說那種話啊？」

「不要緊，夏美。」我混著驚訝和悲傷的眼眸定睛在拓也身上，喃喃地阻止夏美，「讓他說清楚，說要我忘了他。」

「未緒！」

我掠過不安的夏美，一步步蹣跚走向拓也，「你要我忘了你？爲什麼要對我說那種話？」

「雨宮……」

「不要叫我雨宮！你什麼都不懂！我是那麼努力地把我們的過去都記憶下來了，爲了有一天你會再叫我『未緒』，我是那麼努力地全部記下來了，一點一滴的，很努力地記下來了，所以你不要隨便說出遺忘那種話！」我激動地抓住他的衣領，長久以來的壓抑和委曲，在瞬間全部潰堤，終於忍不住痛哭失聲：「你溫柔地要我忘記你，好像以後我一定會變得更快樂，那怎麼可能？怎麼辦得到？我最幸福的時候，是和拓也在一起的日子，如果沒有了，那麼過去的我、過去和拓也一起悲傷歡笑的我也就不存在了！那段時間不曾在這個世界上活過一樣！拓也你、你爲什麼要我做那種事！」

「對不起、對不起……」

我停止搥打的手，抬頭望向完全不抵抗的他，發現拓也深邃的黑眸跟我一樣，是非常悲傷，非常悲傷的濕潤光亮，他什麼也不解釋，只是重複對我說「對不起」三個字。

事後回想起來，拓也要我忘記他的那句話，對我而言應該算是一種解脫吧！只是在那當下，我什麼也不能思考，生命中只有難過得快要死掉的感受。

「什麼對不起，我才不稀罕！你只要把我的記憶拿走就好了！那些對我來說最珍貴的東西全部都還你，全部還給你！」那大概是我生平第一次用盡全身的力氣哭喊，第一次如此痛徹心扉地聲嘶力竭，「你明明說過不會忘記我的，你明明說再困擾也會有辦法，你明明說過的！我一直相信你的話，很拚命地相信著呀！可是、可是只有你一個人忘記，不是太奸詐了嗎？也把我的記憶拿走呀！徹徹底底拿走啊！拓也說喜歡我的表情、拓也說想要跟我在一起的聲音、拓也幫我戴上這條項鍊的觸感、拓也擔心著我的心情，全部拿走啊！我不要了，再也不要了！」

這時夏美衝上來拉開我，「未緒！未緒！有人在拍！」

在我還沒有餘力注意到周遭事物，一旁守候的隨扈立刻上前將我帶走，連跟夏美、拓也道別的機會都沒有。不過，剛剛那陣狂亂的哭喊中，我已經預料到，這就是最後了。因此，在車上的我依然哭泣不止，環抱著作痛的身體，要把這輩子的眼淚都流光似地用力哭泣。

人在最脆弱時，往往會忽略身邊還有許多比悲傷更重要的事物，連記憶的勇氣都遺忘的我，滿腦子只想著，是最後了。

我和拓也會面這件事，果不其然又被報導出來，只是原小姐運用她的交易手腕，才使得我們在公園的照片沒有曝光。

比較異常的一點是，原小姐沒有因爲這場風波而指責我，不曉得她已經拿我沒辦法，還是習慣了。在我的公寓，原小姐的焦點全放在亞洲巡演上，相關流程講得差不多了，她就問我：「有沒有什麼問題?」

「原小姐……」

「什麼?」

「可以再讓我休息一天嗎?我有事非辦不可。」

她不再相信我,一眼看過來,「不行,妳又要去找秋本拓也了吧?」

「不是的。」我情急搖頭,然後誠懇地告訴她:「有件東西,一定得還回去,如果不這樣,我無法繼續前進。這件事跟拓也沒關係,是我自己的問題。」

她定睛在我臉上很久,才寬大應允,「如果是那樣,妳就去吧。」

一大早,我搭車來到山梨縣的秋本家,前來應門的是老秋本先生,秋本先生和秋本太太出門拜訪親戚了。

老秋本先生見到我很意外,在我向他行禮打過招呼後,他主動說:「妳來啦,不過拓也不在喔。」

「我知道,我只是來還一件東西,馬上就走。」

他一臉疑惑,還是先請我進去再說。在他準備茶水的空檔,我逕自來到外頭的走廊坐下,仰起頭,看看老舊的瓦片在晴空下發亮。

老秋本先生端來一壺茶、兩只杯子,也跟我一樣席地而坐。

茶香隨著蒸汽散了出來,融入清涼的空氣,溫暖而沉靜的味道,緩緩撫平心頭上一些尖銳的情緒,原本枯槁的視線也逐漸濕潤起來了。

「好懷念喔。」我吸一下鼻子，笑笑地說：「我是說這杯茶和這附近的味道。」

「是嗎？」老秋本先生微笑點頭，「我是沒什麼感覺，不過，有些事是永遠不會變的。」

「如果所有的事都不會變那就好了。」我自言自語地說完，發現老秋本先生會意不過來，便自我解嘲：「這種說法很沒骨氣吧？對了，這是我今天要歸還的東西。」

彎下頸項，兩三下就將那條鍊子解下來，將它遞給老秋本先生之前，我還特地端詳上頭的白色貝殼一遍。「這是從前拓也送我的，雖然拓也出事後，秋本先生曾經要求我清除一切跟我有關的東西。不過那個時候我擅自把這條項鍊留下來了，眞抱歉，現在，我把它交給您。」

他狐疑地接下項鍊，再向我確認，「妳今天來，就是爲了歸還這玩意嗎？」

「是的。」

「如果妳想要，留著也沒關係啊！」

「不，我已經決定忘記過去的事，如果不做得徹底一點，我怕……總之，請您收下。」

見我堅決地請求，老秋本先生瞧了瞧掌心上的項鍊，接著望向前方的森林，有好一陣子我以爲他已經沒有話要對我說，正打算告辭，老秋本先生忽然慢吞吞地開口：「如果問我，我是認爲並沒有忘記的必要喔！不管是快樂的事，還是痛苦的事。」

「啊？」

「那都是妳生命所經歷過的事啊！沒有錯，痛苦的事的確會令人痛不欲生，不過畢竟只是那段日子的感受而已，時間眞的會沖淡它的。相反的，快樂的事一時之間雖然沒辦法留下太深刻的印象，卻細水長流。在很久很久以後，我們所想起的，通常會是那些愉快的回憶喔。」他見我懵懵懂懂的，便繼續打起比方，「像我活到這把年紀，如果叫我回想當初老伴過世時的傷心難過，現在根本想不起來，連它萬分之一的痛苦都想不起來。但是如果問我和我老伴一起去過哪些地方遊玩、遇過什麼驚喜，我可以全部講出來給妳聽，講到妳耳朵發炎爲止。」

老秋本先生信誓旦旦地作出怪表情，逗得我咯咯笑了，然而輕快的心情沒有維持太久，我惶惶惦惦憶起拓也在公園對我說的話。

「可是，如果我的記憶會造成別人的困擾呢？如果它對大家而言只會帶來痛苦呢？」

「胡說，沒有那種事！」他憤慨起來，稍後見我因爲他的霸道而愣住，才又回到方才慢條斯理的從容，下了總結，「回憶是這個世界上最寶貴的東西。」

「最寶貴？」

「『過去』成就『現在』，『現在』又造就『未來』，人的一生中沒有哪一部份是可以切割的。我們最後什麼也帶不走，金錢啊、權勢啊、房子啊、心愛的人啊……那些都是屬於還活著的人。唯一還能夠屬於我們自己的，就是回憶了，誰也沒辦法將它拿掉，因爲它一直在我們這裡。」老秋本先生指指自己花白的腦袋。「在路上看見小孩子騎三輪車，就會想起自己小的時候也有一輛；看見年輕人在高聲歡呼，就會想起自己也有瘋狂的時候。人到死前的一刻，如果什麼回憶都沒有，不是很可憐嗎？沒有值得留戀的事，是很孤單的喔！好比現在的妳是藝人，雖然辛苦，但到未來的某一天回頭看這一切，卻有許多一般人不曾有過的經歷。在舞台上唱歌、跟那麼多厲害的人合作拍戲、到各地去表演……這種種如果都變成了回憶，不就是很棒的回憶嗎？」

他笑咪咪看著我，我在一陣湧現的激動之情下不能言語，不能描述那當下的感覺，有點像悔恨交織，又有點深深慶幸，慶幸著自己一路走來了，而不自覺紅了眼眶。「是的，是很棒的回憶。」

第十三話
記憶的勇氣

老秋本先生見我回答得既幸福又篤定，欣慰地頷首，「妳現在的笑容也很棒喔！」

那之後我們沒再交談，好安靜地將剛沏好的那壺茶喝完。森林深處透出晶瑩剔透的小光點，到處一閃一閃的，彷彿有好幾個頑皮孩子拿著鏡子互相反射陽光。良久，老秋本先生似乎猜到我心中的疑惑，盡量不去打擾那些光點般悄聲地說，那些是霜，再過不久這裡就要下雪了。

坐上返回東京的車子，沿路經過那座佔地龐大的森林，我帶著一份飽滿的心情凝望它結霜的草木，在過去時光裡的拓也和未緒也和車子錯身而過，直到山林田野漸漸消失，高樓大廈層層環繞而來，我都還反覆回想著老秋本先生在告別時說的話。

「所以，不要輕言放棄回憶。失去的東西，或許再也拿不回來；但是忘記的事，都是能夠再想起來的。」

回東京後，那一堆被嚴重耽誤的工作一一順利進行，巡迴演唱會終於確定照常舉辦。亞洲巡演開跑前，我在行前記者會上回答各樣的問題，一月二十日是我離開日本的日子。出發前最後一次公開露面，我穿上鵝黃色的鑲鑽禮服，頸子戴著那條一點都不相襯的貝殼項鍊。

儘管事先已經禁止提問任何和演唱會不相關的事，仍有不照規定的記者故意舉手問起我和秋本拓也的緋聞。

原小姐立刻指示工作人員上前制止，我先揚手示意不要緊。等他們都退回去，對著底下數十個鏡頭，我以這種方式向拓也道別：

「這段時間因爲我的事而引起騷動，眞的很抱歉。之前說我和秋本拓也先生完全沒有關係，其實不對，我說謊了。說謊是不好的事，我最近才深深體會到，老是不停說謊的人，是一個連自己的生命和靈魂都否定掉的人，爲此，我向大家深深道歉，非常對不起。」

才站起身，鎂光燈開始一股腦閃爍，搶拍我彎腰行禮的畫面。一旁的助理翻遍講稿，也找不到我這段脫序的演出，原小姐則是交叉雙臂，殺氣騰騰地瞪視我。

「我其實，一直暗戀著秋本先生，然而縱使再怎麼喜歡，結果還是被拒絕了。在你們眼前的，只是一個失戀的女孩子，很痛苦，很難過，難過到想早日忘記這一切。不過，有人教會我回憶的重要，它是生命中最寶貴的東西。因此，秋本拓也先生，我會記著你，一輩子記著你，就像吃飯睡覺那樣，怎麼也不會忘記。我是抱著這樣的心情，來跟你說再見的。」

再見了，拓也。

✧我從不曉得「記憶」也需要勇氣。如果是的話，那勇氣也是來自一份喜歡過你的心意，是為了不辜負那段悲歡歲月而來的，你能懂嗎，拓也？

第十四話
空白

打從在醫院睜開眼睛的那一刻起，我的生命就有一小段是空白的。

五月

身體的皮外傷短時間之內就復原了，暫時失去的記憶也一點一滴地回想起來，很快就可以回到學校上課，過著正常的生活。

不過，不管再怎麼回想，我的記憶就是有那麼一段會變成什麼都沒有，像是壞掉的膠卷，每播放到固定的畫面就故障，我討厭那種感覺。

覺得自己是殘廢的。

雖然可以跟平常一樣生活，但潛意識始終被一種恐懼感佔據，深怕別人會提起那段空白時間裡所發生的事，深怕被別人發現我是不完整的。

「想不起來就算了，一樣可以幸福地過日子啊！」老爸總是避重就輕地安慰著。

我想，就這麼漏掉某個片段應該也無傷大雅，只是，關於幸福這件事，我卻不敢肯定。

因爲，那段空白的記憶總是帶著淡淡悲傷。

它從何而來，爲了什麼存在，這些我都想知道，在每個夜裡爲它輾轉難眠。

直到那一天在森林遇見那個女孩。

認識她以來，她的美麗與優雅中總是帶著悲傷，尤其在下著小雨的森林中，她用那雙透明的眸子望住我的瞬間，始終蟄伏在心上的感傷迅速緊揪起來，在空白的畫布揪成一個浮水印般的淺淺身形。

「你不知道我是誰嗎？」她問，十分動聽的聲音。

我慢半拍才想起，原來她就是目前紅透半邊天的雨宮未緒。這麼不得了的人物就在我面前，應該要興奮緊張的，奇怪的是，我對她的印象似乎不僅只於「大明星」而已，還有更深刻、更熟悉、更加親近的……

和她聊了一些平日不會隨便向外人提起的事，我喜歡聽她用敬語講話，有千金小姐的高雅，維持著不會讓人不自在的合宜距離，以及微風吹過夏日樹梢般的輕盈語調。

最後，她問我要不要拍MV，我簡直開心得想跳起來，畢竟「導演」是我的夢想啊！原本只求當作興趣拍著好玩就好，沒想到眞的可以實際操刀。不論結果如何，關於雨宮願意給我機會這一點，我很感激。

分別時，我忽然莫名慌張，好像不能就這麼結束，因爲還有許多話沒有說，因爲她的憂鬱氣息並沒有減少分毫，因爲不能就這麼丟下她不管。只是我自己心急半天，卻不曉得該講些什麼，再待下去只會像個傻瓜。

當我硬著頭皮朝森林出口走去，能夠清楚感覺到她目送我的視線，這般執著、專注，足夠穿透這場細雨和我淋濕的身體，牽制住亂了節拍的心跳。

離開了森林，但我的心還留在那裡。

因此，我對自己說，有一天還要再見她一面，不管有多困難，都還要再見這個女孩一面。

六月

薰考上橫濱大學，高中畢業以後我們就很少碰面，平常用電話或電子郵件聯絡，但是像這樣特地約在咖啡廳見面倒是頭一次。我以爲她有什麼和大學生活有關的事要跟我談，沒想到薰竟然說喜歡我！

薰就坐在我的對面，擺在桌上的紅茶一口也沒喝，時常盯著地板看，掠了五六次的頭髮到耳後，很緊張的樣子。她說了一些後悔跟前任男友交往的話，還有，正因爲如此才發現她已經喜歡我很久了。我沒有聽得太詳細，整個人很茫然，原來被人告白的感覺會是這麼不知所措。

薰見我沒有反應，輕輕問我是不是帶給我困擾了，那當下我有點生自己的氣，這一刻不是我長久以來想要的嗎？我也喜歡薰好久了，甚至比她注意我的時間還漫長，如果能跟薰在一起……

「我啊，跟妳在一起的時候，不知道爲什麼，打從心底覺得很幸福，很快樂。」

驀然間，我聽見自己的聲音在腦袋裡說起話，在某個遙遠的時空，我對誰那麼說過。

「拓也，你還好吧？」薰湊上前打量我。

我心有餘悸地望著她，突然覺得我們之間有種說不出的不對勁，彷彿我喜歡薰已經是從前的事了，我還記得喜歡她的心情，只是對它是怎麼成爲過去的這件事，我是一點頭緒也沒有。

「抱歉，看來我眞的讓你很困擾。」薰嘆息一聲，正準備離開。

「沒有那回事！我很高興！」我急忙起身。

我覺得自己應該做些什麼，至少給薰一點回應，當時是那麼想的。而薰一掃剛才擔心我的陰霾，露出燦爛笑臉，「那，你是答應囉？」

「啊，呃……嗯！」

不過，直到送薰去搭車，我一個人漫無目的地走在東京街頭，都沒有一絲高興的感受，反而像是走入被濃霧深深籠罩的森林，連方向感都迷失了。

這時，對面高樓的電視牆上正在播放雨宮未緒的運動飲料廣告，她在炎熱的金色海岸上奔跑，回眸，瀾漫地說起「元氣！咕嚕咕嚕」這麼可愛的廣告詞。

我不由得停下來，和身旁的路人一樣，爲她美麗的風采著迷。她就如同天上璀燦的星子般遙不可及，然而，有個直覺那麼說著，她所綻放的光芒，會是我空白記憶中的一線希望。

爲此，我一定要再見到她。

九月

作夢也沒想到會再次和雨宮未緒見面，我原本已經不抱希望，那張寫有她聯絡電話的紙條，和薰去遊樂園那天回來後就再也找不到了。後來夏美把她的手機號碼告訴我，我才能順利接下執導MV的工作。

第十四話
空白

話又說回來，當初向薰提起幫雨宮拍攝MV這件事時，她並不怎麼為我開心，那一整天都憂心忡忡的，我猜她是不喜歡雨宮未緒這位歌手吧。

第二次再見面，雨宮的態度和先前判若兩人，對我格外冷漠。她並沒有擺架子，也禮貌周到，和她正面接觸時卻有一道無形的距離阻隔，是一名巨星和一個普通人之間的距離。

劇組用的拍攝器材都非常高級昂貴，有一些儀器我從沒見過，能親自操作它們真的是非常榮幸的一件事。然而MV的拍攝並不順利，正確來說，除了最後一幕出狀況外，其他時刻雨宮都非常合作。最後一幕她必須跳入湖裡，她和男孩子一樣勇敢，眉頭也沒皺一下。

不過當她一氣呵成地完成所有動作，卻遲遲沒有上岸，一聽見旁邊有人說「她該不會淹死了吧」，我立刻跳進水裡找她。事後想來，現場有救生員，我根本不用搶功，偏偏一想到她有可能出事時，心臟緊張得快停止了，好像她是我的什麼人一樣。

當天晚上在祭典遇見落單的雨宮，她看起來還很虛弱，精神恍惚地說想要金魚。我想如果能幫她撈個兩三隻金魚，她的心情應該會好一點。雨宮蹲在我身邊一起觀看水池的時候，身上散發著好聞的香氣，有著熟悉的親切，那味道不知不覺消弭了冰冷的距離。我們十分靠近，當我將裝了金魚的塑膠袋交給她，無意間觸碰到她纖細的手，胸口瞬間的糾結才讓我明白，那樣的靠近是心與心的相繫。

第二天，擔任男主角的宇佐美悠人正式加入，他似乎和雨宮很要好，報紙或許沒亂寫，私底下他們聊得很愉快，也會鬥嘴，也會打鬧，不知怎麼，我竟然有點不是滋味。

眞丟臉，雨宮跟我又沒有什麼關係，爲什麼我會這麼在意她的事？

十一月

老爸病倒了，大家都很意外，他平時很健朗的。不過老爸是個很會忍耐的人，我們猜他一定是忍了好些日子才把病情拖得這麼嚴重。多虧雨宮，聽說是她及時把老爸送到醫院的，而且又向事務所推薦我來代理老爸的工作，算一算，我們家已經欠她不少人情。

近來常常納悶，我和雨宮之間是不是有著特別的緣分？原以爲不會再有見面的機會，可是又出現另一個契機讓我們接近，尤其是擔任她司機的這段時日，和她相處的時間多出許多，也見識到什麼是藝人的生活。

雨宮身邊有個原小姐，是很厲害的女性，也很嚴苛，剛開始工作時老是挨她的罵，對雨宮眞不好意思。

說實話，我不欣賞原小姐。工作能力強是很好，她卻太過頭了，好幾次當著雨宮的面說她是事務所重要的商品，連我這旁觀者聽了都很生氣，雨宮卻一點也不以爲意的樣子。

有一回我向老爸提起這件事，老爸竟然一副很了解的模樣，笑說：「原小姐很愛護雨宮喔！如果不是重要的商品，她才不會理睬呢！那個人是刀子嘴豆腐心。」

那之後，有一兩次我到醫院探望老爸，發現原小姐已經先到了，她和老爸鮮少交談，但一聊起來就像是相識多年的老友，也只有在那個時候，原小姐冷調的臉上才會出現一種柔和的神情。

薰常常勸我辭掉工作，她說我學校和事務所兩頭跑太辛苦，還三不五時就懷疑我和雨宮有什麼而找架吵，有時我覺得她眞是無理取鬧。

雖說是雨宮的司機，但我們幾乎沒有交談的機會啊！雨宮一上車不是補眠，就是在爲下一個工作準備，她的敬業精神在先前拍攝MV時就已經見識到了，只是我沒料到她會這麼拚命。

我常常看到她練舞練到受傷、感冒時吊點滴到簽名會現場、趕通告趕得一天只睡兩個小時。儘管私底下忙得焦頭爛額，一站到鏡頭前，又是那個容光煥發的雨宮未緒，我很少會對女孩子打從心裡敬佩，能夠擔任這位大明星的司機讓我與有榮焉，並且也想爲她盡一份心力。

我們之間的氣氛始終熱絡不起來，然而有好幾次，身爲司機的我也不得不幫忙抵擋熱情粉絲的靠近。順利上車之後，雨宮會問我有沒有怎麼樣，她的語氣和神情都好像如果害我受傷，她會內疚一輩子似的。

有一天雨宮要下車時，脖子上的項鍊掉了，我幫她撿起來，她忽然問我一個匪夷所思的問題：「這項鍊，你覺得怎麼樣？」

我用心注視那條貝殼墜飾的項鍊，一個在森林輕盈起舞的身影倏地閃過腦海！

那曇花一現的影像令我暈眩一下，因爲不懂這現象所爲何來，只好扯了一個愚蠢的答案。

雨宮和那個身影很神似。

最近，偶爾會有一些我不明白的畫面出現，每出現一次，我面對雨宮的心情就變得愈古怪，念舊的、牽絆的、想要守護她的心情一天天加深，連我自己也想不透。

知道雨宮特地早起幫我做便當，我一度厚顏無恥地問自己，雨宮是不是喜歡上我了？好幾個晚上困擾得睡不著。

我直到那個颱風夜我才發現，不是「喜歡」兩個字那麼簡單而已。當她含著淚光對我說：「我是不會道歉的，因爲，我所有的，就只剩下藏在我心裡的東西而已，我對我的心誠實，所以我不道歉。就算哪一天我說喜歡你，也不會道歉。」那一刻，我領悟到我們之間存在的一絲感傷。

雨宮唱起了那首〈森林裡的熊先生〉，明明是很可愛的童謠，我的胸口卻快要爆炸了，種種對於雨宮的奇妙心情，還有流動於空白中的深邃悲傷，都如此強烈地呼之欲出，以致於不小心掉下眼淚，連我自己都很意外，彷彿發生過十分難過的事，又因爲雨宮正在我身邊，而覺得幸福。

她要上樓時放開了我的手，掌心上的失落感讓我的心也空空的。

我正和薰交往，不應該再這麼下去，可是，我想要雨宮留下來，在一起，回應她的心意。我懊惱地垂下手，掙扎半晌，因爲想再跟她說點什麼而回頭，正巧階梯上的雨宮也轉過身，下一秒，我不能思考，曾經憑著一股思念的衝動躍上即將開駛的列車，我現在也那麼衝到她面前，望著她，吻了她。

我不懂爲什麼會有列車在下著雪的日子離開的畫面，唯一能肯定的是，想要和她在一起的心情是相同的，即使超越時空，仍是如此強烈。

一月

我把颱風夜那晚吻了雨宮這件事告訴薰，薰和我分手了。

我心裡也是說不出的難過。畢竟薰是我從小到大的玩伴，以這種方式收場應該會讓我自責好久都不能原諒自己吧！

夏美知道之後，非但沒說半句安慰的話，還挺幸災樂禍的，然後她問我是不是雨宮的關係。

「當然不是，我對薰的感覺已經跟高中時的喜歡不同了，就算沒有雨宮，我想分手應該也是遲早的事吧。」

「那你就可以和未緒在一起囉？」

「妳在胡說什麼？我怎麼可以那麼差勁？」

第十四話
空白

當時雖然理直氣壯地回答夏美，但向原小姐請辭的那天，她卻毫不留情地把問題丟回來給我，我覺得原小姐不是故意刁難，反而是想幫我看清問題的徵結。

「那麼，讓你主動和未緒保持距離的原因到底是什麼？」

我眞的啞口無言，沒有那麼簡單的，總覺得我和雨宮不是說在一起就能在一起。

拍戲中場休息時，化妝師請我幫忙找她，我卻無意間撞見她傷心地在宇佐美的懷裡哭泣，這一幕，倒是讓我明瞭一些了。

她和宇佐美才是同一類的人，活在同一盞聚光燈下，有他們自己的一套規則。望著廣告看板中的雨宮透著超齡的嫵媚，總有遙遠的距離感。

是我自作多情地以爲我們可以很靠近，原來距離始終都在。

後來發生了不少事，雨宮差點在富士山上喪命，也因爲這起事件，使我一夕之間成爲媒體追逐的焦點，不論上課、吃飯、打工……都有人帶著相機跟蹤，似乎只有回到窗簾全部拉上的房間才有我私人的空間。連續一個星期下來，那種超級不自在的束縛弄得我都快瘋了，眞不曉得雨宮平時怎麼能受得了。

媒體不只採訪我，他們也緊盯我的家人、朋友和同事，有的人以此爲樂，但我家人就備感困擾，爺爺還因此閃到腰。

媒體們查出所有關於我的資料，鉅細靡遺，好的，不好的，全寫出來了，我活脫是被放大鏡檢視的螞蟻。走在街上，路人認出我，開始指指點點，我想他們心裡一定都在說，那小子和雨宮未緒根本不相配。

那一天送披薩到客戶家，等待對方付錢給我的空檔，我看見客廳電視正在播放雨宮的記者會，多日不見，她精神還不錯，素雅的臉上掛著清淡的微笑。

「我和秋本拓也先生沒有任何關係，他離職後，我們就沒再聯絡了……」

我看得出神，忘記捧在手上的披薩，直到客戶太太催我兩三聲才回神，但她突然盯住我的臉，比出食指，「等等，你、你不是那個跟雨宮未緒鬧緋聞的……」

沒等她說完，我立刻壓低帽子走掉，逃得像隻過街老鼠。

在公寓躲了好幾天，胸口也痛了好幾天，想哭卻哭不出來的鬱悶壓得我喘不過氣，這麼難受的感覺還是頭一次。不，不對……

在沒開燈的傍晚時分，我緩緩抬起頭，不對，以前也有過同樣的感受，一個人孤獨地看著電視畫面，聽她說出傷人的謊言，痛不欲生的心碎簡直要把整個人撕裂了。

雖然原小姐要我別多想，但每家媒體都說雨宮曾經住過我家，這其中一定有什麼緣故！

我當下迅速打開電腦，連上網站，搜尋去年秋天的新聞，我的記憶就是從那個時候消失的。很快，好幾則新聞標題陸續跑了出來。

「雨宮未緒排演時摔斷腿」、「雨宮的事業重創」、「雨宮未緒是否還能再站起來」……

從初秋搜尋到冬末，電腦螢幕中的資料經過了兩個季節，終於又是一連串關於雨宮的報導。

「雨宮未緒藏身在山梨縣」、「雨宮未緒寄住司機家中」、「雨宮未緒在秋本家過了短暫的普通人生活」……

「是眞的……」我訝異地讀著上頭寫的內容，如夢初醒般，「她眞的住過我們家。」

爲什麼對她格外熟悉、爲什麼她好像知道不少我家的事、爲什麼有時候看著她的臉會想起那座森林……

爲什麼？始終覺得和她之間有很深、很深刻的感情，是不能說斷就斷的。

我抓起報紙往外衝，氣急敗壞地直奔事務所，問過幾個工作人員，終於找到原小姐。

當她見到氣喘如牛的我急衝進辦公室，先毫不以爲意地打量我一遍，接著失笑，「你該不會是後悔，想回來當司機吧？」

我怒氣沖沖地走到她面前，用力把報紙壓按在桌上。「妳說謊！這些報紙寫的都是眞的！雨宮眞的住過我家！到底還有哪些事是我不知道的？」

她立刻變了臉色，瞄一下報紙上「舊情復燃」的字眼，再瞥向我，啓步走到我後面，將門關上，鎖起來。

「就算是眞的又怎麼樣？你都不記得了不是嗎？」我聽著她高傲的聲音伴隨著高跟鞋的腳步掠過我，「對一個什麼都不記得的人而言，事實的眞相有那麼重要嗎？」

那一刻我不由得惱羞成怒，她說得對，就算知道雨宮住過我家，我還是一點印象也沒有。

我轉身要往外走，「我要去找雨宮。」

「現在找她有什麼用？是你自己忘記她的！」原小姐堅定而冷漠的聲音從我背後響起，制止了我。「難道你不覺得奇怪？你什麼都記得，偏偏就是想不起未緒的事。這代表著什麼？」

我被問得無話可說，只能等待佔了上風的原小姐朝我逼近，她直接了當地告訴我事實：「因爲你害怕和未緒在一起。無法擺脫你的自卑，無法習慣未緒的世界，儘管嘴上說喜歡她，實際上卻害怕和她在一起的日子，因爲那對你來說只有痛苦，只要全部都遺忘就好了。」

「不是的！不是那樣！」

「那你爲什麼現在不向未緒告白？爲什麼老是說一些必須離開她的話？爲什麼不向媒體承認

你對未緒的感情?」原小姐走到我的正對面,在她咄咄逼人的注視下,我是如此難堪。「你還太嫩了。」

「什麼?」

「我告訴你,如果你無法接受未緒身邊的工作、未緒身邊的媒體、未緒身邊那些圍繞著她的耀眼光環,那麼,就別說你喜歡她!那些都是雨宮未緒的一部份,沒辦法喜歡全部的她,就不要自命清高地用其他藉口推託說你不能和她在一起。」

「……」

原小姐的話固然無情,卻字字扎心,她不是故意找碴,而是要我認清我一直想逃避的心結。

原小姐靜默一會兒,兀自坐回椅子上,削瘦的下巴抵在她交疊的手背上,「看來你好像懂了。既然你人都來到這裡,可以請你幫個忙嗎?」

我瞪向她。

「是幫未緒的忙。她最近的情況不是很好,完全沒辦法工作,我猜她這麼糟糕的精神狀態百分之八十是你的關係。姑且不論手上的工作如果都丟了會損失幾十億元,以她的潛力,我估計她還可以穩坐天后的地位五年以上,你忍心看她斷送美好的前程嗎?」

這陣子我都不清楚雨宮的狀況,聽她這麼一說,不禁擔心起來。「我可以做什麼?」

「很簡單,約她見面,徹底說清楚要和她分手。」

「我們並沒有打算在一起!」

「那不夠。沒有徹底讓那孩子死心,她對你的感情還是會藕斷絲連。而且,你們之間大概眞的有什麼不可分的牽絆吧,就算分隔兩地,你們還是會一再相遇,你一定也注意到了?」

「妳要我怎麼做？」

原小姐笑了一下，那微笑代表爲了雨宮未緒，就算犧牲其他人她也在所不惜，「請告訴她，你要她把你給忘了，忘了你們之間的事。我想，那孩子聽到這句話，應該就會乖乖放棄了。」

我不想受原小姐擺佈，可是又不願意見到雨宮因爲我而葬送她正大放異彩的事業。站在舞台上的雨宮看起來很漂亮、很快樂，我希望她就這麼一直走下去。

「啊！對了。」原小姐從抽屜拿出一份企畫書，「這是其他事務所給的，他們看過你幫未緒執導的MV，很喜歡，希望你可以爲他們的女歌手操刀。那位女歌手名氣不錯，如果接下這份工作，對你將來從事導演一途會很有幫助。」

「這算是給我的酬勞嗎？」

「你要那麼想也可以。」原小姐回答得很高明，不承認也不否認。

我意氣用事地接過那份企畫，「我接受。」

「呵！看來你對未緒的感情還眞是廉價。」

「妳不要誤會了！」不知是對原小姐還是對自己的憤怒，我不自覺捏皺了那份企畫書。「現在的我在妳眼中或許還是個小鬼，可是我會努力，努力讓自己對雨宮的感情成長，成長到夠資格喜歡她爲止，然後有一天，我絕對會以名導演的身分和雨宮在一起！」

後來，我約了雨宮在公園見面，她瘦了些，也憔悴了些，我照著原小姐所教的，對她說了許多殘忍的話。

「請妳忘了我，請妳把我忘了。」

原以爲那些話沒什麼，可是雨宮一聽到就哭了，她的眼淚跟她的人一樣耀眼，噙在眼眶裡像寶石，我想伸出手不讓它落下，卻一點能耐也沒有。

「我是那麼努力地把我們的過去都記憶下來了，爲了有一天你會再叫我『未緒』，我是那麼努力地全部記下來了，一點一滴的，很努力地記下來了，所以你不要隨便說出遺忘那種話！」

雨宮小小的拳頭打著我，傷心哭泣，她的力氣明明不大，被她搥打的胸口卻劇烈作痛，而眼眶也漸漸濕熱了起來。對不起，我的力量如此薄弱，什麼都不能做，不懂得該怎麼喜歡妳才好，想不起關於妳的事，也沒有存在於妳記憶中的勇氣……

「對不起、對不起……」

原來，不單只有被離棄的那方受傷，主動離棄的一方也承受著相同的痛楚。原本在一起，卻被硬生生分離了，於是留下傷口，然後，找遍全世界，也只有在對方身上，才能尋見與這道傷口形狀完全吻合的痕跡。

但，這是不是也是一種牽絆呢？

雨宮在記者會上公開向我道別以後，便飛往其他國家開始她盛大的巡迴演唱。

那幾天，媒體爭相報導她在記者會上道歉的事，還有這次演唱會的陣仗有多浩大。

許多事被炒得沸沸揚揚之際，我選擇自喧鬧中遁去，回到山梨縣老家。

我要爸媽，甚至阿徹告訴我以前的事，我想知道雨宮寄住在我們家期間的點滴。他們拿我沒

第十四話
空白

辦法，能說的就盡量說了。

以為應該會有不少頭緒才對，然而我卻像在聽別人的故事，一點貼切的真實感都沒有。好幾天過去，同樣的路和場所不管再走多少遍，依然毫無印象。

上星期開始下雪了，在森林散步不到半個鐘頭，等我停下腳步，看看從上方枝葉的空隙間靜靜灑落的雪花，才發現雪已經一點一點地堆積在我頭上和肩膀上。

正要動手拍掉它們，又黯然住手。為什麼我腦袋裡的空白還在？為什麼它不能有一點色彩？什麼都沒有的空曠，真的很寂寞。

因為古老的緣故，這座森林累積了各式各樣的記憶，不同的年代、不同的心情、不同的人們，雪一般多的記憶都埋藏在森林裡。然而不論再怎麼努力地舉起手，也抓不到一片屬於我和雨宮的回憶。

我一個人靠著粗大的樹身，閉上眼睛，癱坐在地上良久，直到忍不住打出第一個噴嚏，才揉著鼻子站起來。

「好像笨蛋，回去好了。」

回到家，遇到剛幫我把房間打掃完畢的老媽，她將一捲影帶交給我。

「從書架上掉下來的，什麼字都沒寫，這還要不要？」

狐疑接過來，前後看了看，真的什麼標題或名字都沒寫。

我用客廳的電視播放影帶內容，稍微傾身向前觀看螢幕。

片子一開始，出現了住在附近的大叔和大嬸，他們原本在大聲交談誰的閒事，後來注意到自己被拍了，又羞又氣地追打上來。接著鏡頭跳到森林，茂密的樹林、蓊鬱的隧道、翠綠得不像話的葉子、微濕的泥土……啊，蹲下來拍螞蟻了。

「我到底在拍什麼啊?」

我看得一頭霧水，而且漸漸覺得無聊，再怎麼拍都是森林中的景色，鏡頭移動的速度緩慢。直到五分鐘過後，有個細小的聲響隱約地出現，鏡頭也在這個時候停住不動。在隧道般的通道出口佇立了一個女孩，飄逸的烏黑直髮，粉色洋裝、拄著一副和洋裝不協調的枴杖，她有一張微微訝異的清秀臉龐，美麗得宛如從圖畫中剪下來的娃娃。

「秋本……拓也……?」

當她困惑地唸出我的名字，那甜美的聲音似乎穿透螢幕，快速竄進我的胸口，心臟被緊緊地握了一下!

我整個人愣住了，面對剩下黑白線條的螢幕，腦海中的畫面卻一個接一個地跑出來。

「那是我們第一次見面，我們在森林相遇!」

我知道!我就是知道!不用誰來告訴我，它已經再度回到我的生命裡了!

我衝出客廳，差點撞到老媽，我瘋狂地奔向森林，一路上，彷彿看得見過去的我和雨宮在交談著、在並肩走路，那些電光石火般的片段一一和我擦身而過。

我著急環顧四周，它們太快，快得捉不住一絲線索。

「就是因爲好不容易來到這裡，」依稀，空白裡那抹淺淺的身形將雙手往身後一擺，俏皮地說起話:「所以正在傷腦筋可以留下什麼到此一遊的證明。」

出事後，第一次和雨宮相遇，也是在這座森林。當時我問她來這裡做什麼，她卻說了一些莫名其妙的話，而那個地方就是在森林深處的洞穴前!

我拔足狂奔，很快來到那個隱密的場所，那其實是土壁凹陷所形成的一個大洞，足夠容納兩個人。

我喘著氣，被一種似曾相識的心情牽引，緩緩走進，發現洞穴四周貼滿了小紙條。我好奇摘下一張，上頭蜿蜒著娟秀的字跡。

「拓也，我們是在平成十七年九月二十六日相遇的，我是未緒。」

以自我介紹爲開頭，紙條的貼法好像有順序，我一一拿下來閱讀，在那些述說著過去的字裡行間，隱約看得到雨宮細細寫下它們、再一張張貼上去的執著背影。

「拓也，和你一起搭公車上學的日子，好簡單、好快樂、好想那麼一直下去。」

「拓也，你帶我去看你蓋的狗屋那天，我不小心說的喜歡，或許是眞的對你說喜歡。」

「拓也，沒想到你唱歌那麼難聽，幸好我決定幫你，如果也能一起幫你忘掉悲傷就好了。」

「拓也，你說我做的飯好吃，不過我沒跟你說你洗碗的樣子很好看。」

「拓也，在湖邊你幫我戴上項鍊的時候，我突然好想和你在一起。」

「拓也，你陪我在月台等車，那時我祈禱過，電車永遠不要來，時間停住，我們可以一起看完那場初雪。」

「拓也，過年時你故意避開我的那幾天，我很生氣、很難過，也很想念你。」

「拓也，對我而言，你說喜歡我，並且要和我在一起的那天，就是奇蹟出現的日子。」

「拓也，你猜，什麼樣的我最幸福？一、放棄唱歌，和你在一起；二、放棄你，繼續唱歌；三、兩者都放棄。答案是三項都不能選，因爲我無法想像沒有你，或沒有歌唱的日子。」

「拓也，我不走不行了。該寫什麼好？可以寫的還有很多，只是我不知道哪一件事才可以留住你的記憶。」

「拓也，請你不要忘記我。」

「拓也，如果真的忘記我的事，請你一定要想起來。」

「拓也，我好害怕。」

「你不要忘記我。」

我的眼淚，在讀到她最後那有如任性孩子的要求時，終於重重淌落，無法稍加抑止，就像我對她的記憶，衝破閘門，洪水般地蔓延四溢。

一種恍若隔世的錯覺，我似乎已經遲到好久，已經遺落她好久，直到白雪再次紛飛的今日，才又將失散的點滴一片一片撿拾起來。

低頭望著自己攤開的掌心，雪片涼涼的觸感在上頭慢慢融化，化作和臉上淚痕相同的溫度，我緊緊握住手！

於是，那塊空白畫布有了美麗的色彩，有歡笑，有悲傷，有森林，有湖泊，也有繽紛的四季，還有未緒。

未緒也在鮮明的畫面裡。

「我要去找妳了。」

✧

有時候，我覺得白色是寂寞的顏色。但換個角度想，太擁擠、太紊亂的色彩就容不下純粹的意境了。往後的你，能在茫茫人海中看見我對你的思念嗎，拓也？

第十五話

未緒

未緒

不知爲什麼，心臟忽地跳動一下，害我頓時忘了要呼吸。

我從雜誌中抬頭，看看身處的貴賓室，並沒有出現特別的人或事物。

「怎麼了？」坐在對面沙發的原小姐問。

「沒什麼，只是覺得……」我不曉得該怎麼形容那奇妙的感受，以前似乎也有過，穿越所有堅硬的建築物，來自無垠穹蒼的。

亞洲巡迴演唱會的最後一站在台灣，就在昨晚畫下完美的句點。一早來到機場通關後，我和幾名工作人員待在航空公司特別安排的貴賓室候機。

原小姐見我挺介意的樣子，便問：「是不是太累了？」

「沒有的事，大概因爲可以鬆一口氣，所以今天精神很好。」

「這次的巡演妳表現得很好，應該可以為妳挽回不少形象分數才對。」

「抱歉，前陣子惹出那麼大的麻煩，回日本之後，排多少工作給我都沒關係，我一定會更加努力。」

原小姐聽了，不太肯定地欲言又止，她的目光依舊停棲在我身上，只是還在考慮些什麼。

「原小姐？」

「未緒，本來應該晚一點告訴妳，不過我想反正妳遲早會發現，倒不如現在先跟妳把一切說清楚。」

「什麼事呢？」

「等一下我們不會回日本，事務所安排妳直接到美國接受音樂訓練。」並不想再繼續和我對視般，原小姐取出香菸和打火機，十分專心地投注在點菸的細膩動作。「我之前應該警告過妳，如果再出紕漏，事務所就會考慮冷凍妳的事。現在雖然不打算全面冷凍妳，但希望妳到國外去避避風頭，過一陣子等大家忘記先前的負面新聞，那時妳再回來。」

「是嗎，我知道了。」

原小姐吐出一口白霧，飛快盯視我，輕輕偏起了頭，「原本事務所擔心妳會抗拒，所以要我隱瞞到最後一刻，不過妳看起來一點都不在意。」

「我早就知道了，要去美國的事。」

「妳知道？」

「是的，離開日本前，悠人從一位參與這項計畫的同事那邊聽來的，他告訴過我這件事。」

「悠人啊。」原小姐眨了眨眼，惱起悠人總是不受控制，然後反問我：「妳一點反抗的想法都沒有嗎？到美國以後，可不是一兩個星期就回得來喔！」

「會變成這樣，我自己也有責任，而且到國外學習對我來說也是好事，最重要的是……」這時，我的手機響了，我起身離座，「抱歉，我接個電話。」

沒有顯示來電。按下通話鍵，另一頭傳來悠人懶洋洋的聲音，像是剛睡醒，起床氣頗重。

「未緒？總算找到妳了。本少爺七早八早就被挖起來，問遍事務所的人才問到這支號碼，我昨天可是凌晨三點才收工耶！」

話說到一半，旁邊傳來夏美氣急敗壞的聲音：「哎呀！你廢話什麼啦？走開！」

「夏美？」我抓緊手機，想要聽得更清楚。

「未緒！妳現在人在哪裡？」

「在台灣的機場啊，到底怎麼了？」

「我聽說妳要被押到美國去，妳千萬不要上飛機，留在台灣，秋本去接妳了！」

「咦？」那個名字，直到現在還是會深深觸動我。「拓、拓也？」

「他突然來找我，要問妳的行蹤，我覺得他有點怪怪的喔！我也不會說，給人的感覺就是跟平常不太一樣。我們怎麼求事務所的人，他們就是不肯透露，所以我才來拜託宇佐美。」

「這算哪門子的拜託啊？」悠人沙啞的嗓音在一旁埋怨地嘀咕。

「總之，秋本那傢伙一聽見妳要去美國，他說一句『我去找她』，馬上就跑走了。所以妳想辦法留在那裡，如果妳真的去美國，我們就不知道要怎麼找到妳了！」

「但是……」助理上前來示意登機時間到了，我只好對夏美說：「我得關機了，夏美，我非去美國不可，對不起。」

關掉手機，我惶惶地在原地躊躇。

助理要上前催促，卻被原小姐擋下來，「你們先走，我會親自帶她去。」

拓也要找我？爲什麼？事已至此，還要找我做什麼呢？是不是出了什麼事？還是……

「爲什麼妳說非去美國不可？」原小姐來到我面前，我回過神，她興味地在我臉上搜尋答案，「妳有什麼特別的理由嗎？」

「如果我不去，原小姐一定會很困擾吧？最近因爲我的連連失誤，妳已經承受不少壓力，如果這次又沒順利帶我去美國，我知道事務所一定不會輕易原諒妳。」

她停頓半晌，覺得可笑，「比起我的事，妳不能回日本，這應該更要緊吧！」

「不會呀！因爲我喜歡原小姐。」

她怔住，我從沒見過原小姐會有如此措手不及的神情，因而暗暗感到得意。

她避開我的微笑，轉過身，逕自向前幾步，「不恨我嗎？把妳和秋本拆散的人是我喔！」

「原小姐只是在做自己的工作，妳的工作就是讓我更好、更順利，我是這麼想的。別人或許不能了解，但是我很清楚原小姐爲我做了多少事。爲了幫我爭取更好的演出機會，對方再刁鑽，也願意向他們低聲下氣；爲了讓事務所看重我，好幾次拚命交涉到三更半夜，這些事我都知道。」我看看她沉默不語的背影，只好繼續說：「妳大概認爲我是個還不成熟的孩子，不過，如果可以用我自己的力量爲原小姐做點事，我會很高興，超高興的。」

「我應該說過了，我所做的一切都是爲了工作，妳對我來說，只是重要的商品。」

「即使如此，我還是很喜歡把我當作商品並且一起奮鬥到現在的原小姐。」

我安靜片刻等候，她又不講話了，我想接下來是要罵我太天眞、太感情用事了吧！

原小姐忽然從她的流蘇包中掏出一樣東西，她走過來遞給我，我仔細一看，原來那是一張飛往東京的機票。

「原小姐？」

「我不反對妳去美國，但是，如果妳是以逃避的心態過去，我可不允許。」

「我、我並沒有逃避什麼。」

「既然沒有，那就回東京，看看秋本找妳有什麼事，那之後再決定去不去美國也不遲。」

「妳早就沒打算要送我去美國嗎？」

「我只是不希望妳在還有牽掛的狀態下過去，就算去了，也什麼都學不到的。」

我著急否認，「我沒有牽掛……」

原小姐嘲笑般地哼一聲，「那爲什麼剛剛一聽見秋本的名字，就一臉放心不下的樣子？」

「我……」

「想把自己的心情藏得不露痕跡，妳還太嫩了。」她走近我，佯裝在整理我頸子上的絲巾，卻以極快的速度交代許多事：「等一下我們出了貴賓室，走五步之後妳立刻往二十二號登機門走，這裡我會應付。下飛機後，我想事務所一定派人在機場等妳了，妳要想辦法躲開他們，至少在被帶回事務所之前，一定要讓自己在媒體上曝光，讓大家知道妳已經回到日本，這樣，起碼可以爭取到一點留在日本的時間和機會，都聽清楚了嗎？」

「原小姐，那妳呢？」

「我會坐下一班飛機過去找妳。」

「我不是在問這個，放我走之後的妳，會怎麼樣呢？」

她停一下手，望望我，又垂下眼繼續幫我拉平絲巾上的摺痕。回答這個問題的原小姐變得像是街上隨時會遇到、爲今天晚餐該煮什麼而煩惱的女性，偶爾也會流露出心滿意足的微笑。

「大不了不做工作機器，回到普通女人的身分了。」

「咦？」

「剛才的話其實不太對，妳不只是重要的商品，也是我的驕傲。」她用很深很深的眸光凝視著我，我終於發現深不可測的亮光裡頭藏的是平日不輕易出口的言語，「如果不站在事務所的立場，妳行前那場記者會，是我所見過最棒的記者會了。」

「原小姐……」

「好，走吧！別回頭。」

她二話不說走出貴賓室，我也跟上去。依照她教導的，走到第五步便毫無預警往回走，其他工作人員和隨扈立刻回身，原小姐用一副不必大驚小怪的模樣打發他們，「她去洗手間，你們先上機，我在這裡等她。」

從他們身邊逃離的時候，我的心臟跳得很快，它是那麼用力地鼓動，連我都害怕會被他們聽見我的忐忑不安而因此洩露行蹤。

通往二十二號登機門的走廊看上去好長好長，怎麼走也走不到盡頭似的，途中經過兩三面落地窗，偌大停機坪上有幾部飛機正在緩慢移動。原小姐叫我走，不要回頭，她在我肩頭輕輕推了一把。

帶著和拓也之間那些風風雨雨、甜甜蜜蜜的點滴繼續向前走，也能夠過得很好，不用留戀過去，我已經擁有十分豐富、十分燦爛的回憶。縱然回想起的時候或許還有一絲遺憾，不過那是存

第十五話
未緒

在歲月中一種細水長流的美感，一再品嚐，惆悵的滋味也成爲甘甜了。

我想，自己正需要有人推我一把，告訴我，儘管往前去，不管在哪裡，不管遇見什麼人，都可以再創造更多更美好的回憶，一定可以的。

只是，爲什麼走遍那麼多國家，還是想在有他在的土地上盡情歌唱呢？

飛往東京的班機上，有幾名乘客認出我，悄悄過來索取簽名，其中一位是穿著碎花洋裝、活脫是外國小公主般的女孩子，她眨著純眞的大眼睛，問我一個沒頭沒腦的問題──妳最想住在什麼地方呢？

「哪裡都可以，只要是能看見森林的地方。」

飛機穿過高高低低的雲層，終於看見底下座落的蔚藍東京灣，下降的重力沉沉地壓在身上，我的心卻還懸浮在三萬英尺的高空，找不到落地的定點。

機輪接觸地面時那些微的震動令我動搖，我擔心回到日本只會讓自己更加軟弱。

再見拓也一面，就不算逃避了嗎？就能毫無牽掛地去美國？我沒有把握。

總之，先想辦法擺脫事務所的人，然後找悠人幫忙……不行，事務所知道悠人的家。找夏美好了，應該可以在她那裡暫時藏身一陣子。

我抬起頭，詫然打住，驚嚇之餘還升起萬念俱灰的挫敗。才出了飛機外的接駁通道，事務所的人已經在外面等我了。

那五個人當中，有的看起來像隨扈，其中一位我認得，是原小姐之外的另一位紅牌經紀人。

他踩著紳士般的步伐上前兩步，伸出有金色袖釦的右手，淡淡的五官，淡淡的音調，他說：

「爲了維護您的形象，請安靜地跟我們走。」

我已經逃不掉了嗎？

「關於我的行程，我要等原小姐和事務所談過之後再決定。」

「原小姐已經不是事務所的人了。」

「咦？」

那個人原本什麼都沒有的臉上浮現出一點怪異的微笑，「她剛剛被開除了，以後由我接替她的工作。」

我吃驚得說不出話，他們眞的把原小姐開除了？

「來，我們會從安排好的特別通道送您出去。」

他一說完，兩名人高馬大的男子便走到我後頭立定，一派準備動身的架勢。

我垂下頭，默默跟著那個人走，腳下卻因爲恍惚的思緒而輕飄飄。我還是不相信原小姐不再是我的經紀人，這都是我害的，現在又被神通廣大的事務所抓住，接下來我會被禁足還是被送到美國呢？

「哈囉！這位是巡演歸來的雨宮未緒嗎？」

一個輕佻的聲音驀然闖入，我們全都原地站住，應該是誰也無法擅闖進來的地方，卻有一名打扮得像記者的人正拿著攝影機擅自拍攝。

他戴著棒球帽和墨鏡，笑咪咪地繼續發問：「雨宮小姐，可以請妳說說回國的心情嗎？」

第十五話
未緒

「喂！不准拍！」我身後的兩名隨扈一個箭步過去，要奪下他的攝影機，經紀人也怒沖沖上前制止，「你是哪一家的？我們禁止……欸？你？宇佐美悠人？」

經紀人愣愣拿著從他臉上摘下的墨鏡，整個呆住了。

悠人頑皮地舉舉帽子，「各位好，接機辛苦了，不過我看，你們應該可以回去休息了！」

「你說什……啊！」

等到他們全部往回看，我已經拔足跑到了通關口，側頭一瞥他們齊步追上來的身影，抓起護照就往外跑。機場的旅客不少，一路擦撞到好幾個人，大家都太忙碌，沒人能認出我，追兵又緊跟在後。

「妳要想辦法躲開他們，至少在被帶回事務所之前，一定要讓自己在媒體上曝光，讓大家知道妳已經回到日本。」

再回頭看看箭步如飛的隨扈正穿越人群逐漸逼近，抱歉，原小姐、悠人，我也許辦不到。

沒有人發現到我，在人來人往的機場大廳，誰能認出我就是雨宮未緒？大家只在乎自己的時間，拚命逃跑的我顯得渺小如蟻，不過，只要一個就好，一個就好……

就在我快要被自己換不過氣的呼吸逼到窒息，就在隨扈的手差幾公分就要抓到我的時候……

「未緒！」

那個聲音，穿透所有，是我在上機前所感受到的那樣無垠無涯，又如此強烈地撼動心坎。

我停住，事務所的人也停住了，大家都望著聲音方向，那個方向有個急急忙忙朝我而來的身影，是我再熟悉不過的了。看上去很溫暖的深灰色毛衣、有點老舊的牛仔褲、稍嫌凌亂的劉海，肩上負著一袋像是要遠行的背包，夏美在電話中說他要來接我，原來是真的。

「未緒。」

站在不遠也不近的地方，他同樣喘個不停。我倒是漸漸穩靜下來了，不前進，不後退的，就是細細端詳拓也鬆了一口氣的面容，那面容勾起太多思念，還有說也說不完的心情，我的胸口脹得好滿，不敢輕易呼吸。

「你剛剛叫我什麼？」

「嗯？」

「剛剛，你叫我什麼？」

他心疼地一笑，反問我：「當初要我叫妳『未緒』的人，不就是妳嗎？」

他說起那個初冬的事，立刻紅了我的眼眶。拓也喚我「未緒」的方式輕柔得宛若驪歌，蕩氣迴腸，直竄酸意發酵的心底，那裡有個期盼，我不敢大膽相信的期盼。

「如果，你還是想不起我的事，」我好害怕，害怕得想轉身逃跑。「如果是那樣，就不要叫我未緒。」

我的話彷彿刺傷了他，拓也悲傷地凝望我，邁開步伐朝我走來，每走一步就喚我一次，用既遙遠又悽愴的語調喊著，「未緒，未緒，未緒，未緒，未緒……」

我掉下眼淚，明明應該要很高興很高興的，爲什麼還是好感傷呢？拓也還沒說完第十遍「未緒」，已經緊緊抱住我。我們很久都沒說話，重逢後的百感交集讓兩人都不知如何是好。

稍後，我聽見他略微沙啞的嗓音一連說了好幾聲對不起，「對不起，未緒，把妳的事情忘了，讓妳一直等我，對不起。老是害妳那麼難過，對不起。沒有遵守諾言，對不起。想不起我是那麼喜歡妳，對不起、對不起，未緒……」

忍不住心頭泉湧的感動，我的哽咽脫口而出：「謝謝你……」

謝謝你終究還是想起我的事，讓我長久以來的愧疚和不安得到了救贖。當初聽原小姐的話，再回日本見到恢復記憶的拓也一面，眞是太好了啊。

就在這時候，越過拓也的肩膀，我看見大廳的自動門敞開，外頭正細雪紛飛，隨即闖進一大批媒體，不知是原小姐還是悠人通報他們的，攝影師和記者頻頻拉長頸子到處尋找我的蹤影。

「拓也，你快走，趁還沒有被他們拍到你，快走！」

我推著他，他不明白地動也不動，「爲什麼？就算被拍到，我也無所謂！」

「你好不容易才跟我撇清關係，好不容易可以有正常的生活了……」

「沒有妳在，那才不叫正常的生活！」他見我愣了一下，任性地說下去，「不能和未緒在一起，哪裡正常了？」

「那樣是行不通的！不管是你失去記憶之前還是之後，都證明和我在一起只有痛苦，而我們又會因爲那些痛苦而分開，已經夠了！我們現在這樣就很好了不是嗎？」似乎也在拚命說服自己，我誠懇地告訴拓也如今的想法，「能夠認識拓也，我覺得那是一件非常幸運的事。因爲你，我才想要成爲比現在更好的人，也擁有很多回憶，從今以後，我會當作自己生命那樣重要地珍惜它，永遠不會忘記你，然後就這麼在演藝圈努力下去。你也好好加油，或許哪一天我們又會在什麼地方見面，那個時候，一定會爲了曾經有過的種種回憶而深深感謝神，感謝祂讓雨宮未緒遇見了秋本拓也。」

當我最後提起他的名字，視線不由得在他臉上多留戀一會兒，那是原小姐所說的「牽掛」，原來是這麼難斷難捨啊。

直到聽見有人高喊「雨宮未緒在那裡」，我才轉過身，在其他旅客指指點點下，昂高頭，快速朝媒體群走去。

鎂光燈開始閃爍，花亮亮的前方，那個地方才是我的世界。

「未緒！這樣眞的就夠了嗎？難道不應該再貪心一點嗎？」後面的拓也忽然揚聲問我，我打住，怔忡面對自己猶豫的腳步。「帶著只到這個時刻爲止的回憶，這麼生活下去的妳，幸福嗎？」

我圓睜著眼，感到「幸福」的字眼在此刻竟如此灼痛。

「我們，還沒有一起看過電影啊！有很多事我們都還沒做過啊！春天來的時候，要坐在櫻花樹下賞花，妳負責做便當；夏天我們去祭典，我會撈金魚給妳；秋天就烤地瓜；冬天，要在院子堆雪人，堆一個很大很大的雪人。沒有妳在，那些事根本就沒有意義！」

我聽著，一滴、兩滴、三滴的眼淚迅速滑落臉龐，不能停止，只因拓也說中了我在心底藏了好久的願望。

緩緩回頭，看著對面的拓也沒有半點疑惑，沒有一絲恐懼，渾身舒服的廣闊氣息。

「我無法認同一遇到痛苦就必須分開的說法，我和薰交往時也有我們的困難，和每一個人相處都一定會遇到不同的困難。不過，正因爲如此，這個世界才值得我們去和更多的人相遇，去創造各種不同的回憶。我很狡猾，只想要保護自己，一想到妳是『雨宮未緒』就覺得害怕，害怕因爲我們身分的懸殊而受到傷害。嘴上雖然跟妳說那堆漂亮話，其實我根本沒辦法坦然面對，是一個懦弱的膽小鬼。」他深吸一口氣，握緊拳頭，「但是，失去記憶的那段日子，以爲自己只能回顧空白的過去，沒想到因此認識了未緒的另外一面，曉得妳更多的事，讓我覺得自己也是隨著時間在前進的，沒有白費。」

爲什麼想要留在日本？爲什麼想住在看得見森林的地方？是因爲不願失去拓也的消息，待在隨時聽得見拓也下落的土地上，然後，讓拓也也能聽見我的歌聲。

「因爲有妳在，我才想要努力成爲一個不輸給雨宮未緒的人。是妳讓我變得有勇氣，有勇氣去追求幸福，而妳，在我的幸福當中佔了很重要的部份，地球上幾十億個人，我只想要和妳在一起。」

我抿緊淚濕的唇，在拓也強忍淚水的注視下，移動雙腳，朝他走去。每接近一步，他的臉就清晰一點，傳遞到我這邊的力量，那所謂勇氣的力量也更多一點。我來到他面前，望著那張溫柔良善的面容，伸出雙手，環住拓也的頸子，探觸到他溫暖的體溫，埋入他寬挺的肩窩裡。

「留在我身邊……」

他踉蹌一步，聲音些許哽咽，「未緒？」

「沒有你在，我的幸福都是強顏歡笑而已。所以，請你不要離開，請你留在我身邊。」

我們的周遭圍滿了看熱鬧的旅客和媒體，議論紛紛，攝影機和相機的拍攝從沒間斷過，明天一早我和拓也相擁的畫面肯定會登上頭條吧！

然而那個時候我只在意拓也身上透著滿滿森林的味道，機場大廳門口也飛進幾片帶有那樣氣味的雪片，清新透明，只要閉上眼，就能見到從高聳通天的樹的頂端，飄落白白小小又發著光的結晶。整座寧靜的森林都下著雪，一層層累積了人們無心遺留下來的回憶，即使春天來臨，所有悲歡離合都會隨風而逝，我依舊相信，只要曾經用心記憶，當初用深刻情感所烙印下來的痕跡，等到下一個雪季，仍然能堆砌出最初那美好的輪廓。

當初鬧得那麼大的新聞，時間一久，也船過水無痕地在人們忙碌的生活中逐漸褪去。

那一年的冬天雪下得並不大，只稍稍在森林鋪上薄薄的白雪，偏暖的陽光一照，立刻化作亮晶晶的水珠，綴滿了等待發芽的枝椏。

原小姐曾經佇立在那樣的樹下，仰著頭，觀看上頭發著螢火蟲一閃一閃光芒般的枝頭。我第一次見到穿著香奈兒套裝的原小姐如此協調地融入安詳得幾乎就要靜止的畫面，她專注的側臉似乎什麼都沒想，只是單純在欣賞眼前的一景一物。

不久，秋本先生來到她身邊，和身材高大的秋本先生相較之下，原小姐顯得弱不禁風，然而不受到任何壓迫似的，她對他愜意笑笑，目光又回到這座森林。

秋本先生的復原情況比預期好，下個月就可以回來工作，繼續擔任我的司機，因此原小姐輕聲對他說：「那孩子就拜託你了。」

「妳其實可以不用這麼做的。」秋本先生低沉的聲音含著一道無聲嘆息，「不過也多虧妳，拓也和雨宮可以不用被迫分開，聽說從台灣打電話通知拓也到成田機場找雨宮的人是妳。」

「我不是爲了他們，我從來就不是那麼熱心的人。」

「那麼？」

「我只是……」她櫻唇微啓，躊躇片刻，才淡淡勾出安慰的笑意。「只是希望看到有人可以勇敢地追求自己的幸福，只是想看到那樣的奇蹟罷了。」

秋本先生對她溫柔地彎起嘴角，「很多人都可以，妳也可以。」

她看了看他，是那種五味雜陳而又深刻的凝望，許久，似乎要說些什麼，但幾分鐘下來，原小姐還是放棄了。她自嘲地笑一聲，轉向無人的森林。

「我就是這點不行，大概一輩子也辦不到吧。」

我想，原小姐一定很喜歡秋本先生吧！因爲太喜歡了，害怕搞砸一切，所以，她和秋本先生只是一起靜靜看著水晶般的雪水，一顆顆無聲落下。

我想幫點什麼忙，不過，再怎麼想，好像沒有我可以做的事，心裡不由得焦急起來。

原小姐離開秋本先生，半途撞見我：「怎麼了？那種表情。」

「原小姐……」

「再怎麼說，妳也算違抗事務所安排的行程，還惹出這麼大風波，早點回去好好道歉吧！」

「我不回去，我要跟原小姐共進退。」

「妳在說什麼傻話？」

「沒有原小姐在的事務所，我也不會留下來，更何況原小姐是因爲我才離開的。」

她聽完，板起臉冷冷教訓我，「沒讓妳去美國，是我個人擅自決定的，爲了這個失誤而離職也是理所當然。但妳是事務所簽約的藝人，還有一堆工作等著妳，怎麼可以說走就走？」

「違約金我付得起，哪裡都無所謂，重要的是，我想和原小姐一起工作！」我急得快哭出來了，該怎麼做才能把原小姐留下來，她是那麼能幹的人，根本就不是我能夠說服得了的。「當初是原小姐挖掘我，一路提拔我到這個地步，沒有原小姐就沒有今天的雨宮未緒，所以……」

「妳想說，將來如果我不在，妳該怎麼辦這種話嗎？」

原小姐連聽都沒聽完就打斷我的話，我面對她略帶責備的目光，汗顏了起來。

「對人生感到不安是理所當然的，不過，能因爲這樣，就一步都不敢前進了嗎？未來會怎麼樣，沒有親自走到那裡，是永遠不會知道的，與其煩惱著未知的將來，不如好好關注現在。現在的妳是事務所的歌手，跟著新的經紀人，做好他幫妳安排的工作。往後，或許妳會遇見更出色的人，或許會發生許多令妳驚奇的事，誰知道呢？不好好用生命去感受一切，不管過了多久，都只能在不安的人生裡原地踏步。」她的手才輕輕放在我肩上，馬上碰落了我盈眶的眼淚，原小姐依舊面不改色地說下去，「妳說是我挖掘妳的，既然這樣，我就不允許妳只做到這種程度而已。妳可以更好，事務所堅強的實力對妳的事業很有幫助，新的經紀人可以帶給妳多元化的發展，妳應該留在那裡繼續努力，這是我身爲經紀人在工作上給妳的最後一次忠告。好好加油，未緒。」

當她說出我的名字，我感到原小姐離去時所帶起的微風涼颼颼地擦過我的手臂，聽著她從沒猶豫過的腳步聲漸漸遠離，想要用力拉住她的心情也愈來愈強烈。

我轉過身，叫她：「只有我一個人得到幸福太不公平了！原小姐呢？妳呢？」

離我十公尺遠的地方，積了一地厚厚的枯葉，她雙手放在長外套口袋中，回頭看看我，露出十分輕鬆而亮麗的笑容。「哎呀！不做妳的經紀人，以後就當妳的歌迷，不也是挺快樂的嗎？」

那一刻，我終於明白了，原小姐的工作、原小姐的幸福等等，那些我才不在乎呢！我只是不想和原小姐分開，如此而已。然而她的笑容卻讓我連一句強求的話也說不出口，目送著她的離去，我彎下腰，向那個捨不得的背影深深行禮，淚水點點落在發出芬芳香氣的泥土上，好久，好久都沒有起身。

踩過一地腐爛的枯葉，朝著回暖的陽光走去，然後，那是我最後一次見到原小姐。

我和拓也在機場公開戀情的過程，在報章雜誌和電視的頻繁播放下，等於是昭告天下了。事務所沒辦法，只好認同這件事，但對於我和拓也的交往限制很多，其實就算沒有那些嚴苛的規矩，我們能夠碰面的時間也少得可憐。在機場的告白宣言大概感動了不少人，尤其是一向憧憬愛情的高中女生和主婦，和司機兒子交往這件事獲得大多數人的支持，我的形象逆轉回來了，工作邀約不斷。況且，原小姐說得沒錯，新的經紀人很有他自己的一套手腕，幫我開拓出嶄新的發展路線，我一面適應和他一起工作的步調，一面懷念著原小姐。

又過一年的夏天，跑完北海道那一場，今年的第二場演唱會來到橫濱舉辦，我把票寄給原小姐，她答應我會來看演唱會，害我又高興又緊張得好幾天都睡不著覺。

下午的排演提早結束了，我有四個鐘頭的休息時間，草草換裝後，便跑去後台找悠人。這次邀請不是歌手出身的悠人來做我的特別來賓，是因爲事務所有意讓他嘗試歌唱，才安排他在演唱會上和我合唱，初試啼聲。

沒想到夏美也在那裡。

「嗨，我來幫妳打氣。」夏美很有朝氣地打招呼：「一切都順利嗎？」

「嗯，狀況很好。」

「不過，這傢伙看起來好像不是那樣。」夏美幸災樂禍地指指懶洋洋的悠人。

悠人一下舞台就變得無精打采，討厭陽光般戴上帽子和墨鏡，頹廢地靠牆站立，「結束後，我一定要跟事務所抗議，我完全就不是歌手的料。」

「但是你唱得很棒啊！大家都嚇一跳喔！」

「我跟妳不一樣，對唱歌一點熱情也沒有。」他瞅著我，十分乾脆地咧嘴而笑，「那樣的歌手是感動不了人的。」

「對了，未緒。」夏美好奇打量著我。「妳這身打扮是要去哪裡嗎？」

「啊，還有一點時間，我想去一下喪禮。」

夏美恍然大悟地點點頭，「對喔！喪禮是今天。」

「嗯。所以，請不要跟我經紀人說，他會緊張得哇哇叫，我去去就回來。」

「快去吧，別忘記晚上開唱的時間喔！」

我對夏美揮揮手，跑了幾步，忽然想起這身雪紡紗套裝還是罩件外套比較不失禮，正打算回頭向夏美借衣服，卻聽見她和悠人談起了我的事。

「沒想到你這傢伙還眞有成人之美呢！」夏美兩手扠腰，以男孩子的口吻糗起悠人，「先前在機場幫未緒逃走，現在又爲了她硬著頭皮上場。是想扮演在一旁默默守護她的角色嗎？」

「話先說在前頭，憑未緒和我現在的交情，就算不是情人，我也會單純地想幫她一把。而且，我可不認爲自己輸給了秋本拓也那小子。」他頓了頓，延著壓得低低的帽子，眺向淡得偏白的天空，「若眞的要說有哪裡比不過，大概也是因爲、因爲不會做蠢項鍊送給未緒吧……」

夏美見他說著說著悵然了起來，揚起手，重重在他背上拍一下，「幹嘛啦！突然這麼正經八百的，一點都不像你。」

「好痛！妳眞的是女生嗎？」悠人按著背抱怨，躲開一些。「人家難得不想嘻皮笑臉的。」

「哈哈！活該！誰叫你平常老愛開玩笑，一點信用都沒有。可是，那樣才像你呀！早點打起精神，好女孩又不只未緒一個。」

他瞪著她，負氣蹲下，揉撫受創的背部，又抬頭瞧瞧夏美，這回他看著她的神情不太一樣。

「什、什麼啦？」夏美莫名其妙地退後一步。

「仔細想想，雖然既粗魯又凶悍，說話還常常帶刺，但妳也算是不錯的女孩，我啊，還挺喜歡妳的。」

夏美直視著他，彷彿撞見什麼不可思議的事，整整愣了五秒鐘。接下來，她的臉蛋慢慢泛紅，令悠人看得目不轉睛。

「你、你這傢伙在說什麼鬼話啊？我告訴你，這種半調子的玩笑騙其他盲目的女生也許有用，不過在我身上是行不通的！下次再敢說這種、這種……總之，小心我一拳打飛你！」

夏美落荒而逃一般，滿臉通紅、氣呼呼地轉身跑走。悠人等她走遠以後，才收回視線，再次對著乏味的天空發呆半天，扯出無奈的笑意。

「聽起來眞的像開玩笑？」

悠人和夏美，他們又是另一段故事了。不管是再小的角落，每天都會有新的故事上演著，有人相聚，有人別離，有人的故事剛剛落幕。

身體一直相當健朗的老秋本先生前些日子因爲猛爆性肝炎而住院，撐了八天之後還是去世了，走得好快。

拓也在電話中告訴我，「我爺爺說他要去天堂找我奶奶了，我奶奶一定會很高興。那時候的老爸雖然很想哭，但他還是拚命地用平常的語調跟爺爺說『到了那裡，要記得向媽問好喔』。好像離我們很近，近得隨時可以去拜訪一樣，不過實際上並不是這麼回事吧。」

喪禮辦得很簡單，來的大部份是自家人。我趕到的時候儀式已經結束了，留下來的人並不多。老秋本先生的黑白相片被肅穆的氣氛層層圍繞，和相片中不苟言笑的老秋本先生對望，我感到些微困惑，那個稱讚過我有很棒的笑容的老秋本先生，再也見不到這個人了嗎？這一切感覺好像是假的，在這裡的我好像還在夢中一樣。

上前致意完，從一群黑白穿著的人們中間通過，夏日的氣息隨即迎面撲來，赤裸的腳踝熨上一襲熱意，將我固定在原地。

抬頭，整座森林綠得不像眞實的，清澄地映入眼簾。天氣再怎麼炎熱，那裡面的空氣依然透著涼意，充滿芬多精的風才吹過，原本微微汗濕的額頭變得乾爽了。我放下遮擋豔陽的手，啓步朝森林走去。

高聳挺拔的樹群不時傳來浩大蟬鳴，要用盡牠們短暫生命那樣地叫，除此之外，我所經過的綠蔭道很安靜，好像因爲送走一位多年老友的關係，而感傷地安靜著。

我放慢腳步，拓也就坐在我們第一次見面的地方。深黑色西裝被隨便擱在地上，領帶鬆綁了些，襯衫上兩顆釦子也爲了透氣而解開，他背靠著樹，悠閒地注視陽光躍動的樹梢。

很久沒見，拓也感覺上又有什麼地方不一樣，倒是他不停在成長這一點是確定的。

拓也最後還是沒有接受原小姐替他引介的工作，他說那樣好像作弊。他想要跟一般人一樣從參加比賽開始，初選、複選、決選，或者落選了重新再來。也許接近名導演夢想的路又變遠了，重要的是，他不會放棄。

我們的交往並不受媒體祝福，每一篇報導都巴不得見到我們分手似的，一而再再而三不眞實的揣測令人沮喪，每次和拓也見面，總不由得害怕會發現他的疲憊和不安。

他晚了半拍發現我，側過頭，溫柔一笑，「妳來了啊。」

我站住腳，感到才剛變得涼爽的肌膚又漸漸燙熱起來，心跳有點快。

「只能來一會兒，等一下就得趕回橫濱。」

「啊，對！今天是演唱會的日子。」他猛然想到，快速盤腿坐起，「還是快回去吧！不用特地……」

我已經來到他身邊，跟著坐下。「我想來，也想看看你。」

我看著他，他也看著我，然後說：「我很好喔！」

「我知道，只是這種時候，想在你的身邊。」我低下頭，信手拔了幾根草，瞥瞥近在咫尺的拓也的手，比我大了一倍，看上去好堅強的樣子。

拓也突然想到什麼，往一旁坐開一點，伸長頸子搜尋四周，「今天……沒跟來嗎？」

「媒體嗎？沒有，大概以爲我會回飯店休息吧。」

我盯著拓也仍撐在地上的手，你不要離我這麼遠啦！

「眞稀奇，妳的經紀人居然肯放妳出來。」

「……」

「妳要來之前有先報備過吧？」

「……」我心虛地移開視線。

「雨宮未緒！妳竟然在演唱會前偷溜出來，到底在想什麼啊？」

我嘟起嘴，瞪向他，大聲抗議：「什麼嘛！難得見面，卻打從一開始就要趕我回去，現在又坐得這麼遠，你就這麼不想見到我嗎？」

他被凶得一臉無辜，「我才沒有那樣講。我是在替妳擔心耶！萬一被媒體知道，把妳寫成是丟下工作的歌手怎麼辦？」

「誰管媒體怎麼寫！我今天滿腦子只想著要見到你，就是想這件事而已！」

大概是被夏美影響了，說起氣話時格外有魄力，害拓也當場呆掉幾秒鐘。可是衝動過後，我也開始後悔了，我不是爲了吵架才來的，明明不是。

不知過了多久，拓也驀然噗嗤笑出聲，我望向坐在旁邊的他，他隻手按住後腦勺，分不清是懊惱還是開心地吐出一句話。

「傷腦筋，我好像眞的很喜歡妳。」

輪到我怔住了，一時之間不知該高興還是納悶，『好像』是什麼意思？不好嗎？」

「不是的，我告訴過自己很多次，一定要像個成熟的大人一樣和妳交往。要習慣媒體的追逐，要學會對那些報導放寬心，要體諒不能經常和妳見面，甚至，如果有一天我們因爲那些困難而分手，也要有心理準備，這樣不是很酷嗎？」

「唔？」我皺起眉頭，「……會嗎？」

拓也用一種非常可愛的靦腆表情注視著我，「可是，剛剛說的那些理智的話，充其量是想掩飾心裡的牢騷罷了，我也挺任性的喔？」

曬在手臂上的陽光燙燙的，卻覺著臉上溫度更高了。我不發一語，挪到更靠近他一點的地方，幾乎可以觸碰到彼此的指尖。和他並肩坐在綿延相連的綠蔭底下，按在泥土地上的手感受得到森林古老的脈動，從地底深處傳來撲通撲通的共鳴，與我雜亂的心跳竟也意外契合。

爲了不讓拓也察覺我的羞澀，我轉移話題，「你怎麼自己跑到這裡來？不覺得熱嗎？」

「不會，我喜歡夏天的風、夏天的味道。」他又仰頭環顧枝葉交錯的天空，喃喃自語：「不過，這裡的回憶好多，很多人在不同年代的記憶，我和爺爺的記憶，多得有點受不了……」

「拓也。」

「幸好妳來了。」他牽住我的手，拓也所有快樂與悲傷的感觸都被我含握在掌心，那麼生動鮮活，我開心得說不出話，又心疼欲淚，他凝望我的深邃眼眸卻宛如懂得我的心情，輕輕蕩過一縷純眞的光。「我原本認爲，就算不在一起也不要緊，不過，還得要好好地活著才行，只要活著，就有再見面的機會。『回憶』是收藏在腦袋裡的故事，可以觸摸得到、可以傳達得到的，只有『現在』，可以改變將來也許會後悔的事，也只有『現在』才辦得到，人一旦死了，就什麼也做不到了，所以……」

「我會好好地活下去。」我突然語氣堅定地打岔，拓也怔怔看過來，看我將頭撒嬌般地靠在他的肩上，「爲了參與拓也的生命，我會珍惜每一秒的『現在』，然後長命百歲喔！」

拓也笑了，直到剛才爲止，那無以名狀的憂鬱，在交織的葉縫間消散得只剩下金金綠綠的光的粒子飛舞。他握著我的力道，有點緊，但好舒服。我聽見他和我低語約定：

「我們一起長命百歲，未緒。」

「好。」

再過一會兒我就得趕回横濱的演唱會現場了，拓也也必須爲緊湊的大學課業以及參賽作品忙碌，才相聚片刻又要各奔東西。

然而，不論時光怎麼流轉，一成不變的生活裡有美好的發現嗎？有沒有難過哭泣？是不是正在開心地笑呢？今天的你，是否也曾經感到一絲幸福？

那些再瑣碎的小事，只要用生命好好體會，便會在記憶中深深烙印下來了，是我們存在過的證明與痕跡。

午后慵懶的陽光透過細碎的天空縫隙一道一道灑在森林各處，斑爛的樹影作畫似地投映在我和拓也身上。當空氣寧靜得趨近凝結，我們在百年大樹底下滿足而幸福地相視一笑，那快樂的瞬息一眨眼就被吸入歲月的流裡，於是笑容變成了回憶，回憶變成了畫面，歷歷如昨的畫面，成爲了一種永恆，就是永恆。

✧雖然知道最後總免不了要走到結局，但我真心祈禱我們的故事可以寫了很久、很多、很精采以後，那一天才來到，約定好了喔，拓也？

【全文完】

讀・者・迴・響

作者 Mimi
標題 〔心得〕不要忘了
時間 Thu May 10 04:50:34 2007

花了很長的一段時間，把《遺忘之森》從頭到尾讀了一遍，心底的感動和一種近乎滿溢的複雜情感卻沒有隨著故事的結束而消失。

新嘗試的元素架構，一貫細膩而清新的寫作風格，晴菜這個作品我想不只是突破了自我，人物的描寫、故事的整體串連，都十分完整，每個人所擁有的每段故事都能是一個感動，我只能佩服。

對愛情的不信任來自於從小父母的離異，這樣的未緒，因爲預言而對即將到來的事物有所期待，但也眞切地體會了愛情的傷人。藝人這個身分彷彿成爲那年輕少女僞裝的藉口，無能爲力的她，只能用經紀人交代的虛假說辭面對世界的複雜，一如她面對自己歌唱的夢想時，義無反顧地擺脱現實。而面臨愛情的破碎，未緒並沒有想像中堅強，卻因爲置身於她所屬的地方，必須戴上面具，接受無論如何都會讓彼此受傷的事實。

陳腐的世界，簡單的夢，複雜的愛。

未緒的成功，原小姐功不可沒，不過，到故事後來才發現，她始終也只是個單純女人，爲愛情付出，不顧一切。她的精明幫助她掌控了所有，但她唯一做不到的，就是掌控愛情。爲了秋本先生，她無私地做了很多，而且不留痕跡，甚至刻意掩飾，因爲愛情給人的執著，也因爲愛上的是不能愛的人，所以她如此表現。貫串故事的名詞「膽小鬼」，不只是未緒和拓也，也可能是原小姐和秋本先生。

「純眞」大概可以用來形容拓也吧，他從頭到尾相信著自己，始終都用單純的角度看世界。雖然也不得不在現實體驗到殘酷，漸漸有了轉變，但我看到的拓也，自始至終都是溫暖、溫柔，而且眞實的。或許他在故事中的未來也會慢慢改變，明白世界的規則，忘記過去的自己。但最重要的不是過去，而是現在。把握當下，珍惜回憶，這應該是《遺忘之森》故事中想傳達的最重要的概念。老練的原小姐，懂事而早熟的未緒，眞誠而正學習了解世界的拓也，不夠寬容的夏美，明白自己活在謊言中的悠人，在愛情中游移不定的小林薰，愛女心切卻不擅表達的未緒的母親等人，一定會慢慢長大或老去，最後變成別人心底的某段回憶，像是在故事最後過世的老秋本先生一樣，從自己的回憶中，學到珍貴的記憶不能忘記，然後以自己的死亡化成別人的回憶。存在於文字中的一切，都在提醒著：不要忘了，每個人都逃不過時間的力量，總有一天都要離開，所以才要把握當下，不是嗎？

最後，還有太多太多的感動難以用文字形容。這部作品不止劇情動人，也發人省思，但至少，我有點懂了，縱使世界再怎麼複雜，也不要遺忘了任何回憶，要把握現在，才能擁有未來。我想對這個故事和它的創作者晴菜，說聲謝謝。

謝謝這部這麼棒的作品，讓我們長大了一點！真的，謝謝了。

作者 mtnandiyh
標題 遺忘之森……（傳說中的心得嗎？）
時間 Tue May 15 16:18:26 2007

《遺忘之森》讓我大哭了一場。

真的很喜歡這個故事，它讓人獲得勇氣、希望和愛。

晴菜，加油！

妳的細膩及巧思，真的令人印象深刻！

我會一如往常地支持妳的喔！

作者 novelstar
標題 〔心得〕因為愛，我學懂愛
時間 Sat May 19 13:11:58 2007

「哪裡都可以，只要是能看見森林的地方。」未緒最後還是下了這個結論。

未緒想留在森林，是想看見拓也。拓也在自己拍攝的影帶上看見第一次和未緒相遇的場面，突然戲劇性想起已遺忘的一切，熊先生流浪完畢回來了。或者我說錯了，這不是戲劇性，而是拓也和未緒深深的相愛在天地中還有著微妙的關聯，才能繫在一起。因爲愛，所以有奇蹟的存在，而奇蹟，正是給予始終義無反顧的人。

在故事中，晴菜姊還加入了對親情的描寫。未緒認爲母親瞧不起她的夢想，一方面爲了證明自己的實力，另一方面也基於對歌唱的熱愛，她毅然離開最親的家，往前去追求夢想。無疑，未緒對歌唱事業很努力，而且很成功，可是她偶爾仍然感到孤單寂寞。有一幕未緒跑向正在等公車的母親，大哭的同時，她知道母親一直都愛她，只是很難直接說出口，也對親密有些陌生而已。因爲愛，所以才不捨，不捨得看著子女離開自己。那一幕，無關愛情，無關生死，十分催淚，想起自己的父母也是否如此愛著我們而不自知。

有陣子板上「誰是把照片寄給那個叫吉田的記者的人」討論得沸沸揚揚，我原本以爲是小林薰，結果卻是夏美。看到眞相的一刻，我愣住，夏美怎麼會是這樣的一個人呢？她看來如此善良。相信未緒的想法也一樣。人性啊，爲何會這樣醜陋得令人難以忍受？未緒的怒氣爆發出來，終於狠狠地在夏美臉上揮了一巴掌，但其實未緒清楚明白，這不是誰的錯，預言原本就警告過，只是她仍然陷下去。而夏美只是爲了她理想的愛情，終究裝不了灑脫而錯走的那一步。未緒打這一巴掌是有著深深的痛，後來，未緒看著夏美，覺得還是恨不了她，或者自己和拓也走到這一步是命運的安排，於是釋然，因爲「人跟人相處本來就會受傷，受傷、爭執、然後和好，或許過幾天又會再次受傷，人類的世界不就是因爲這樣所以才不會死氣沉沉的啊！」因爲愛，所以原諒釋然。

晴菜首次以日劇的形式，加入神祕的預言，意外拼湊得這個故事完整而富有眞實性，溫馨而不失其風格。很欣賞晴菜姊細膩多變的手法，常常看著晴菜姊描寫人物的性格和心情時，會感動得落淚，像是有什麼東西在心中淡淡地發酵。這個故事眞的很適合拍劇集，節奏明快又不拖泥帶水。此外，心中還有很多很多的感動還未説出口，文字形容不來，只能説聲謝謝。

未緒和拓也的愛情是一場奇蹟，他們的故事會留在心中很久很久，一直長命百歲。

作者 Vivian
標題 〔心得〕遺忘之森
時間 Fri Jun 8 20:59 2007

其實可以想像《遺忘之森》一定有機會出版，因爲寫得很棒嘛！而且從開始就很精采了。

晴菜在這次故事裡做了很多新的嘗試，日劇風格讓眼前的文字在腦海裡變成畫面，一幕接著一幕。神祕的預言也扣人心弦，所有的新元素經過晴菜雙手的化學作用，反應出來的結果全是新的感覺，文章裡頭也同樣藏了以往作品一貫的溫馨與細膩。

慢慢看著故事進展，我的心情隨著未緒不斷起起伏伏，難過不開心時，也和她一起擦著眼角的淚滴；高興呵呵大笑時，不管旁人眼光跟著笑出來。晴菜的文字依舊如常，總會在我心底發酵，佔據了心裡大半的空間。

這個故事中，不是只有愛情而已。以未緒爲核心，還有和媽媽的親情互動；和夏美之間因爲理解包容而更堅固的友情；和拓也的爺爺之間心靈層面的對話；和原小姐之間看似平淡卻依賴的關係以及未緒自己的成長……我喜歡這樣的故事，因爲它會讓我成長。

有些東西總要自己看過才會明瞭，也許每個人看完的感受都不一樣，但是，一定要花點時間看看，我相信，一如往常，一定會從森林中獲得什麼。

商周出版叢書目錄

網路小說系列

書　號	書　　　名	作　者	定　價
BX4001	妹妹	堅果餅乾	180
BX4002	You are not alone, 因爲有我	魔法妹	180
BX4003	只在上線時愛你	Yuniko	180
BX4004	我的 Mr. Right	Prior (噤聲)	180
BX4005	貓空愛情故事	藤井樹	180
BX4006	祕密	Hinder	180
BX4007G	我們不結婚，好嗎	藤井樹	200
BX4008	蟑螂與北一女	Cleanmoon	180
BX4009	看見月亮在笑偶	湯米藍	180
BX4010	曖昧	Kit (林心紅)	180
BX4011	這是我的答案	藤井樹	180
BX4012	藍色月亮	堅果餅乾	180
BX4013	我們勾勾手	Hinder	180
BX4014	遇見你	Sunry	180
BX4015	日光燈女孩	Tamachan	180
BX4016	阿夜的玫瑰還有我	月亮海	180
BX4017	我不是他太太	Kit (林心紅)	180
BX4018	白帶魚的季節	Sephroth	180
BX4019	我是男生，我是女生	Seba (蝴蝶)	180
BX4020	有個女孩叫 Feeling	藤井樹	260
BX4021	糖果樹情話	吐司 (truth)	180
BX4022	對面的學長和念念	晴菜 (Helena)	180
BX4023	尋翔啓示	Hinder	180
BX4024	愛在西灣的日子	BLACKJACKER	180
BX4025	Your heart in my heart	Siruko (靜子)	180
BX4026	新婚試驗所	Sunry	180
BX4027	銀色獵戶座	薄荷雨	180
BX4028	十七歲的法文課	阿亞梅 (Ayamei)	180
BX4029	真的，海裡的魚想飛	晴菜（Helena）	180

書　號	書　　名	作　者	定　價
BX4030	聽笨金魚唱歌	藤井樹	180
BX4031	沒有愛情的日子	Kit (林心紅)	180
BX4032	暗戀	堅果餅乾	180
BX4033	有種感覺叫喜歡	Vela (婉真)	180
BX4034	心酸的幸福	Sunry	180
BX4035	深藏我心的愛戀	Yuniko	180
BX4036	長腿叔叔二世	晴菜 (Helena)	180
BX4037	孤寂流年	麗子	180
BX4038	純真的間奏	薄荷雨	180
BX4039	那個人	Skyblueiris	180
BX4040	大度山之戀	穹風	180
BX4041	從開始到現在	藤井樹	180
BX4042	不穿裙子的女生	布丁（Putin）	180
BX4043	聽風在唱歌	穹風	180
BX4044	盛夏季節的女孩們	堅果餅乾	180
BX4045	B 棟 11 樓	藤井樹	180
BX4046	小雛菊	洛心	180
BX4047	巾幗鬚眉	Maga	180
BX4048	那個夏天	Sunry	180
BX4049	不要叫我周杰倫	布丁（Putin）	180
BX4050	Say Forever	穹風	180
BX4051	夏飄雪	洛心	180
BX4052	裸足之舞	夜之魔術師	180
BX4053	青梅愛竹馬	Trsita	180
BX4054	我在故事裡愛你	Vela	180
BX4055	這城市	藤井樹	180
BX4056	夏天，很久很久以前	晴菜 (Helena)	180
BX4057	紅茶豆漿	Singingwind	180
BX4058	Magic 7	Kit (林心紅)	180
BX4059	雨天的呢喃	貓咪詩人	180
BX4060	黑人	Killer	180
BX4061	不是你的天使	穹風	180
BX4062	你在我左心房	Sunry	180

書號	書名	作者	定價
BX4063	天使棲息的窗口	晴菜 (Helena)	180
BX4064	月光沙灘	薄荷雨	180
BX4065	圈圈叉叉	穹風	180
BX4066	我的學弟是系花	布丁(Putin)	180
BX4067	Because of You	穹風	180
BX4068	我的理工少爺	阿古拉	180
BX4069	十年的你	藤井樹	180
BX4070	天堂鳥	Singingwind	180
BX4071	18℃的眷戀	Sunry	180
BX4072	人之初	洛心	180
BX4073	在那天空的彼端	貓咪詩人	180
BX4074	妳身邊	阿古拉	180
BX4075	好想你	晴菜(Helena)	180
BX4076	幸福時光	夜之魔術師	180
BX4077	後座傳說	蘋果米(csshow)	180
BX4078	下個春天來臨前	穹風	180
BX4079	期待一場薄荷雨	薄荷雨(peppermint)	180
BX4080	學長好	阿晨	180
BX4081	空氣與相簿	Killer	180
BX4082	魚是愛上你	ismoon (月升)	180
BX4083	圖書館少女夢	布丁(Putin)	180
BX4084	微風中的氣息	妤珩	180
BX4085	彈子房	Micat	180
BX4086	心跳	晴菜(Helena)	180
BX4087	約定	穹風	180
BX4088	寂寞之歌	藤井樹	180
BX4089	老大	布丁(Putin)	180
BX4090	來場戀愛吧！	蘋果米(showcs)	180
BX4091	晴空私語	貓咪詩人	180
BX4092	隱形的翅膀	Trista	180
BX4093	搜尋愛情	薩芙	180
BX4094	十字路口的愛情	Vela	180
BX4095	子夜	singingwind	180

書號	書名	作者	定價
BX4096	羽毛	Delia	180
BX4097	簡單就是美	蘋果米(showcs)	180
BX4098	勇氣	Killer	180
BX4099	紀念	穹風	180
BX4100	第二次的親密接觸	布丁(Putin)	180
BX4101	六弄咖啡館	藤井樹	220
BX4102	遺忘之森	晴菜(Helena)	200

愛情主題館

書號	書名	作者	定價
BX7001	那一份暗戀心情	藤井樹、塔瑪江等	180
BX7002	愛情，就從告白開始	藤井樹、吐司等	160
BX7003	攜手走進愛情裡	Kit (林心紅) 、Sunry 等	160
BX7004	說再見的那一天	藤井樹、薄荷雨等	160
BX7005	擺盪，在思念的海洋	穹風、晴菜等	160
BX7006	說好要勇敢去愛	堅果餅乾、穹風等	160
BX7007G	尋找我的戀愛盒子	洛心、穹風、Yuniko 等	160
BX7008	唱首情歌給誰聽	晴菜、洛心等	160
BX7009	距離．愛情	薄荷雨、Sunry 等	160
BX7010	在重逢的片刻	Kit(林心紅)、穹風等	160
BX7011	屬於我們的紀念	singingwind、薄荷雨等	160
BX7012	記憶中，戀人的味道	穹風、晴菜等	180

鳳凰網路文學大賞系列

書號	書名	作者	定價
BL8008	蜘蛛之尋	莊軻	220
BL8009	雛歌	西兒	220
BL8010	熙若	馮晨真	220
BL8011	10 點 57 分	水兒	220
BL8012	航程	賽斯	220
BL8014	草嶺之戀	左雲	220
BL8016	獨走鋼索	張芊	220
BL8017	光著腳的女孩	蘇喬	220

四分之三文學系列

書　號	書　　　　名	作　　者	定　價
BL8001	鬥魚電視小說	八大電視、洛心	220
BL8002	愛上編輯台	李冠蓉	180
BL8003	擁愛・愛詠	陳崇正	180
BL8004	剪貼歸位的寂寞	奇科	180
BL8005	鬥魚 II 電視小說	八大電視、洛心	230
BL8006	相遇:2004 年法律文學創作大賞	黃丞儀.劉裕實.侯紀萍	260
BL8007	法庭	張小波	260
BL8018	學伴蘇菲亞	藤井樹	200
BL8019	以愛之名	米羅	200
BL8020	吞食浪漫	夜居	200
BL8021	與愛何干	顏崎	200

維特書坊系列

書　號	書　　　　名	作　　者	譯者	定　價
BK3001	伊莉複製莉伊	夏洛特・克爾娜	呂永馨	200
BK3002	薄冰上之舞	珮尼拉・葛拉瑟	蔡季芬	180
BK3003	偷莎士比亞的賊	葛瑞・布雷克伍德	胡靜宜	200
BK3004	比奇顏，迷失的渡鴉	理察・瓦格梅斯	林劭貞	260
BK3005	替莎士比亞抄劇本的人	葛瑞・布雷克伍德	胡靜宜	220
BK3006	荆棘裡的天使	艾麗斯・霍夫曼	林劭貞	160
BX3007	閣樓裡的信	邦妮・西姆科	朱耘	220

□郵政劃撥訂購方式：

戶名：書虫股份有限公司

劃撥帳號：19863813

請至郵局索取劃撥單，填上戶名以及劃撥帳號，並於劃撥單背面寫上欲購買的書籍之詳細書名、本數、您的大名、聯絡電話與寄書地址，在郵局櫃檯直接付款。

劃撥購買恕不折扣。

國家圖書館出版品預行編目資料

遺忘之森／晴菜（Helena） 著. --.初版.-- 臺北市：
商周出版：家庭傳媒城邦分公司發行
民96
面 ； 公分. --（網路小說；102）

ISBN 978-986-124-936-0（平裝）

857.7 96016017

遺忘之森

作 者／晴菜（Helena）
副 總 編 輯／楊如玉
責 任 編 輯／陳思帆

發 人／何飛鵬
法 律 顧 問／台英國際商務法律事務所 羅明通律師
出 版／商周出版
城邦文化事業股份有限公司
台北市中山區民生東路二段141 號9 樓
電話：(02) 2500-7008 傳真：(02) 2500-7759
email ：bwp.service@cite.com.tw
發 ／英屬蓋曼群島商家庭傳媒股份有限公司城邦分公司
聯 絡 地 址 台北市中山區民生東路二段141 號2 樓
書虫客服服務專線：02-25007718 · 02-25007719
24 小時傳真服務：02-25001990 · 02-25001991
服務時間：週一至週五09:30-12:00 · 13:30-17:00
郵撥帳號：19863813 戶名：書虫股份有限公司
讀者服務信箱email ：service@readingclub.com.tw
歡迎光臨城邦讀書花園 網址：www.cite.com.tw
港發 所／城邦（香港）出版集團有限公司
地址：香港灣仔軒尼詩道235 號3 樓
email ：hkcite@biznetvigator.com
電話：(852)25086231 傳真：(852) 25789337
馬新發 所／城邦（馬新）出版集團
Cite(M)Sdn. Bhd.(458372U)11, Jalan 30D/146, Desa Tasik,
Sungai Besi, 57000 Khala Lumpur, Malaysia.
電話：(603)9056 3833 傳真：(603) 9056 2833

版 型 設 ／小題大作
封 繪 圖／文成
封 設 ／黃讌如
電 腦 排 版／浩瀚電腦排版股份有限公司
印 刷／鴻霖印刷傳媒股份有限公司
總 經 銷／農學社
電話：(02)2917-8022 傳真：(02)2915-6275

■2007 年（民96）10 月2 日初版 Printed in Taiwan
■2016 年（民105）12 月2 日初版8.8 刷

定價／200 元

ISBN 978-986-124-936-0

廣　告　回
北區郵政管理登記
台北廣字第 000791
郵資已付，免貼郵

商周出版

104 台北市民生東路二段 141 號 2 樓

英屬蓋曼群島商家庭傳媒股份有限公司　城邦分公司

請沿虛線對摺，謝謝！

商周出版

書號： BX4102	書名： 遺忘之森	編碼：

請於此處用膠水黏貼

商周出版

讀者回函卡

射謝您購買我們出版的書籍！請費心填寫此回函卡，我們將不定期寄上城邦集團最新的出版訊息。

姓名：＿＿＿＿＿＿＿＿＿＿＿＿＿＿＿＿　性別：☐男　☐女

生日：西元＿＿＿＿＿＿＿年＿＿＿＿＿＿＿月＿＿＿＿＿＿＿日

地址：＿＿＿＿＿＿＿＿＿＿＿＿＿＿＿＿＿＿＿＿＿＿＿＿

聯絡電話：＿＿＿＿＿＿＿＿＿＿＿＿傳真：＿＿＿＿＿＿＿＿＿＿＿

E-mail ：＿＿＿＿＿＿＿＿＿＿＿＿＿＿＿＿＿＿＿＿＿＿＿

學歷：☐ 1.小學　☐ 2.國中　☐ 3.高中　☐ 4.大專　☐ 5.研究所以上

職業：☐ 1.學生　☐ 2.軍公教　☐ 3.服務　☐ 4.金融　☐ 5.製造　☐ 6.資訊

☐ 7.傳播　☐ 8.自由業　☐ 9.農漁牧　☐ 10.家管　☐ 11.退休

☐ 12.其他＿＿＿＿＿＿＿＿＿＿＿＿＿＿＿＿＿＿＿＿＿＿

您從何種方式得知本書消息？

☐ 1.書店　☐ 2.網路　☐ 3.報紙　☐ 4.雜誌　☐ 5.廣播　☐ 6.電視

☐ 7.親友推薦　☐ 8.其他＿＿＿＿＿＿＿＿＿＿＿＿＿＿＿＿

您通常以何種方式購書？

☐ 1.書店　☐ 2.網路　☐ 3.傳真訂購　☐ 4.郵局劃撥　☐ 5.其他＿＿＿

＿

您喜歡閱讀哪些類別的書籍？

☐ 1.財經商業　☐ 2.自然科學　☐ 3.歷史　☐ 4.法律　☐ 5.文學

☐ 6.休閒旅遊　☐ 7.小說　☐ 8.人物傳記　☐ 9.生活、勵志　☐ 10.其他

對我們的建議：＿＿＿＿＿＿＿＿＿＿＿＿＿＿＿＿＿＿＿＿＿

＿＿＿＿＿＿＿＿＿＿＿＿＿＿＿＿＿＿＿＿＿＿＿＿＿＿＿＿

＿＿＿＿＿＿＿＿＿＿＿＿＿＿＿＿＿＿＿＿＿＿＿＿＿＿＿＿

＿＿＿＿＿＿＿＿＿＿＿＿＿＿＿＿＿＿＿＿＿＿＿＿＿＿＿＿

請於此處用膠水黏貼